浙江理工大学2022年基本科研业务费资助项目
（编号：22196207-Y）

园林意象

《红楼梦》大观园绘画及

张康夫 著

THE PAINTINGS AND GARDEN IMAGERY OF
THE GRAND VIEW GARDEN
IN THE DREAM OF RED MANSIONS

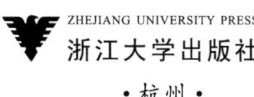
浙江大学出版社
·杭州·

图书在版编目（CIP）数据

《红楼梦》大观园绘画及园林意象 / 张康夫著.
杭州：浙江大学出版社，2024.12. -- ISBN 978-7-308-25741-1

Ⅰ.I207.411；TU986.1

中国国家版本馆CIP数据核字第20244ZD007号

《红楼梦》大观园绘画及园林意象

张康夫　著

责任编辑	范洪法　樊晓燕
责任校对	王　波
封面设计	雷建军
出版发行	浙江大学出版社
	（杭州市天目山路148号　邮政编码310007）
	（网址：http://www.zjupress.com）
排　　版	杭州林智广告有限公司
印　　刷	杭州宏雅印刷有限公司
开　　本	710mm×1000mm　1/16
印　　张	18.25
字　　数	271千
版 印 次	2024年12月第1版　2024年12月第1次印刷
书　　号	ISBN 978-7-308-25741-1
定　　价	88.00元

版权所有　　侵权必究　　印装差错　　负责调换

浙江大学出版社市场运营中心联系方式：0571-88925591；http://zjdxcbs.tmall.com

　　《红楼梦》大观园园林意象是曹雪芹园林审美理想的集中体现，也是我国明清时期皇家园林意象与文人园林意象的有机整合。其中，园林意象包含整体园林意象、园林景观意象和园林人物意象三部分，园林人物意象是园林意象的核心和升华。

　　本研究聚焦《红楼梦》文本中大观园意象和《红楼梦》绘画表现中的园林意象，共分为五部分。

　　第一部分：绪论。

　　聚焦《红楼梦》大观园绘画园林意象的核心问题，系统阐述了选题的缘起和价值，分别从《红楼梦》大观园绘画的文本园林意象、绘画园林意象、实体园林意象三个节点入手系统地梳理和论证相关文献，指出已有的研究虽然文献丰富，但研究成果相对集中在平面图考证及文艺学探讨方面，成果有散点分布及扁平化倾向，尤其是从绘画美学视角洞察文本园林意象和从园林视角剖析绘画园林意象，双向比较论证、凝练《红楼梦》大观园园林价值的研究成果尚比较薄弱，因此，根据研究基础、应用需要及预期研究目标，本书拟从文本园林意象、绘画园林意象、园林应用价值三方面展开深入研究。通过文本分析和图例论证，提炼和串联大观园的园林意象，归纳其园林创意、布局、架构、构造的思路和方法，具有明显的理论及实践价值。

第二部分：文本园林研究。

这部分研究集中于第二章内容，包括"整体花园意象""时空链接逻辑""人格化景观意向"三个研究节点。首先，运用园林美学、绘画学、图像学等相关理论，深入梳理文本书写中的园林意象，指出大观园是具有鲜艳明净格调、诗画园林内涵与诗意栖息人物完美结合、具有女性化气质的整体园林，蕴藏着卓越的中国明清园林文化及造景方法。其次，系统地梳理分析大观园园林意象的基本特征，包括布局、建筑、景观及造景方法等，指出大观园呈现出大型综合古典园林高度审美化、理想化的典型特征，具体体现在宏大而逻辑严密的文化场域构建、整合天上地下、皇家、文人等诸多园林优势的能力、以十二钗为基础的审美序列的凝练及个性化别墅景观设计等，既表现了文本园林的浪漫型和虚拟性，又蕴藏着丰富的明清古典园林构造思路和方法，从而印证了曹雪芹卓越的绘画及园林学修养及创造力。

第三部分：中国园林与绘画。

本部分研究集中于第三章内容，包括中国园林观念的发展和嬗变、园林形式和功能的延展和完善、宫苑园林和文人园林的融合和分野，中国绘画中园林元素及形式的发展和基本特征等。聚焦中国古典园林观念的演变及在中国绘画中的表现形式，首先系统梳理了中国古典园林概念、发生和发展概况，归纳了中国古典园林的基本特征；其次从唐、宋、明、清的中国画，特别是中国山水画里寻找和提取中国园林的建筑样式及组合方式，探讨中国园林与山水林泉的和谐关系。

第四部分：绘画园林研究。

本部分分为两个方面，是本研究的核心内容，分为两章。

第四章以《红楼梦》回目插画为研究对象，分析和论证大观园绘画所蕴藏的园林意象特征，归纳相应的造景规律。透过视觉表象勾勒推演出大观园审美的整体意象，提炼人格化造景的思路和方法，理出经典主题、经典作品的审美价值和影响。从纵向和横向两方面研究大观园园林人物审美化和艺术化的发展规律，归纳大观园园林人物的独到之处及审美价值。

第五章以《红楼梦》系列绘画为研究内容，以改琦、费丹旭、王墀、汪忻、孙温的作品为主要研究对象，论证大观园人物的审美特征，深入探索人与建筑、建筑与景观、景观与山水园林的融合思路，探讨和论证大观园园林栖居的审美理念。

第五部分：理论归纳和总结。

本部分包含两章内容。

第六章为根据文本园林意象和绘画园林意象研究的结论，归纳了大观园在创构逻辑、文化支撑、布局架构、创意造景等方面的本质特征。总结《红楼梦》大观园在融合帝苑与文人园林、主景与配景格局、抑景与扬景配置、实虚景结合方面的优势。凝练《红楼梦》大观园造景思路及方法的独有价值。

第七章为本书结语，从绘画艺术研究和绘画园林意象研究两部分进行总结，指出审美理想决定审美形象的高度。随着社会文化的发展和技法的完善，《红楼梦》插画的图像塑造功能逐渐明显，绘画主体的创造力也日益突出。画家开始有能力整体实现文本书写的审美理想、能够深入领会文本审美传达的格调和神韵，用插画语言传递或提升文本书写的审美意象。《红楼梦》插画的绘画性、风格及创作技法都有了空前的发展。

《红楼梦》大观园意象以两种形式、不同视角共同诠释了古典园林的审美意象，尤其是绘画作品。画家采用人景同诉的方式塑造了大观园的园林审美意象，以其独特审美品格和诗化园林气质创造了中国传统园林审美意象的新高度，其大气磅礴的园林意象、融富丽与清雅于一体的园林风格以及对相关意象因子的化合手法，对当代园林设计思路及创新有明显借鉴意义。

目录

第一章　绪论　001
　第一节　缘起与意义 　001
　　一、缘起　001
　　二、园林绘画的价值解析与意义　003
　第二节　研究现状与问题聚焦　004
　　一、研究现状　004
　　二、问题聚焦　009
　第三节　研究思路与研究框架　011
　　一、研究思路　011
　　二、研究内容及论文框架　011
　第四节　关键概念分析　012
　　一、园林意象　013
　　二、花园意象　013

第二章　《红楼梦》文本书写中的大观园意象　016
　第一节　大观园的"花园意象"　017
　第二节　时空链接逻辑　020
　第三节　人格化的景观意象　021
　　一、人景合一的庭院设计　022

	二、符号化的景观构造	024
小　结		025
第三章	中国园林观念的演变及在中国画中的表现形式	027
第一节	中国传统园林观念的嬗变	027
	一、从神性到人性的转化	028
	二、从皇家规制向多元化发展	030
	三、园林体系的初步形成	031
第二节	我国文人园林观念的发展	032
	一、魏、晋时期的园林美学	033
	二、隋、唐时期的园林与文人化倾向	035
	三、宋、元诗画园林及意境	037
	四、明、清朝时期的生活园林	039
第三节	中国山水绘画中的建筑形式及审美情趣	044
	一、亭、榭	044
	二、堂、屋、斋、轩等结构及审美特征	052
	三、台、楼、阁	065
小　结		075
第四章	文本插画中的大观园园林意象	076
第一节	概　述	076
第二节	文本插图中大观园园林布局及空间逻辑	077
	一、大观园整体布局	077
	二、大观园的空间构架与外延逻辑	088
第三节	大观园主要景观及建筑环境	094
	一、宏伟壮观的中轴线建筑	094

　　　　二、人格化园林别墅的布局及构成特征　　103
　　第四节　大观园经典审美主题活动的景观环境　　176
　　　　一、以个人为审美主题的景观环境　　176
　　　　二、大观园重要群体活动的景观环境　　191
　　小　结　　200

第五章　《红楼梦》系列绘画中的大观园人物艺术及环境特征　　203
　　第一节　概　论　　203
　　第二节　"改费模式"中大观园人物的审美特征　　207
　　　　一、改琦插画中的大观园女儿　　207
　　　　二、费丹旭笔下的闺中丽人　　224
　　　　三、"改费模式"及其影响　　232
　　第三节　王墀大观园园林人物审美特征　　234
　　第四节　汪忻的系列《红楼梦》粉本人物画　　242
　　第五节　雍容富丽的大观园园林人物意象　　249
　　　　一、焦秉贞　　249
　　　　二、冷枚　　251
　　小　结　　255

第六章　《红楼梦》大观园园林意象的应用价值　　257
　　第一节　园林创构价值　　257
　　　　一、宏观建构　　257
　　　　二、文化切入　　259
　　　　三、多元整合　　261
　　　　四、三位一体　　263

第二节　园林规划及布局　265
一、私家园林、帝苑规制　265
二、主、配景格局　265
三、抑、扬景运用　267
四、实、虚景结合　267

第三节　造景思路与手法　268
一、人景一体，彰显人格　268
二、衔山环水，因地造景　269
三、以小见大、空间远透　270

第七章　结语　271
一、《红楼梦》绘画的艺术特征　271
二、《红楼梦》绘画中的园林艺术特征　276

参考文献　278

第一章 绪论

第一节　缘起与意义

一、缘起

（一）《红楼梦》大观园的园林构想及意义已经成为共识

《红楼梦》大观园的园林构想依托于明清经典园林的恢宏精雅，成型于《红楼梦》文学创作的空间架构需要，升华于诗化人物审美的品格理想，是曹雪芹倾心打造的高端大型综合园林符号，也是他特意为贾宝玉及金陵十二钗诗意栖息专门设计的理想园林景观，虽然《红楼梦》大观园只是"文学虚拟园林"，但是曹雪芹以其对明清园林的洞察和理解、深厚的审美修养以及卓越的绘画意识，赋予了大观园极高的园林研究价值。无论是红学家、园林学家还是一般读者对此早已达成共识。这从目前积累的文献中可以看得很清楚。

当大观园主题绘画、影视剧等视觉艺术相继出现，分别从静态和动态两方面展现出大观园的园林艺术特征之后，一批园林学者开始关注和研究大观园的园林价值，从文化创意、园林创构、空间构成积聚及造景手法等方面论证和挖掘其园林价值，从而使大观园的园林价值研究进入了新的阶段。

大观园的园林审美以道家、儒家为主，旁通其他，形成集南方与北方、富贵与文趣、明艳与清雅于一体的园林意象，在传统园林文化需求日盛、案例研究相对缺乏的现实环境下，其园林研究价值日益凸显。

（二）当代园林景观建设急需文化加持、强化审美底蕴、突出区域差异

1. 风格单一，结构趋同，审美空间不足

我国目前许多园林建设前期投入不够、工期太短，过于计较成本，从而造成园林景观风格出现严重的同质化倾向，尤其是旅游风景园林作品更是显得粗糙，盲目扩展土地，却缺少人文情怀和文化内涵，从而造成了极大的资源虚耗及成本回收难的问题。

造成园林形式单一的原因既有文化层面、审美方面的问题，也有技术层面的问题，而功利化投资则是其中一个重要的因素。管理者、投资者的短视及一味追求利益最大化，造成对园林景观建设的定位不清楚，文化植入方式生硬、内容雷同，布局及景观的创意设计有趋同化、简单化的问题。结果就造成了园林建设的"快捷化""模式化"，缺乏文化创意及个性化风格。

2. 景观与园林环境不兼容，景观与受众脱节

园林建设依附于具体的自然环境和文化环境，具有很强的区域文化性，如我国北方园林与南方园林的差异、帝苑规制与文人情趣的差异等。园林建设因人而异，与居住者、游赏者有密切关系，因此，应根据具体的区域文化特征及园林定位设计其游、驻、赏、乐的功能需求。同时，一个完整的园林设计不仅要能够满足物质及活动需求，而且要创造出一个让人的内心足够放松的空间，让环境能够与人的内心情感、需求产生互动和呼应，这是造景创意的难题之一，既需要潜心研究、厚积薄发，也需要因地制宜，彰显审美差异。

我国当前一些园林建设的投资者太过于看重自我感受，对园林建设的整体性及内涵把握不足，对园林消费者重视不够。他们喜欢在园林作品中强硬植入一些现代或后现代艺术形式，又没有足够的平衡技巧，结果造成景观语言与环境格格不入，呈现出一种杂糅状态。这样的作品只能飘浮在现代或后现代艺术表面之上而无法在具体的园林环境中落地生根。观众对其无法理解、欣赏，更无从接受，所以就造成观众"到此一游，再无回头"的现象。这种问题归根到底还是因为园林投资者的建设意识不强，园林艺术修养不足，无法贯通园林空间文脉，难以形成系统的园林艺术语言。

3. 我国传统园林文化研究、传承和发展动力不足

中国传统园林文化作为世界三大园林体系之一，以及东方园林的杰出

代表，具有博大精深的文化底蕴和风格鲜明的审美特点。其在园林规划方面注重与环境的一体性，善于运用自然景观、建筑元素、诗画元素等，塑造出天人合一的园林景观，追求自然、诗意、格调等审美特征。尤其是文人园林，因为其体量一般较小，往往采用以巧取胜、以小见大的策略，园林景观与建筑浑然一体，元素齐全，秩序井然，重点突出，风格鲜明，在文化、创意、空间设计等方面更加讲究，具有很高的学术及应用价值。经过文化撕裂以及园林学的西化教育之后，一些传统的园林文化及案例出现缺失甚至断代，这种现象在当代园林实践中也有明显体现，如城市或者园林的地域性、文化特征正在消减，民族审美风格趋弱，特别是缺乏杰出的、民族性的、地标性景观。一些区域性、民族性的园林符号出现弱化甚至流散状态。

二、园林绘画的价值解析与意义

绘画与园林设计有着不可分割的关系，中国园林创意多有诗情画意加持，或得形，或取意，将山石林泉与诗画审美融为一体，彰显文化底蕴与审美情怀。建造园林需要设计图，依图建设；需要效果图，以视觉呈现园林建成后的预期样态。因此，我国历史上曾留下宝贵丰富的园林绘画资料，如明代的造园珍本《园治》；还有一些用绘画记录园林的资料，如汤贻汾的《爱园图》、袁江的《东园图》、钱毂的《小祗园图》《求志园图》、倪瓒的《狮子林图》、仇英的《独乐园图》、吴彬的《勺园祓禊图》、杜琼的《南村别墅图》册、沈周的《东庄图》册、文徵明的《拙政园图》册、宋懋晋的《寄畅园图》册、沈士充的《郊园十二景图》册、张宏《止园图》册和《圆明园四十四景》等。这些绘画资料有一部分是根据古代名园资料创作的绘画艺术作品，还有一部分是以描绘园林特征为目的的绘本。在这些作品中既有整体园林的痕迹，也有具体的景观案例，蕴藏了丰富的古典园林知识学养，梳理和论证这些园林素材对当代园林建设有借鉴价值。

绘画与园林可彼此借鉴，相互支撑。名园宜如画，画意可成园。尤其是以山居、游赏、行乐为主题的绘画，因为与人的审美欣赏、栖居观念息息相关，所以对园林创作的借鉴意义更加明显。

第二节　研究现状与问题聚焦

一、研究现状

从研究内容看，园林意象包含整体意象、空间意象、建筑意象、相关人物意象等。从学科研究积累分析，园林意象研究以文学园林意象、绘画园林意象及实体景观园林意象研究三类成果为主。三者的研究成果分别从各自学科角度解释了风景园林的意象特征。

在文本园林意象研究方面，陈琛研究白居易的"庐山草堂记"及"池上篇并序"中的园林意象，认为意象天成，物呈心历，园林意象渗透着"人生体验"[1]。吴紫英对宋词中的风景园林意识、园林意象构成及书写思路进行了系统研究，指出宋词中经常出现的女性符号是"西楼、芰荷、梧桐、芭蕉"[2]，代表女性的离情别绪，幽怨心境。陈梦盈在"《封神演义》文本书写中的园林意象"一文中指出：《封神演义》中的园林意象主要以功能性表现为主。对于以奢靡符号出现的鹿台、摘星楼、御花园等，作者有鞭挞之意；对于以隐逸形象出现的花园，如宋异士的后花园拥有"隐士淡泊之风"[3]，则给予充分褒扬。何晓静对宋代宴射文化所体现出来的园林意象进行了深入研究，指出宴射是周礼的一种延续，到宋代以后，逐渐由开放趋向内敛化、审美化。他深入分析后发现这是我国园林文化整体趋于"内化、意境化"[4]的一种体现，原来场面壮观的园林围猎变成了表演性质的符号化宴射，说明一个国家正在走向衰弱和浮华。

对于绘画中园林意象的研究有《东庄图册》园林意象研究，其研究重点为绘画园林意象的审美价值，从江南水乡别墅庭院设计中山石、水、花、林等布局关系解读中国古典园林的审美规律。孙皓以中国古典园林意象为研究内容，梳理中国古典园林意象的相关理论和文献，指出系统研读"经

---

1 陈琛.园由造化、物呈心历、意象天成[J].建筑历史,2006（8）:166.
2 吴紫英.宋词园林意象的审美文化解读[J].鸡西大学学报,2011(6):97.
3 陈梦盈.《封神演义》中的园林意象[J].哈尔滨师范大学社会科学学报,2016（2）：90.
4 何晓静.作为园林意象化表征的宋代"宴射"[J].同济大学学报（社会科学版），2016（12）：87.

典文献、诗词意境"[1]会经常发掘出中国古典园林意境的思路。张蕾经过研究指出，广西北海镜心斋公园实体虽然不大，却呈现出"丰富的审美意象"[2]。孔锦主要关注和研究扬州园林，对扬州园林的特点、审美及园林意象有清晰的陈述，认为其意象图式的构成及映射"以园亭胜"[3]。

中国古典园林意象丰富多彩，从设计文化、设计理论、设计美学到空间营造等都离不开"意象思考"，从空间理论、造园意象整合到量化都有意象元素支撑。所以，在文学、文本、绘画以及其他相关文献中，蕴藏着丰富的园林文化基因。相比较而言，西方的风景园林学者观照中国古典园林意象的视角更为立体一些，善于进行跨文化、跨学科研究，对园林文化、设计意识、园林审美比较重视。特别是对于中国古典园林，他们更喜欢从审美气质、文化溯源、风格聚合等方面去探讨。这也是中国园林研究需要思考和借鉴的地方。

《红楼梦》大观园空间园林意象研究分园艺评论和园林探究两条线。其中，园艺评论以文艺学、艺术学为主。溯源对《红楼梦》大观园的研究和评论，在《脂评红楼梦》中，脂砚斋已经阐明了曹雪芹运用"幻笔书写"的特征，指出大观园与太虚幻境的镜射关系，引出了大观园的虚拟空间。后来的相关研究和评论多集聚在大观园的现实空间与虚拟空间的构建逻辑方面，从时间轴和空间轴论证大观园的内外空间。对于《红楼梦》大观园的仙源及闺阁气质的研究仍然源自大观园的虚拟空间，集中于太虚幻境与大观园的关系投射，指出曹雪芹是把太虚幻境内庭无限放大延展成为文本中的大观园。这方面的研究学者以巫鸿、张爱玲、胡文斌为代表。巫鸿倾向于对大观园的闺阁气质、隐喻以及十二序列的考证，试图找到其与清朝时代审美文化的交汇和突破。张爱玲认为每个人心底都有一座花园，只有经常走进心中的花园灌溉除草，花园才能常驻常新，指明大观园其实是人类心底的幻象，这触及了大观园的心理空间。胡文斌则聚焦于大观园的牵

---

[1] 孙皓.中国古典园林意象与设计方法的文献研究述评[J].同济大学学报（社会科学版），2016（23）：79.
[2] 张蕾.北海镜心斋园林意象分析[J].广东园林，2006（4）：5.
[3] 孔锦.扬州园林意象图式的生成与实践[J].南京林业大学学报（社会科学版），2001（6）：62.

引聚合艺术，指出大观园善于运用"导引"[1]手法，有曲径通幽之效，又善用园林路径进行导引，秩序井然。

民国以来随着索隐之风的兴起，学者开始考证大观园所映射的真实所在。清代袁枚曾记载："大观园者，即余之随园也。"（《随园诗话》卷二）胡适、齐白石对此观点表示认同。此观点源于对曹雪芹家史的追溯。曹家本有一个大花园，雍正六年（1728年），曹家被抄，其家产被皇帝赐给继任织造隋赫德，隋赫德改园名为隋园，袁枚买下后又改叫随园。学者认为曹雪芹应该对此花园有印象，以该园作为大观园写作的模板是有可能的。俞平伯则认为大观园映射的原址应该在北京。其观点是曹家抄家时曹雪芹只有五岁左右，不会有太深的记忆，而大观园有许多细节的描写，应该有具体的参考模板，因此很有可能取材于某一个王爷的私家花园。周汝昌经过研究进一步框定那是恭王府花园，甚至指出其位于目前北京师范大学校园内。更多学者则认为大观园是一种诗意栖息之理想，是一种高度综合的理想园林意象。

空间意象是大观园研究的核心内容之一。空间意象研究以文艺学和风景园林学为主。在文艺学方面，研究成果集中于空间逻辑、符号及能指方面，如大观园创建的文化意义，现实空间在纵轴和横轴的拓展，景观环境在布局、设景、构造方面的象征和隐喻等。孙树勇以大观园空间意象为主题撰写了博士论文，通过论证大观园的自然、建筑、梦幻等空间意象的构成和关系，揭示大观园空间构建的路径和方法，论述大观园空间意象建构中自然、梦幻、建筑及构件在空间设计中的比兴、象征、隐喻等作用，指出"哲理、象征与荒诞"[2]是大观园空间意象的支撑。大观园是以意象书写的方式完成的，旨在凸显写情或凸显虚实呼应关系，有一些地方并没有完全按照现实逻辑呈现。肖玲玲通过研究大观园建筑模式与爱情、建筑结构构成形式和隐喻所指三部分的书写，指出曹雪芹在空间书写的"框架式、对称式、园中园"等形式与古典园林的空间意象比较吻合，其叙事结构呈

---

1 胡文彬.哲思之见 盛世大观——《红楼梦》中描述的中国古典园林艺术[N]. 人民政协报，2017（12）：4.11版.
2 孙树勇.红楼梦的空间意象研究[D].哈尔滨:哈尔滨师范大学，2017：174.

现"园林建筑式结构"特征。[1] 吴莹华研究《红楼梦》中的"石"符号及能指,指出了"石"之无为与"玉"之世情、石之质朴与木之纯真的关系,认为"玉"象征人性的"束缚和羁绊"。[2] 孙敏强等进一步指出红楼梦一石、二僧道和"府、园、境"[3]三重结构的关系。俞晓玲通过研究花意象、草意象及其艺术功能,强调花草在大观园意象书写中的作用,指出具有"一人对多花"[4]的多重比拟结构。此外,还有包括对"水"意象、"四季"意象的研究,从形象学、文化学、空间学等系统诠释了大观园空间意象的构成和内涵。李艳梅关注父权、男权社会体制下大观园的构建逻辑及空隙,认为大观园实质上采用"隐匿和逃避"[5]的方式在男权、父权体制中获得自由和延展。

　　风景园林学研究成果集中于园林布局、景观、建筑、植物以及叠山理水方法等,通过研究,从学术和应用角度探究、考证大观园的园林学价值。以知网为例,相关研究成果有硕士论文8篇,期刊论文30余篇。其中以大观园布局结构为轴线的论文有3篇。李艳芳以贾府及大观园的平面布局为研究内容,探讨大观园的园林结构,并结合明清园林、归省园林等将虚拟园林置于历史语境中探讨,对还原大观园园林意象进行了深入的探索,模拟出"贾府及大观园平面图"[6]。刘晖的硕士论文以大观园的建筑形式为研究主线,利用文学空间、影视空间及北京大观园空间构成,多角度比较探讨大观园的园林空间特征,认为相对于文本、影视中大观园的情节及情感共鸣,园林艺术视角下的"空间感觉较具体"[7]。刘琳以景观还原的思路理出大观园主要人居建筑及环境的个性特征,与同时期相近似的其他建筑进行比较,结合电脑模拟还原大观园主要建筑的构成样态,尝试"还原本相"。[8] 以

1　肖玲玲.《红楼梦》对中国古典园林的接受[D].重庆:重庆师范大学,2008:35.
2　吴莹华.《红楼梦》"石"能指研究[D].上海:上海交通大学,2010:43.
3　孙敏强,孙福轩.再论《红楼梦》"石头"意象——以石头意象的结构功能为中心[J].红楼梦学刊,2005(6):278.
4　俞晓玲.《红楼梦》花草意象研究[D].漳州:闽南师范大学,2018:96.
5　李艳梅.从中国父权制看《红楼梦》中的大观园意义[J].红楼梦学刊,1996(02):111.
6　李艳芳,《红楼梦》里梦红楼——贾府及大观园平面布局研究[D].邯郸:河北工程大学,2015:63.
7　刘晖.红楼梦大观园空间艺术探究——基于文学、影视和园林艺术的视角[D].长沙:中南林业科技大学,2011:70.
8　刘琳.《红楼梦》大观园之景观形式模拟还原研究[D].南昌:江西师范大学,201406):32.

大观园园林艺术为主题的硕士论文有3篇。李海啸的论文尝试以园林构成视角分析、归纳、还原大观园的景观及人居建筑布局，利用不同进园事件及视角从多重路径比较还原大观园的景观、建筑等园林特点，尤其是对非人居景观的研究有所突破，指出大观园每一个建筑与环境、植物的相互关系都非常和谐，呈现出"情景交融的建筑群体"[1]。郭彤的研究聚焦于大观园的造景艺术，从南北园林风格比较，园内空间分割及功能、造景艺术手法研究等方面，论证大观园的园林价值，总结造景艺术的一般规律，认为大观园是"古典园林范例"[2]。相关的期刊论文有40余篇，从研究主题看，主要分为园林艺术、建筑景观、植物配景及设计思想等。其中以园林艺术为主题的有12篇，分别以大观园叠山理水、园林布局、建筑及配景、围合聚拢手法等为研究内容，从不同角度论证大观园的园林艺术特色，一致认可大观园兼具有南北园林之特长，拥有"人园一体"的艺术效果，创造了"自然与人生"[3]的圆融意境。以植物研究为主题的有3篇，集中于园内植物类型、造型、比拟、象征及隐喻意义，指出大观园的园林植物大多是为辅助人物性格写作而设计的，植物书写具有很强的符号性。关于大观园中的古典园林研究以挖掘明清园林文化、构园及造景艺术、意境生成途径为主，认为大观园具有很高的园林艺术价值，它真实反映出明清时期大型综合园林的"理论、艺术、手法"[4]。这方面的研究学者以顾平旦、梁敦睦为代表。北京大观园和上海大观园都是根据文本意象仿制而成的大型综合园林。北京大观园是为拍摄电视剧而建，建园原则是贴合原著、综合南北园林之长，集红学园林、古建筑艺术与技术、传统造园技术与艺术等于一体，具有较高的研究和欣赏价值，为研究和欣赏大观园提供了园林"实体"[5]。上海青浦区的大观园则是根据大观园寓意、结合江南水乡特点建设而成的仿大观园古建筑群，其在审美特征方面更倾向于江南大型园林的特征，更加注重园林造景技巧。

---

1 李海啸.《红楼梦》大观园的园林艺术初探[D].呼和浩特：内蒙古农业大学，2013：46.
2 郭彤.《红楼梦》中大观园造园艺术探究[D].西安：西安建筑科技大学，2014：74.
3 汉风.《红楼梦》的园林艺术[J].林业与生态，2013（6）：37.
4 顾平坦.《红楼梦》与清代园林[J].红楼梦学刊，1995（2）：295.
5 林福林，于英士.我国著作园林之首创：北京大观园[J].城市问题，1992（2）：36.

总之，以上研究分别探讨了文本园林、实体园林的审美思想、布局设计、造景艺术以及导引技巧等，深入论证了大观园的园林艺术价值，一致认为大观园在园林创意、空间设计以及风格整合等方面具有很高的艺术价值，同时也强调大观园的文笔园林性质，很多园林元素并不是为了构建一个完整的园林而设，而是为了突出人物性格及情感指向而描写的，因此，在研究和复原的过程，要根据园林设计规律进行完善和强调，更要体现出二次创作的智慧和能力。

大观园绘画艺术是几代画家对《红楼梦》大观园园林艺术的理解、体验和创造，既包含视觉大观园的园林意象，也含有艺术家的灵感、理解和创新，从思维、艺术和形象方面为大观园的园林意象研究提供了支撑。

二、问题聚焦

（一）探究和提炼大观园的园林意象因子

大观园绘画园林意象是清末以来数代艺术家对大观园艺术形象的提炼和再创造，根植于文本园林，启发于实体园林，呈现于绘画园林，三者合一，表现出深厚的古典园林积淀。《红楼梦》大观园虽然是文本园林，但其园林结构及造景艺术代表我国明清园林之美的审美高度，研究和分析其园林意象的构成和成因对探索中国明清园林美学精神、总结明清园林审美特征有明显的借鉴意义。本研究拟以大观园绘画为基础，结合文本园林和实体园林，从文化、现实、审美、心理四方面探讨大观园的园林意象因子，探析大观园融合天仙宝镜、皇家园林与文人园林的思路和途径，深入分析大观园的审美特征、空间、意境、风格及嬗变等，从图像学、形象学、空间意境实现等角度深挖大观园园林审美意象的园林价值。

（二）挖掘和归纳我国明清古典园林的基本特征

曹雪芹的出身、学养以及丰富的园林体验，赋予《红楼梦》大观园以极高的园林价值。明清园林作为曹雪芹撰写的素材甚至是模拟对象在文本园林中有明显的痕迹。目前已有的研究成果能够证明这一点，只不过目前的研究思路及研究成果都有待深化。大观园作为古典园林艺术的模板之一，在审美境界、审美空间、造景手法及象征符号运用等几方面均体现出明清园林的特征。虽然作者有意采用"幻笔"方法模糊王朝、年代等时间观念，但在具体描述园林细节时还是或明或暗地透露出时代之风。《红楼梦》画家，特别是清代中晚期的画家，对《红楼梦》文本比较熟悉，又处于同一朝代，有近似的生活阅历，又有深厚的传统园林美学积累，他们的绘画作品的园林价值更为明显。通过聚焦和关注创意、形象、布局、藏露、虚实、意境等方面的系统研究，并以此观照、归纳明清园林审美形式，思考和提炼我国古典园林审美精神，具有明显的研究和应用价值。

（三）探索诗意栖息的意境之美

《红楼梦》的插画以视觉表现了园林山水画的审美形象及意境，为园林山水诗画意象或者园林山水提供有益借鉴。尤其是回目插图以及清朝时期的《红楼梦》画家插图作品，不仅描绘了大观园的整体布局，而且有很多细节描绘，特别是潇湘馆、怡红院以及以主题活动为内容的画面，对配景及庭院风景元素的刻画很细致，从中可以探寻到明清园林的文化因子。同时，在文本和绘画表现中，有许多对诗情画意的表现，结合文本意象和绘画意象，探讨园林绘画意识、园林诗化意识以及具体的造景艺术，是一个非常可取的研究思路。文本描写的虚拟空间与绘画描绘的意象空间互相弥补，共同为园林画境和意境提供启发和借鉴。大观园的格调很高雅，能够结合贵气与明艳而不伤其雅，意象整合的手法很见功夫。在费丹旭、改琦以及同时代许多画家的描绘中，我们能够看到具体结合的案例，获得直接经验。这为风景园林的创意提供了不同的创作思路，可激发创作者的设计灵感。

（四）探寻大观园园林意象的逻辑、结构和审美

《红楼梦》大观园是《红楼梦》园林意象的精华，也是《红楼梦》主要人物日常生活、交往和游乐的场所，是诗意居住的理想国，是书写和展开故事的主要平台。本书将通过系统研究，剖析曹雪芹创构大观园时体现出的宏大的格局观、文化植入能力以及缜密的逻辑思维方法，探寻大观园的建构、意识、结构和审美等方面的意识、思路和特征，探讨大观园审美意象因子的构造、缘起、审美特征等。大观园拥有一个巨大的文化场，与大荒山、太虚幻境在文化上权重相当，曹雪芹在书写方面将大观园与其他两个花园进行观照，以大观园之实、太虚幻境之虚、大荒山之远共同构成一个通古今、达天地的庞大空间。其纵轴时间直通创生之初，源于女娲炼石；空间关系与太虚幻境相通，空间无限延伸；审美方面将皇家园林与文人园林相融合，呈现封闭、诗化、女性化的特点；在心理方面，呈现了人类意识深处的心理隐象。以上体现出曹雪芹的胸中大沟壑及高深的园林创构素养，对创意文化设计和园林故事讲述有较大帮助。

第三节　研究思路与研究框架

一、研究思路

本书以《红楼梦》大观园园林意象为研究的中轴线，系统分析大观园的文本园林、绘画园林、实体园林的构成特征及审美风格，归纳、提炼实体园林的意象因子，提升大观园的园林应用价值。

具体思路：文献研究（提炼文本园林意象的基本特征）、作品分析（分析绘画园林的意象特征、布局、建筑及配景特点，归纳造景技巧及园林意象因子）结合我国古典园林的审美特征、结构布局及建筑样式等，归纳、凝练大观园园林意象的当代价值。从《红楼梦》插画、系列工笔画作品的艺术表现中分析、发现、论证大观园的园林意象因子及应用价值，并进一步从文本园林、绘画园林的艺术表现中思考和探索园林意象创构的一般规律。

二、研究内容及写作框架

《红楼梦》大观园的园林意象包含文本园林意象、绘画园林意象两种形式，所含研究内容横跨文艺学、绘画学、风景园林学、美学等领域。其中大观园绘画包含景观园林之美、别墅花园之美、大观园人物之美三部分，分别以卷首插图、文中插图、系列插画三种形式存在，包括大观园概览、各个主题景观意象、建筑及庭院意象等；系列绘画以"改费模式"、宫廷画派、京派、海派为主，凸显人格审美。实体园林以新中国成立以来的实体模拟为主。

本研究以大观园园林意象的两种存在形式为对象，系统梳理和论证大观园园林意象的文化意义、园林形式语言、空间设计，挖掘大观园的园林价值。本书分为六章内容：第一章为绪论，介绍本选题的缘起、研究现状、研究意义、创新点等，凸显选题的研究价值。第二章梳理和分析《红楼梦》大观园的文本园林意象，包括园林的创意、档次、风格及实现，从文本园林意象中发现、提炼园林设计的思路、方法和技巧。第三章系统梳理了中国园林的观念嬗变及中国画中园林建筑的形式及组合规律。第四章研究回目插画中的园林意象，以王钊的《红楼梦》插画以及《增评补图石头记》《增评补像全图金玉缘》《孙温绘全本红楼梦》为主要研究内容，从插画中梳理、分析、提炼《红楼梦》大观园的园林意象。第五章研究《红楼梦》系列绘画，以改琦、费丹旭、王墀、汪忻的《红楼梦》大观园绘画为主要对象，通过对大观园情景人物的环境分析，归纳大观园人物、居住环境、活动环境的审美特征。第六章总结大观园园林意象的应用价值，指出文本园林、绘画园林和实体园林之间具有一脉相承的关系，文本园林意象是支撑，也是引导；绘画园林意象是文本园林的立体化、视觉化，是文本园林意象的延伸和拓展。第七章结语，从绘画艺术特征、园林意象及应用、文化切入、审美凝练等几方面归纳文本园林、绘画园林的理论价值和意义，指出大观园绘画作品不仅精彩体现了中国优秀画家的创作成果，而且蕴藏着丰富的园林学营养，在风景园林创意观念、布局结园思路、构造方法、空间及意境营造等方面具有较高的研究价值，需要跨学科整合研究。

第四节　关键概念分析

本书在研究及撰写的过程中涉及一些重要概念，如园林意象、花园意象、审美意象等。为了避免在研究和阅读中产生误解甚至误读，特在此对这些概念进行分析，厘清这些概念内涵和外延的关系。

一、园林意象

园林设计及实践以塑造优质园林意象为最终目标。园林意象由外在之"象"和内在之"意"组成。园林意象包含自然景观、人居景观和园林人物三部分。自然景观是骨架，体现一个园林的整体布局、结构穿插关系，人物及景观是灵魂及其升华，可提升园林的审美品格。中国古典园林筑园思路以造化为师，依山傍水，以文化为脉络，在山、河、湖、丘之间串联穿凿，勾勒出诗画一体的整体印象。

《红楼梦》大观园园林意象包括三种存在样态：文本园林、绘画园林、实体园林，分别依附于文学、绘画及各类复原模型之中。在意象整合方面兼具皇家花园之贵气与文人园林之含蓄，色调呈现鲜艳明净的格调，被赋予太虚幻境之仙气，所以显得大气而唯美。人居景观是血肉，也是园林架构的关键节点，负责传输园林意象的生命线。一个园林意象的审美气质是否有品位、格调如何，审美气韵是否贯通，人居景观至关重要。大观园以贾宝玉及众金钗诗意居住为尺度精心设计各个人居环境，使每一种居所达到人景合一的境界，人因景而鲜活，景因人而别致。园林人物意象是园林意象的核心，是园林审美精神的升华和凝练，就像大观园的潇湘馆与林黛玉意象，缺了林黛玉的潇湘馆和缺了潇湘馆的林黛玉都是不可思议的。随着文化和技术的发展，园林意象的塑造手法也逐步趋向融会贯通，因此，也愈来愈要求设计要发挥想象力，融合文化、审美、技术等相关元素，勇于创造，大胆构想和实践有创新精神的园林设计。

二、花园意象

"花园意象"是中外文学作品中的典型符号。在小说、戏剧、诗词歌赋中均有所体现。特别是在古典小说、戏剧的故事设计中，"'花园意象'蕴藏着人们的情感寄托、审美体验和文化内涵"，[1] 是一个让人赏心悦目、充满遐想的人间胜景。"花园符号"也因此成为文学作品中抒发情感与叙事结构

---

1 崔红梅.古典文学中的花园意象解读[D].齐齐哈尔：齐齐哈尔大学，2012:1.

中的固定符号——既是春光明媚的青春世界,又是青年男女成长成熟、传情定情的私密空间,承载着人类对青春理想的憧憬、追求以及记忆。

人类早期,因为没有私有财产,也没有花园意象的概念。所以,在人类原始的生存理想中首先是"乐园",是"可以逃避尘世生存的飞地"[1]。乐园的内涵主要是衣食无忧,童叟无欺,人尽快乐,如古希腊有众神生活的奥林匹亚山、中国有"天庭"、佛教中有"极乐世界"、道教中有"九重天"、基督教中有"天国"等,这些都是人类对快乐生存的集体无意识式的构想。全世界的文学描写中之所以都出现了这种幻象描写,可以说是因为人类针对现实需要设计出那样的精神乐园,或者说所谓的"乐园"只是存在于人类的内心,是人们在遭受痛苦时为了继续走下去给自身的念想,是人类对快乐、幸福生活情景的共同想象,或者说是一个潜藏在每一个人内心深处关于快乐的原型意象。这种意象产生的本源在于人类趋乐避苦的本能。

在中国的神话故事中,早在秦汉时期就有关于西王母的"瑶池"、海上仙山以及其他神仙洞府的描述,反映出当时人类对生命、快乐、长生的理解,透射出华夏先民对人类乐园的想象。魏晋时期朝代频繁更替,自然灾害加剧,国人生命有朝不保夕之忧,因此,无论是贵族名士,还是平民百姓,都有一种强烈的生命意识。在这种情况下,魏晋风度、名士思想等开始集体冲破儒家思想的约束。"越名教而任自然"成为魏晋名士争相效仿的座右铭,"竹林之志""桃园之美""天人合一"的审美境界成为时代审美的标识,"手挥五弦易,目送归鸿难"不仅被作为魏晋名士抒发情怀的绝唱,更是被顾恺之诠释为一个新的美学命题。特别是陶渊明设想的"桃花源"成为我国文学中一个著名的"乐园"符号。仔细分析以上的"乐园意象",其实际表达的主题与以后的花园意象有所不同。其核心主题是乐,或者是"人尽享乐、无忧无虑",与人世间的吃苦受罪、生老病死等众生相相对应。而花园的主题则是以春色满园,鸟语花香,与青春、成长、婚恋等相对应。元明清以来,在戏剧、小说文本中,"后花园"逐渐被固化为青年男女传递

---

[1] 咸立强.中西文学作品中花园意象的审美意蕴比较[J].中华文化论坛,2006(2):152.

情爱的场所，一个催生原始欲望的隐喻式符号。

《圣经》中的"伊甸园"是"花园意象"呈现得较完整的案例。"伊甸园是天真和欢乐之地。"[1]意大利诗人但丁在《神曲》中描绘了一个"山顶上的地上花园"，说明但丁不愿使受难的灵魂没有一丝希望，所以设置了这么一个表达情绪的地方。在以后的西方小说中，"花园意象"与"护花使者"相伴而出。"花园"成为有情男女传情、定情甚至偷情的典型符号。只不过与中国的花园意象相比，西方的"花园"只是其情感故事的一部分，因为他们的文化规约不像中国这么严苛。在西方的花园结构中，与花园相通的客厅、沙发、地毯等都可能成为其情感发展的延续。所以，即便是已婚妇女，也被赋予了生发情感的权利，如在西方古典小说中经常出现的"骑士之恋"。

《红楼梦》既有大荒山青埂峰、太虚幻境、大观园等完整意义的花园意象，也有潇湘馆、蘅芜苑、牡丹园、蔷薇苑等园中园，是作者倾力描绘的青春乐园。它们分别代表不同的文化情调和审美符号。这些"花园"符号作为人类内心中的幻象，是展示《红楼梦》中人日常生活，情感生发，甚至集体幻灭不可缺少的一部分。

人类创造了"伊甸园"的神话，使人类的精神得以安顿。人类又编织了"失乐园"的故事，为自己跌落现实的艰难生存找到一种理由。若审视一下人类心理，其实每一个人的潜意识中，都多少保留有重返伊甸园的梦想。正如铁凝说："每人心中都有一座花园。"[2]所以，每一个人都需要时刻净化自己的心灵，细心呵护，只有这样，心中的花园才能枝繁叶茂。"花园意象"作为一个在不断演进和完善的审美范畴，传承使其彰显历史文脉，演进使其吸纳新时代的营养，在两者的合力下，促使"花园意象"所禀赋的文化含义日趋厚重。

1　咸立强.中西文学作品中花园意象的审美意蕴比较[J].中华文化论坛，2006（2）:152.
2　咸立强.中西文学作品中花园意象的审美意蕴比较[J].中华文化论坛，2006（2）:155.

第二章
《红楼梦》文本书写中的大观园意象

  曹雪芹撰写《红楼梦》大观园的初衷是通过其整体悲剧意象的书写，缅怀自己的红颜知己，为几个痴情女子立传，书写人间真情，表现人性之美、青春之美，抒发自己淤积于心的审美情感。书中的大观园审美意象，包括园林诗画意象、别墅花园意象、金陵十二钗意象，集中体现了曹雪芹的审美理想，代表曹雪芹对诗意生存及女性审美意象的整体理解。这种审美理想既有中国传统"世外仙园"的痕迹，也有清朝中后期园林审美文化的影响，如明清"花园意象"及对于"十二"数字序列的诠释。"十二"在清朝时期代表一个美的循环，如雍正书房有"十二美人画"，描绘美人十二个不同的审美生存空间。与传统文化审美意象相比，曹雪芹独创的"大观园及金陵十二钗审美意象"在文化、审美层面对我国传统花园意象有明显的超越。首先，文化方面，大观园与大荒山、警幻与女娲、创生与延世有了完整的逻辑关系。其次，曹雪芹对待"情"、书写"情"的角度和表现方式，与传统相比有本质性的超越。在《红楼梦》的书写中，曹雪芹一方面表达了自己对于"审美理想"的理解，塑造了人间仙境"大观园"，并突出以下几点：大观园在时间上与大荒山勾连，代表着万物的开始和生命的开启；在空间上直通太虚幻境，是太虚幻境"内庭"的极度放大，是一个四季如歌、纤尘不染的诗化空间，是《红楼梦》女儿生活、交流的场所。另一方面，在撰文描绘之中表现出对于女性及少男少女纯真之恋的尊重和推崇，这一点是曹雪芹与同时代其他作家相区别的本质所在。曹雪芹为了充分描绘少男少女的美好时光，采用四季叙事法，凸显花园意象，突出大观园的纯真、美丽和洁净，这是《红楼梦》审美理想的集中体现。曹雪芹谙熟中国审美文化，其审美塑造张弛有度，因此，该花园意象极富典型性。

第一节　大观园的"花园意象"

花园意象是中国明清文学中的一个典型符号。周志波认为："花园是一个结构性的意象。"[1]中国传统文学中的"花园意象"由早期虚幻的人生乐园演化而来，明清时期逐渐被文学或戏剧表演塑造成青年男女传递爱情的特定环境，"花园意象"也成为家喻户晓的符号特征。

曹雪芹采用花园叙事的原因有多方面。从时代背景分析，在明清时期的民居建筑中，有条件的家庭在庭院设计中都配有私家花园，花园已经是当时闺阁小姐生活的一部分。其次，在戏剧或者文学作品对后花园的不断演绎中，"花园意象"日趋丰满，认知度和符号性都比较强。只是艺术作品中的花园意象较现实花园更加立体化、理想化，是现实花园的美化和升华，成为佳人相约不可缺少的附件。"花园意象为作品增添了独特的韵致。"[2]笔者认为我国古典文学中"花园意象"经过多重演绎后，在环境符号和文化内涵方面表现出几个相似点：第一，有教养、有品位的少女一定会拥有一个独具特色的花园，花园既是书中少女休闲、赏花的地方，更是少女身份的象征，代表少女的审美和修养，显示春天的明媚或活力。花园的品质代表佳人的品位，或者花园已经成为佳人的替代，是否有花园，花园的品位、风格等都成为作者塑造审美形象的手段。第二，花园结构设计几乎完全封闭，园内人几乎与世隔绝，社会人也基本进不来，以此保证少女身心、思想的纯洁。第三，花园环境优美，洁净清雅，景色宜人，美景、佳人、诗情画意，可以刺激读者生发美感和想象。雷鸣认为"花园是心物和谐的优美场景"[3]。这种经过长期发展和演变而逐渐符号化的"花园意象"，成为人们阅读或者欣赏戏剧表演的期待之一。

大观园是《红楼梦》最负盛名的"花园意象"，也是中国文学史上最典型的花园符号之一，表现出几个显著的特征。（1）整体性花园：现实系统下的大观园是贵妃省亲花园，具备整体花园的条件。（2）天仙宝镜之美：神话

1　周志波,谈艺超.元明清戏曲中花园意象[J].艺术百家，2008(2)：141.
2　周志波,谈艺超.元明清戏曲中花园意象[J].艺术百家，2008(2)：140.
3　雷鸣.《红楼梦》花园意象探论[J].齐齐哈尔大学学报(哲学社会科学版)，2010(9)：79.

系统中的大观园色彩靓丽，色调明亮，环境优美，人物形象颇具风姿神韵，处处洋溢着诗情画意，是太虚幻境的人间镜射。(3)女性化气质：大观园作为太虚幻境内庭的极度放大，表现出纯粹的"闺阁空间"，在审美气质上呈现出女性化的优雅和敏感，唯美、纯粹、洁净和脆弱，表现出典型的女性空间特征。巫鸿对女性空间的解读："由女性和她们的活动所构成的人造世界。"[1]大观园呈现出的气质符合女性化空间的条件。(4)幻境虚像：大观园虽然表面上呈现出盛世繁华，但却没有自身的造血功能，生存的一切支撑都来自"肮脏"的外部世界，一旦外部世界切断其供应链，大观园就会失去存续的逻辑支撑。

曹雪芹善于运用意象书写讲述故事，如《红楼梦》的"花""水""四季""时空"等意象书写都独具特色。其中，"花园意象"是《红楼梦》中最具有影响力的审美意象符号。

与其他传统文学中的花园叙事比较，《红楼梦》文本中"花园意象"比较丰富、立体，既有整体性花园、个性化的小花园，也包括诗画一体的主题设计，如"葬花""眠茵"等审美意象。整体性"花园"有三个，包括"大荒山""太虚幻境""大观园"。在《红楼梦》的意象建构中，"大荒山"象征生命的开始，传递出具有中国特色的创世思想。马明奎认为太虚幻境"虚拟了中国文化的逻辑开端"。[2]女娲造人与耶和华创造亚当在文化上的意义比较接近，其创造人类的原因、方法也比较相似，不同在于其管理子民的理念。西方创世文化管理子民突出的是男神思维。比如，当偷食禁果之后，亚当和夏娃被赶出伊甸园，因为他们践踏到了"红线"，必须接受惩罚；当上帝发现人类道德沦丧时，就计划灭绝人类，从此有了黄金时代、白银时代、青铜时代的传说，有了大洪水的演绎。当上帝看到诺亚有足够的诚实品质时动了恻隐之心，派先知告知诺亚造方舟，从而弥合了人类传续逻辑上的空隙。这体现出典型的创世男神思维方式，同时也是西方文化的逻辑起源。而在曹雪芹的创世推演中，女娲作为中华民族的创世母神，她在逻辑上为人类传续奠定了基础。女娲造人体现的是典型的"母神心理"。

---

[1] 巫鸿.重屏：中国绘画的媒介与表现[J].上海：上海人民出版社，2009：184.
[2] 马明奎.试论太虚幻境的价值建构及其幻灭[J].红楼梦学刊，2008(1):115.

首先，造人传说体现出一定的感性特征，母神的心情、情绪和身体状态影响到了其造人的质量，所以人类才有优劣之别、俊丑之分。同时，造人传说还表现出母神对子民的庇护心理，女娲炼石便是集中体现。当人类面临灭顶之灾时，女娲挺身而出，炼五色石补天，断鳌足撑四极，拯救人类世界。《红楼梦》中的宝玉便是女娲炼石的幻化。马明奎认为："女娲炼石是一个人性价值生成和幻灭的历史。"[1] 太虚幻境是《红楼梦》的作者为天下薄命女儿设置的一个理想国，与现实世界的混乱、短暂和易变相对应。太虚幻境具有洁净、长久和恒定等特征。大观园作为太虚幻境的人间投射，具有现实功能与神性符号的双重含义。在作品构架逻辑方面，大观园与大荒山、太虚幻境对等，因而实现了古代与当世、上天与大地、仙界与人间、幻象与实际之间的贯通。在书写权重方面，大观园则是全书的中心所在。《红楼梦》中最动人、最美丽的故事情节几乎都发生在大观园。俞晓红认为："大观园是一座具有完整意义的花园。"[2] 同时，从贾宝玉及大观园女儿的年龄及心理特征看，大观园是以少年男女诗意栖息为目标而创造的整体性花园。

大观园虽然是虚拟形象，但在文本书写中，透射出很多有价值的构园意识及造景思路，体现了曹雪芹丰富的园林学养。具体表现如下：（1）小中见大。大观园建于荣、宁两府之间，方圆三里半，合理利用现有景观布局。在园林意象中，大观园融合南北园林之精髓，中轴线建筑利用大观楼、顾恩思义殿等主建筑以点带面，反映出富丽堂皇、金碧辉煌的皇家园林气象。在景观设计方面，大观园突出天然和情趣。其景观设计布局严谨，堆山理水兼具南北园林意象，主景设计大气恢宏，小景设计巧于因借，建筑类型丰富，榭、亭、桥、廊等建筑形式打破对称，灵活运用，既可驻足观景，又与主建筑相通，连成一体，蔚为壮观。从空间关系分析，大观园布局有着丰富的层次和空间关系。各种园林元素，如楼、墙、亭、台、门，以及路、径、溪、渠，在山石、树木花草的围遮、引导、堆聚影响下，产生了或明或暗、虚实有致的景观布局。理水采用分散打通的方法，从园外引入活水，分流到各主

---

[1] 马明奎.试论太虚幻境的价值建构及其幻灭[J].红楼梦学刊，2008（1）:115.
[2] 俞晓红.《红楼梦》花园意象解读[J].红楼梦学刊增刊，1997(S1):319.

题景观，水体涵盖湖、池、河、溪等，贯通园内水路后绕墙而出。庭院的水体设计遵循了分流不乱、聚水不死、清溪环绕、娇花照水的理水思路，并以水为主线设计相关景观，丰富园林景致设计。同时，园中沟渠也承担着园内排泄雨水和水循环的作用，保证院内环境清新。（2）借景建景。人居景观皆根据人物性格特征因地制宜而建，突出人格化和依山傍水的园林美感，既布局灵活、各成一体，又彼此呼应、自然成趣。（3）巧用象征。庭院设计根据主题，运用人格化的叠石、植物、动物以及厅内摆设等烘托人物性格，隐喻主人命运。特别是植物和动物，有北方的桃树、梨树、杏树、松柏、牡丹、梅花，也有南方的陆生芙蓉、芭蕉、玉兰、海棠、竹子等，因人而设、应景而栽。分别对应翠竹环伺、海棠添香之韵。（4）虚实相生。整体布局错落有致，主次分明，衔山抱水、疏密合度。如入园之时有假山、叠嶂遮挡，只露出羊肠小道，有曲径通幽之妙。潇湘馆的翠竹掩映与清溪环绕、蘅芜苑的借势与藏露，均揭示了高超的造园手法，其构建思路及案例体现出很高的园林美学思想，对清朝以及以后的文人园林及庭院设计有较明显的辐射作用，以至于清末的一些官僚、富商在造自家花园时，常常以大观园为参考进行设计，发挥了文化对社会的助推作用。

第二节　时空链接逻辑

作为全书结构的中枢，大观园具备空间和时间双重构架。空间书写方面，包括幻境空间和现实空间两部分。幻境空间由大观园模拟太虚幻境设计而成，对应大荒山和太虚幻境，具有沟通上下、贯通古今的功能。现实空间中大观园是贵妃省亲别墅，文字书写为方圆三里半，实际展现出来的还不止三里半。内景中几个主体建筑呈中轴线分布，庭院建筑依水而建，均衡布局，疏密有致，体现出人格化、符号化的创意特征。在时间叙事方面，曹雪芹采用四季叙事交代故事的发展进程。春天清新、美丽、柔弱，花开花落皆是感伤，以林黛玉及元、迎、探、惜之寓意为中轴线，表达对春来的喜悦和春去的惋惜，描绘大观园女儿赏春、咏春、送春等闺阁雅事，伤春意味明显,"黛玉葬花"是其典型符号。夏季生命力旺盛,草木欣欣向荣,人们精力充沛,主要呈现生命的美丽、情感的纠葛,以史湘云醉眠、薛宝钗绛芸轩绣鸳鸯为经典意象。秋天花草树木枝叶凋零,景色肃杀,象征大观园的内忧外患、存续困境,以王夫人夜抄大观园为代表。冬季万物冷寂,环境荒寒,象征大观园的群芳飘零和整体幻灭,以贾宝玉出家、天地白茫茫一片为终止符。四季书写的方式使曹雪芹在审美表现方面更加灵活。为了尽情书写青春之美,作者淡化时间的流逝,使故事的纵向维度相对减弱、空间维度相对拓宽,这为其充分刻画少年审美心理及审美意象奠定了基础。

在结构和运行方面,第一循环为三大花园:大荒山、太虚幻境、大观园。警幻与女娲、幻境与大观园、宝玉与补天石之间的串联符号是僧道,僧道贯通了瞬间与恒定、有限与无限、远古与当代的交流。第二循环基本上发生在大观园之内,由宝玉历劫、绛珠还泪为主线,在天仙宝镜般的大观园中刻画了宝黛前缘与世情,并以此衍生出十二钗凄美动人的故事。贾宝玉进园和出园代表着大观园的盛和衰。林黛玉则是与大观园紧密相连的,大观园几乎是她情感的全部,是其生命绽放和凋零的场所。潇湘馆几乎等同于林黛玉,与潇湘妃子一起成为大观园的象征符号之一。这一点与贾宝玉和怡红院的意义相对应,大观园对宝玉而言,是爱情的启蒙,也是爱情的幻灭,宝玉在这里完成历劫,回归本位。"大观园是他追求的起点和终点。"[1] 在《红楼梦》所营造的美学大厦中,以大观园为基础的审美意象,成为读者最熟悉、欣赏和回味的审美符号。

第三节 人格化的景观意象

在文学描写中,人格的生成与典型环境是不分开的。吴士余认为:"环境是孕育人物性格的土壤。"[2] 大观园的整体布局及主要人物居所具有高度人

---

[1] Xiao Ch. The Garden as Lyric Enclave: A Generic Study of The Dream of the Red Chamber[D]. Washington DC: The George Washington University, 1994:123.
[2] 吴士余.中国小说美学论稿[M].上海:复旦大学出版社,2006:203.

格化的审美特征。

从大观园的居住环境看,首先在大的结构方面与人物性格、角色关系高度吻合。潇湘馆的幽雅恬静与怡红院的富贵生香相对应,一左一右形成对峙。蘅芜苑远在北角侧,又布局奇特、藏而不露,象征薛宝钗的个性。从色彩象征看,贾宝玉和两个邻居一红两绿,暗示"双玉"和宝玉情感前因后果,如果宝玉与黛玉之间是仙缘,那么妙玉与宝玉之间有隐喻式的佛缘存在。蘅芜苑在大观园的东北角,接近大观园中轴线的位置,在横截面上处于宝黛之间,虽然距离怡红院较远,却呈现出两种格局:一是宝黛钗三足鼎立,二是有阻隔怡红院与潇湘馆之势。在意义方面,凸显出"双玉"的亲近和"二宝"的疏离;在象征含义方面,也寓示林黛玉在明、薛宝钗在暗的关系。从大观园的审美风格和结构特点看,整体上幽雅明净,有显著的诗化、文人园林之美。在个人居住环境方面,着意塑造人景合一、浑然天成的庭院形象。每一处建筑的风格和环境与居住者都比较契合,让旁观者睹物见人、因境知人。

一、人景合一的庭院设计

曹雪芹采用意象书写的方法,从名称设计、景观构造、叠山理水、庭院格局及植物造景等几方面整合塑造大观园的个性环境,使大观园的景观及居所达到了人景合一的境界。大观园中的建筑设计具有很强的象征意义,包括树木花草都与居住者的性格产生联系。以贾宝玉的居所为例分析,首先,"怡红"既精确体现贾宝玉喜欢女孩,乐于在女孩堆里嬉闹的顽童个性,又隐喻富贵公子的闲适生活状态。在中国传统文化里,红色有富贵、美艳的意蕴,名字有画龙点睛之功效。怡红院内庭设计格调从格局、设景、家具、色彩等多方面突出"富贵"二字,怡红院自然是宝玉性格的外化。潇湘馆就是为林黛玉而设的,虽说作者设计了一个贾妃省亲的桥段,但是从潇湘馆的环境规划、建筑色彩、院落构造、粉墙黛瓦、竹林清溪等元素看,这些符号就是为了突出林黛玉性格特征而设计的。王晓洁认为:"潇湘馆是人物与环境融合得最为出色的。"[1] 林黛玉是曹雪芹倾力塑造的审美符号,

---

[1] 王晓洁.林黛玉与潇湘馆研究综述[J].红楼梦学刊,2010(1):295.

是中国传统文人内心割舍不下的审美情结，有着很强的文化意义和影响力。从外观看，潇湘馆粉墙修舍，翠竹掩映，清溪环绕，表现出清雅孤寂的审美意境，具有隐逸之风。这与林黛玉目下无尘、孤傲自许、敏感直率的诗人情怀十分贴切。竹子又被称作绿玉，有君子之风，潇湘馆是大观园唯一一个凸显竹子意象的庭院。中国文人自古有比德如玉的喜好，追求自然、独立的人格。林黛玉才情高逸，心热口快，凡事直抒胸臆，虽客居外婆家，诸事皆依靠亲戚，却从来不会曲意逢迎，是红楼梦女儿中少女性格保持最完整的一个。李希凡对林黛玉的诗化形象比较认同："真正抒发诗情的唯林黛玉一人而已……"[1] 林黛玉的文人风骨，也是中国传统文人在心中长久期许而不易实现的品格。薛宝钗形貌丰美，性格敦厚，处世圆融，是封建比德观、价值观塑造的淑女典范。蘅芜苑临水而居，外貌平淡无奇，清厦数间。门口一块巨大的假山石把里院尽皆挡住，里面却种满奇草异果，气味浓郁芬芳，"非花香之可比"[2]。室内氛围更是别具一格，雪洞一般，一应玩器全无。这些描写突出了薛宝钗自觉入礼、藏愚守拙的个性，也是表现其过早失去少女情怀的暗示。秋爽斋在环境及花草树木、室内陈设等方面突出简洁、大气、知性，与贾探春聪明美丽、精明强干的个性相符合。妙玉的居所栊翠庵环境清净、花树环绕，代表妙玉的心境、品位和身份；院内枝繁叶茂，红梅傲雪，代表妙玉的情感和内在被压抑的活力。稻香村在大观园中是唯一具有田园气息的庭院，很适合李纨安心教子、守节低调的生活态度；但在另一方面，稻香村的位置正如贾宝玉所言，在繁华明净如大观园的环境中，突然出现稻香村显得有些突兀，衔接不自然，这与李纨的角色、地位甚至为人都有些内在的联系。迎春的居处紫菱洲、惜春居住的藕香榭，虽然着墨不多，其陈设及氛围描写也比较契合迎春和惜春的性格和心理。其他景观设计如沁芳桥、滴翠亭、凹晶馆、芦雪广等有其相对应的文化之义或隐喻。因为原书稿后四十回的遗失，造成"红学"研究中很多问题至今仍然没有明晰化，如沁芳与林黛玉的结局是否具有内在的映射关系等有待于进一步研究。不过从曹雪芹写作的风格以及善用"草蛇灰线、伏脉千

---

[1] 李希凡.林黛玉的诗词与性格——《红楼梦》意境探微[J].红楼梦学刊，1983（1）：15.
[2] 《红楼梦》第十七回。

里"讲述故事的惯性看,这些名称和景观风格的设计应该有其价值所在。大观园对于宝玉而言,是其历劫的见证,以亲身体验书写亲历悲剧,更何况是书写这些人生经历中铭刻在心的情景人物,自然是笔笔见情,字字血泪。历幻之后宝玉回归本位,虽然依然是大荒山,只不过此时的宝玉早已通灵,不再只是一块独自嗟叹的顽石,而是积累了满满的人间记忆和情感,具有人格化特征的宝玉。

二、符号化的景观构造

曹雪芹是一个文学巨匠,也是一个画家,所以在写景状物时能够达到描写如画的效果。为了塑造更加典型的人物性格,曹雪芹在大观园的布局中,匠心独运设计了众多经典传神的主题环境,除了主要人物的居住环境外,还有其他主题鲜明的环境符号,分别传达出不一样的审美意境。这些典型环境一旦与典型事件结合,就会成为经典的审美意象,或成为一个故事的关键节点,体现出作者运筹全局的能力。

为了突出主要人物的个性特征,作者根据每一个主角的特点,设计特定的主题、情节以及人格化的环境符号来辅助塑造人物性格。如与黛玉相关的典型意象符号有弱不禁风、伤春意象、落花意象、湘妃、竹、芙蓉等,与林黛玉相关的意境塑造包括黛玉葬花、潇湘清愁、咏菊赋柳、调鹦弄琴等。这些令人回味无穷的经典审美符号,已经成为两百多年来经久不衰的绘画主题。从这些表现主题看,林黛玉具有高洁、孤傲、诗化、感伤的审美形象,与世俗审美趣味有明显的冲突。与薛宝钗相关的意象符号有丰美浑厚、稳重含蓄、牡丹、扑蝶等,冷、艳、香等成为薛宝钗的意象词。"宝钗扑蝶"既是薛宝钗与"黛玉葬花"抗衡的审美符号,也固化为突出宝钗心机的著名符号;"好风凭借力,送我上青云"成为薛宝钗处世哲学的概括。史湘云性格豁达、才思敏捷、处世大度,晚年似与贾宝玉有婚姻之实。与史湘云形象联系在一起的符号有金麒麟、寒塘渡鹤影、醉眠芍药裀等,特别是醉眠芍药裀,因为集视觉美、情趣美、诗意美于一身,而成为众多画家竞相表现的主题。贾探春的精明能干,敏捷、理政、芭蕉、风筝、分离是其代表性的符号,探春理政、桐荫问诗等成为展现探春审美的惯用主题。除此之外，妙玉品茶、李纨教子、惜春作画、凤姐弄权、巧姐纺线、晴雯补裘、晴雯撕扇、龄官画蔷等意境的成功塑造，都成为《红楼梦》知名的意象符号，成为突出其人物特点的经典元素。

小 结

综合以上分析，笔者认为在《红楼梦》文本书写中，体现出宏大的格局观，塑造了高度审美化、层阶分明的园林意象。其主要分为三级：（1）明净诗化的整体花园审美意象。大观园四周闭合、内庭广大，单纯洁净、美轮美奂，是贾宝玉的理想家园，也是曹雪芹用尽毕生精力倾力塑造的整体审美意象。携十二钗在诗画世界享受优雅闲适的惬意人生，是贾宝玉（曹雪芹）最高的审美理想，携娇妻美妾了此一生，以后再不托生为人，这是"历劫"的心理，也有时代婚恋观的痕迹，清朝一夫多妻的体制给这种爱情模式提供了实现的可能。（2）具有人格化意义的人居设计。在纤尘不染的大观园中，七位金钗分而居之，潇湘馆在左前区，邻近有贾府三春及妙玉住处，蘅芜苑在后区，邻近有稻香村。史湘云没有固定居所。建筑皆依山傍水，因人而设，突出个人风格。如潇湘馆的竹子、清溪的清幽象征林黛玉的性格和心境，以调鹦象征其情趣；秋爽斋的阔朗、大气的摆设代表探春的干练果敢，芭蕉代表其清雅；蘅芜苑的院落以及满院的果实代表其藏拙，其雪洞般的室内摆设又象征薛宝钗少女情感的枯竭等。作者通过人景一体的书写方法塑造了具有强烈人格化特征的人居景观。（3）大观园园林人物群像。金陵十二钗正册（金钗）有八位与大观园关系紧密，她们与大观园一起构成丰富多彩的大观园女儿审美众像。这些审美意象经过读者、画家的参与之后，以不同的形象、身份参与大观园的审美塑造，构成大观园的格式塔意象，创造了中国文学史上最知名的审美意象，"十二金钗"成为清朝以来众所周知的美人符号。在大观园女儿群像中，外柔内刚的"病态美"形象成为独一无二的诗化审美符号。以林黛玉为代表的富于书卷气又兼有魏晋之风的审美群体已经成为时代文人心头挥之不去的红楼情结。

审视这种审美现象，有两方面的原因：其一，清新脱俗的形象，如林黛玉，其灵秀感伤的形象犹如天边刚生出的白云一样纯洁、清新，形貌才情出类拔萃，是可欣赏又可交心的人生伴侣；其二，外柔内刚的文人风骨，其天真率性、不屈权贵的孤傲形象代表了有老庄思想的柔弱文人的普遍心理，受到清代知识阶层的普遍认可，展示出清代在野文人在积弱心理中洁身自好的一种情怀。这种情怀正是男人理想被现实击退后的心理隐象。

曹雪芹经历了从极端奢华到举家喝粥的境遇跌变。他饱含愧疚之情撰写《红楼梦》，除了他有深厚的文学功底外，其内心深藏、积久弥深的情感积累，心中念念不忘的青春印象，是促使其维持审美情感，激发其创作欲望的基础，他是为了心中的记忆，或者说幻象。曹雪芹在贫寒中笔耕数载，批阅 10 年、增删 5 次完成《红楼梦》的创作，塑造出我国文学审美意象的巅峰之作。

第三章
中国园林观念的演变及在中国画中的表现形式

明代著名书画家董其昌曾说："公之园可画，而余之画可园。"一语道破了绘画创作与园林构造的关系。前一句说明园林设计具有诗情画意，美景可入画，后一句说明画家心中有园，画中园林意象丰满。同时，明清以后，出现了以表现园林为主的专著和画册，同样是画册，换了主题后，其表现思路及方法就不一样了，绘画里表现了更多的园林细节。两者比较，绘画里的园林表现更多的是基于理想、虚拟或创意，而园林绘画则更多的是基于园林结构及环境的描绘，两者作为园林设计的主要辅助资料，可以为园林设计提供支撑。

第一节　中国传统园林观念的嬗变

我国古典园林在世界上享有盛誉，作为东方园林的主体支撑之一，具有独特的审美特征及完备的结构体系。"以自然山水为主题思想，以花木、水石、建筑等为物质表现手段，在有限的空间里，创造出视觉无尽的、具有高度自然精神境界的环境。"[1] 从其元素构成及功能表现看，园林是一个大综合艺术，以山水栖居游乐为导引，融自然与人文、物质与精神为一体，包括自然景观、各式建筑元素、书画及工艺美术，还包括适配的文学、美学、哲学元素等，既具有适合居游赏乐的物理空间，又具有心驰神游的虚拟空间。与自然山水相比，风景园林是以人为支撑的景观设计，以满足人的休养生息、康养怡情为主要诉求。

1　张家骥.中国造园论[M].太原：山西人民出版社，2003：28.

一、从神性到人性的转化

  在我国原始社会及奴隶社会早期，由于社会生产力低下，许多自然现象无法解释，就被人为赋予了神秘的力量。因此，上至统治阶级、下到平民百姓，都笃信万物有灵，经过长期演化形成了以天、地、人、神、鬼为核心的神话体系。统治者为了便于统治，逐渐建立了集政权与神权于一体的执政体系。在其执政过程中，巫术逐渐被神圣化，祈祷、祭祀等成为不可亵渎的法定行为。在每年的春、夏、秋、冬的特定节日，天子都会率众臣祭祀天地。

  祭祀的场所最初较简陋，只是选择开阔的高地或搭台举行祭祀活动，如舜在桑林举行祭祀活动，敬天祈福。商朝以后，随着国力增强、建筑技术提高，开始出现以祭祀为主要功能的建筑与环境。祭祀需要高台，就出现了"囿台""园圃"。春秋战国时期有"台苑"。从名称变化就可以看出其建筑结构的变化。前者以台为主、突出祭祀，虽然也有相当规模的自然景观存在，但人文元素较弱，游乐符号不明显。后者除了祭祀台之外，还点出了周围环境的特点，更加凸显了人文的因素，不管是园圃、还是台苑都有林木花草的含义。这说明祭祀场所由单一功能向综合功能的转化，出现了园林的世俗化倾向，除了祭祀祈祷建筑外，还添置了居住、休息、宴客、游乐的日常设施及建筑，使其具备了宴乐、骑射、游赏、生活等功能，从而使祭祀与园林有机结合了起来。从世界园林发展史的进程看，这种园林由神性向人性转化的进程具有普遍性。我国园林世俗化的进程发生早，持续时间长，演变过程及演变形式均极具东方特色。

  秦汉时期，我国建筑技术更加趋于成熟，开始出现了规模宏大的宫苑建筑样式。皇宫与园林合二为一，如秦朝都城咸阳由规模宏大的皇宫建筑群、大型宫苑构成，其依据"法天象地"的原则，综合考虑天、地、星象、山川、风水等创建而成，宫室和宫苑一体化拥有生活起居、运动休闲、游赏玩乐等功能。当时宫苑的形式有多种，大致分为三类：皇宫内苑、行宫别苑、狩猎场。前两者以游乐为主，更加注重休养生息的舒适度及游乐空间。后者以狩猎骑射为主，更加倾向于自然天成，拥有广阔的空间，便于骑马打猎，当然也需要有提供简易休息的场所。秦朝著名的阿房宫以及众多离宫别苑都在终南山及渭水一带，大多依山傍水，或堆山理水打造空间，具备了园林构成的基本元素。如当时著名的上林苑，是秦朝皇家园林的标志性园林。

汉朝都城长安已经是一个国际性的大都市，皇家宫苑盛行。据《史记》记载，仅长安周边就有36苑。宫苑最有名的是汉武帝时期的建章宫苑，其园林模式以模拟神仙居住的环境建设而成。一般在苑中设置大池，水域广阔，水中设三仙山，水域周围设置游玩路径。建筑之间有名木芳草维系，空间广阔舒适，可居可玩。最著名的是甘泉苑和上林苑两处，其他还有乐游苑、博望苑、御宿苑等。其中，甘泉苑是一个拥有祭祀功能的离宫，园林空间广阔，元素齐备，适合居住、祭祀和游玩。上林苑的园林功能更加齐全，游赏怡情的空间更为饱满，区域也更加广阔，周长几百里，可游玩，也可以进行狩猎及各类军事训练。如苑中设昆明池，就是模仿昆明滇池开凿而成，有训练水军的功能。从汉代宫苑一体化建设的发展规律看，无论宫殿大小，都会附带相关的园林空间。其中，一些大型宫苑多与风水、黄老思想相关，遵循"法天象地"的原则，空间及建筑设计多以五行阴阳、星宿方位为支撑。除此之外，则主要满足居住生息和游赏玩乐方面的需求。从创建思路看，神仙体系的导入除了满足居者敬神祈福需求外，真正实现的是仙境世俗化，或者建设一个人间仙境的理想国，其不仅具有祈福和游玩等基本功能，还要满足居者的日常生活，建造与之相关的各类设施，达到长期居住的要求。

在园林构成中，山水成为架构的主要支撑之一。我国人民自古对山水有着特殊的感情。在人类早期，对山水的情感更多是基于崇拜和敬畏，如我国远古神话系统中的龙王、山神、河伯等符号。后来，人们渐渐从山水自然风光中感受到精神的愉悦和感悟，渐渐游山玩水成为达官贵族闲暇时喜欢的活动。孔子曰："知（智）者乐水，仁者乐山。"他点出了山水在中国知识群体生活意识中的地位。这些人在游历山水的过程中，不仅仅只有视觉愉悦，更多地从山水宏大的空间中获得启示，汲取力量，思考人生的意义所在。这样，人们对山水的情感就慢慢地从敬畏转向了亲近、喜欢，在思考中以山水之宏大反观人之弱点，调整人生轨迹，汲取继续前行的力量。

但是，名山大川由于自然条件所限，不宜长居。封建统治者及贵族豪绅又事务忙碌，不能经常涉足山水。园林是缩微的山水画卷，能够与成熟人居环境充分结合，搭配建筑房舍、林木花草等，方便人们随时游玩。这是各类宫苑、花园在汉朝时期逐渐形成的原因。

二、从皇家规制向多元化发展

三国两晋南北朝时期，全国各地战乱不断、饥荒瘟疫肆虐，民不聊生。在这样的乱世之下，统治者为了自身需求，建设宫苑的兴趣却丝毫未减。只不过由于国力、财力有限，宫苑的体量、规模等较前代有所不及。据相关资料记载，这段时期的园林有："曹魏早期的铜爵园、玄武苑，魏明帝的芳林苑，后燕慕容熙的龙腾苑，还有南朝宋的乐游苑、青林苑、上林苑，齐的娄湖苑、博望苑、元圃苑，梁的兰亭苑、延春苑、玄圃苑、湘东王园，北朝北魏的鹿苑、西游苑、华林园等。"[1] 从以上资料看，当时如皇宫、行宫、官邸等大型、综合建筑群都会有相关园林相随，区别在于其宫苑的规模因国力、财力限制小了很多。

私家园林兴起于秦汉时期。随着社会经济及建筑技术的提高，官绅富商为了给自己的居住提供便利，开始建造各类私家花园（园林）。私家园林与皇家宫苑最大的不同是因人而异，虽然也有固定的范式，但因为隶属于私人，因此其规制及风格更加多样化。这与个人的修养、审美、爱好及财力相关。

由于时局动荡，在佛教、黄老学术的影响下，魏晋时期玄学逐渐兴盛。魏晋名士在参悟道家思想、佛学、黄老学术等基础上，开始重新追问和反思人生的价值和意义。他们不再垂青于功名、品德甚至学识，而是开始注重内在的情感及修养，提倡思辨，追求个人风格和精神气度。为了提高自己的见识、修养及论辩能力，他们或沉浸于幽闭空间、执念于自我灵魂。

---

1 徐宏.论中国古典园林的核心意义[D].南京：东南大学，2007：29

或游历于名山大川，澄怀味道。在这样的历史背景及文化认同下，加上皇权减弱，士族门阀、达官权臣横行朝野，在权力与金钱的坚强支撑下，魏晋南北朝时期私家园林开始有了实质性的发展。

私家园林根据主人的修养及审美差异分为两类：一类是主人追求富贵奢华，仿照宫苑规格建造。这些园林的建筑及相关设施力求高大贵气、奢华气派，与自然山水、林木花草融合在一起，人工改造的痕迹明显。如谢安、琅琊王家等具有的私家庄园，当时称为"山居别业"。这些名门世家有能力封山围泽创建大型园林，也有财力建造华丽房舍，既享受人间奢华，又可游乐山水园林，凸显了园林可居可游的属性。

另一类是主人有较高文化修养，他们崇尚自然、旷远的静谧之境，善于问道自然，与自然有心灵交流。这类私家园林常常建在郊外，依山傍水，或开渠引泉，或筑台围景，皆因地制宜，依势而建，追求自然天成，崇尚清雅野趣，呈现出文人园林的倾向。

三、园林体系的初步形成

隋唐时期是我国封建社会的全盛期，皇家宫苑更加壮丽宏大。以唐朝为例，皇家园林、官宦豪绅私家园林、寺观园林均蓬勃发展。除此之外还出现了公共园林区域，丰富了我国园林体系的内容。其中，大明宫苑是皇家三苑之一，最初是李世民为其父建的，后来长期被历代皇帝使用。大明宫作为唐朝皇家宫苑的代表之一，其前部以中轴线布局为主，建筑设计凸显皇家气派，后部以太液池为中心，依据三仙山的格局构架，布局更加严密，建筑体系更加丰富。以蓬莱殿为例，它就包括主殿（蓬莱殿、宣政殿、紫宸殿）、栖凤阁、翔鸾阁、亭以及其他相关设施。园林的承载能力及日常运作体系日益完备，尤其是园中设置大池储水、凿渠引入活水，有力保障了园林的安全问题。除了大明宫之外，还有九成宫、翠微宫、华清宫等，这些宫苑属于行宫。华清宫是以骊山及温泉为特色的行宫，是唐玄宗与妃嫔生活消遣的地方。整个宫苑分两部分。山下以对称式建筑为主，包括楼、阁、亭、廊等，整体巍峨庄严，凸显大唐气派。山上是温泉疗养区，各类设施依照骊山地势而建，巧用因借关系，温汤池有唐玄宗与杨贵妃专用的，也有其他嫔妃所用的。植物设计一方面充分利用原有植物，突出自然情趣，另一方面根据园林需要，栽种各类名贵树木。既有松、柏等常青植物，也有桃、李、杏、枣等果树，可供食用，突出了当时宫苑的造园思路既重视精神需要，也重视实用效果。除了宫苑之外，当时长安有很多私家园林，均为唐朝时期的皇亲国戚及达官豪绅所建，规格及样式更加多样化。

在盛唐时期，因为综合国力强盛，长安成了国际化的大都市，不仅与皇宫、官邸相关的园林区域日益精美化，而且城市的外观建设也出现了园林化的倾向。如长安开设了公共园林区域，这是前所未有的创举。公共园林区域向大众开放，造福人民，是有利于社会的善举。如著名的"芙蓉园"是以曲江为中心建造而成。该池本来就是汉代上林苑的遗址。隋唐时期开始大力改建，首先引水入池，扩大池水面积。其次，根据曲折的湖岸依势改建，种植杨柳、杏树等观赏植物，池中种植荷花，故名"芙蓉园"。因为该公共园林区域广阔，水岸曲折，岸边植物欣赏价值高，又具有半开放性质，所以很快就成了长安游玩的必选之地。除此之外，其他园林形式也日渐凸显，如寺庙园林、会馆园林、书院园林等，从而使我国的园林体系趋于完备。

第二节　我国文人园林观念的发展

我国自古有天人合一的集体认同，提倡人与天地、自然和谐相处。孔子曰"智者乐水、仁者乐山"，水滋养万物、灵动而富于变化。有智慧的人喜欢水，善于从水的各式样态中获得感悟和快乐。大海浩瀚宽阔，可以宽人胸怀、忘掉烦恼。不管有什么烦心事，面向大海、春暖花开，自然可以一切释怀。山涧湖泊清澈明净，可以涤荡心灵、澄明心向，反思自己走过的人生之路。山川溪流或湍急飞溅，或蜿蜒前行，无论遇到任何艰难险阻都不会停息，宛如人生旅途，观之悦目、听之悦耳、赏之悦神、思之悦心。仁者乐山，大山稳重、宠辱不惊，有虚怀若谷之风，也具沟壑纵横之能。山居退可休养生息，进则出仕朝廷，实为君子理想的栖居康养之地。因此，许多达官贵族虽然身在庙堂，却心中向往山水澄明之所、思念乡间野趣，幻想有朝一日能够退隐山林，安享晚年。既然是安居场所，自然有别于一般自然山水，除了自然山水之外，还要设置能够让人心神安宁的设施，完善休养生息的环境要素，即除了自然元素之外，还要纳入人文元素，尤其是能够满足贵族日常生息的环境要素，包括居住、静养、游赏、娱乐等，把自然精华与人文成果合二为一，这才是山居模式的理想之所。

一、魏、晋时期的园林美学

魏晋时期对于山水之美因观点不同而分野。

其一，以追求"玄学""明教"为代表的魏晋名士可以回避俗世，热衷于清谈思辨，倾慕山水之雅静，望于游历中能够澄怀味道、心智澄明。在这样的背景之下，魏晋名士逐渐把游历山水与人生志趣、生死运数联系在一起，阮籍有"三芝延瀛洲、远游可长生"之句，嵇康有"少无适俗韵，性本爱丘山"之说。随着这种认知的扩大，"事外有远致，不黏滞于物"的自由精神逐渐流行，从而促使山水自觉的文化现象的出现。同时，山水审美概念的转变也逐渐影响到魏晋人对人之审美的变化，常常用自然之美指代人物之美，如用"清风朗月"比喻清高贵重的人格，用"玉人""连璧""芝兰玉树"等比喻少男之美，用"龙姿凤章、天质自然"形容嵇康之美，用"碎玉颓山"形容嵇康的醉态之美。此外，云霞、明月、植物等均用来形容人的相貌及品格，凸显了魏晋时期"人之自觉"的存在，促进了"魏晋风骨"的发展和完善。

魏晋玄学与老子、庄子、《易经》有很深的渊源。老子的"无为"观、庄子《道德经》的思辨及"逍遥游"的境界与《易经》的智慧构成了魏晋玄学的主要支撑。特别是庄子"有情有信""无为无形"的虚空观对魏晋名士的山水观、园林观有较深刻的影响。他们为了消减俗世的烦扰，获得活力充盈的自我"小宇宙"而喜欢游历山川、问道自然，初步形成了以"游、观、思、悟"为轴线的山水观。这种以"游历"为核心的山水意识驱动魏晋名士们向远处的山水风景进发，不断体验不同的自然山水，品味不同的山水之美。这种新的游观模式体现了魏晋人对"人本体"认识的升华，反映了一种"自我"意识的觉醒。这种觉醒不仅导致审美主体欣赏方式的改变，更加突出自身在游历之中对自然万物的感受、思考和领悟，而且也赋予了山水林泉更明显的、独立的审美价值，从而使山水之美逐渐独立出来，成为新的审美载体。同时，在"自我意识"的驱动下，魏晋"游观"山水的审美体验渐渐由表象向内在转化，在观看的基础之上附加了"悦目""畅神""澄明"的功能，从而使人们游历山水的感受和体验更加深入、立体和多元，最终走向"得意忘象"的境界。

其二是在魏晋文风带动下的审美转变。在谢灵运、建安七子等文学领军人物的影响下，魏晋的山水审美有了新的发展点，文学的视角、感觉、情怀、审美及表达方式等丰富了山水之美的层次。文学不仅以诗词、对联、楹联、匾额等显性形式点缀山水，而且以文学之感、文学之情、文学之虚拓展了山水审美的审美范畴，在自然、天然、清朗、奇峻的基础之上更加凸显意境的美感，强调有与无、实与虚、动与静、近与远的辩证关系，一些与文学相关的审美主题如诗意、虚静、含蓄、境界、悲悯等逐渐进入山水林泉的审美范畴，成为评判山水之美的必备元素之一。

首先，以谢灵运为代表的文人对魏晋山水美学及园林美学产生了深刻的影响。谢灵运以文学才情融合山水之美，以山水之韵拓展园林之美。这表现为以下三方面：（1）认为山水之美的独立性。谢灵运根据自己的身心体验提出山水的独立性和自然性，认为山水之美是独立的个体，不因审美主体而改变，还原了山水的自然本性。（2）提倡山水审美以"以情入境"。文人感情丰富，容易触景生情，这是其游历山水时情感触发的常态形式。虽然山水依然，然而因每个人的情感生发不同而使审美结果发生改变，从而在山水之美的自然属性之上附加了人之情感、文学之韵。（3）强调以"贞观厥美"的态度欣赏山水，认为观山看水要保持一种"正"的态度，应不偏不倚，体察山水、自然之真，感悟天地之大美。（4）探究人间仙境的审美特征。谢灵运笃信道家学说，终身寻觅仙居胜景，尝试将仙境与山水、园林融合，探索"人间仙境"的创建之路。这种探索的价值不仅在于赋予了山水及园林更为广阔的虚拟空间，而且深刻影响了人们欣赏山水的方式，改"为道者必入山林"为"为道者必居山林"，从而启动了山居模式审美体验的发展。

其次，由"三曹""建安七子"等建安文学家的文风所引起的审美风尚凸显了风度、骨气及悲悯情怀。这种刚健俊朗文风的盛行扭转了当时的"颓靡"之气，使文学审美趋向在慷慨悲凉中抒发个人情志，表达人生理想。这种思潮在山水及园林审美方面凸显了悲悯、个性及格调等范畴。

魏晋时期真正揭示山水园林之美者当属陶渊明。在理想层面，陶渊明塑造了不染尘埃的桃花源——一个远离尘嚣、山水和美的世外仙源，这成了中华文人千百年来梦中的栖居胜地。在园林栖居方面，陶渊明追求的不是皇家富贵，而是和谐轻松的田园模式："方宅十余亩，草屋八九间。榆柳荫后檐，桃李罗堂前，户庭无尘杂，虚室有余闲。"拥有基本的吃住条件、洁净舒适的内庭、有自然美丽的环境，近处可见村落、炊烟的烟火气，远处遥望青山悠然，岁月静好。陶渊明推动山水园林审美的突出成就在于既塑造了理想的世外仙源模式，也创造了一种悠然自得，可见、可实现的田园园林模式，启示人们园林之美不是仅靠巍峨壮观的建筑支撑，只要符合心境，田园风光依然令人流连忘返。

二、隋、唐时期的园林与文人化倾向

隋、唐时期的文人园林以王维的辋川图及田园诗意为代表。王维精通诗画，迷恋山水，追求文人意趣。其开创的水墨山水画风清雅淡远，彰显文人风度。辋川别墅图是王维根据自己的居住要求规划设计并献给老母亲的杰作，是王维山水栖居理想的物化。

从时代背景看，隋、唐时期我国国力强大，经济繁荣，文化开放包容。科举制度施行后改变了唐朝官员的知识结构，一些文化修养较好、审美眼光较高的文人走向仕途。这些人虽然为了功名利禄奔走于官场，然而其本性仍属于或羡慕潇洒豁达，或喜欢闲散自由，终日在官场中应付早已身心俱疲，希望闲暇时能够有一个安静舒适的环境调养精神，因此，兴建私家园林的风气日渐兴盛。这些官员有文化，审美修养高，也有财力和能力建设私家园林。

同时，随着唐代文学的繁荣发展以及文人园林鉴赏能力的提高，关于山水、园林审美的文学作品，如山水诗、田园诗悄然兴起。这些诗歌一方面表达了唐代文人的山水及园林观念，另一方面也是对当时园林状态的一种评价，反映了唐朝园林的基本特征及状态。另外，诗词、散文等文字也以书法、楹联等形式成了园林构成的元素之一，对提升园林格调、突出园林特征有显著作用。有了诗词书画的加持，唐朝文人园林的审美格调更加倾向于清新雅致。

从隋、唐代文人园林的设计特征看，其较重视人文元素与自然环境的融合，注意与自然的因借关系，突出自然之势，在建筑方面，则趋于简朴自然，突出乡野之气。如在叠山理水的基础上，采用茅草屋、小桥流水及多变的地貌模拟自然山水园林。白居易称颂的"庐山草堂"，杜甫描写的"浣花溪草堂"，王维创意建构的辋川别业等，体现了唐代文人共同的园林观：以山川丘壑开阔心境，以林泉、石竹、花树养心，借酒、诗、画、书法、抚琴陶冶性情，表现出与皇家宫苑截然不同的审美倾向。

从隋、唐时期园林设计的构园特征看，其主要分为靠山、邻水、城坊、郊区四种类型。靠山园林以倚靠终南山、骊山、嵩山、庐山、王屋山等名山为主。终南山附近有辋川别业（王维）、双峰草堂（岑参）、石门草堂（阎防）、终南幽居（储光羲）、终南别业（钱起）等；骊山附近有骊山别业（韦嗣立）、东山别业（韦恒）、骊山别业（韦应物）；嵩山附近有嵩山草堂（卢鸿一）、少室草堂（岑参）、少室南溪别业（蒋洌）、嵩山别业（卢处士）等；庐山附近有遗爱草堂（白居易）、匡庐草堂（李徵古）、庐山别业（郑十二）、庐山草堂（赵员外）、卢岳草堂（刘处士）等；王屋山附近有王屋山第（李峤）、王屋山别业（胡象）、王屋青萝斋（岑参）、王屋山隐居（刘使君）等。从园林名字可以看出，这些靠山私家园林大多以别业、草堂、斋、隐居等命名，显示这些建筑主要是其主人用来休养身心的，所以追求清静、雅致、舒适，可居可赏可游，据此可以远离公务、尘嚣，安享静美时光。一般来说，园林建设需要元素齐备，靠山私家园林也会附加水、石、花草树木甚至吉祥动物等。因此，在这些靠山私家园林内绝大多数都会采用凿池引泉、堆土叠石的方法丰富园林的地貌样态，增强园林游玩观赏及休息思考的功能。邻水园林所傍之河包括灞水、渭水、淇水、汉水等。

其中，临灞水的私家园林主要有灞上闲居（王昌龄）、霸陵别业（刘长卿）、灞东郊园（张司马）、灞上秋居（马戴）；临渭水建的私家园林包括渭口别墅（王斌）、渭滨别业（马戴卿）、渭上别业（王藻）、渭上旧居（白居易）等；靠近淇水的私家园林有淇上别业（高适）、琪上田园（王维）；靠近汉水的私家园林有涧南园（孟浩然）、汉水居（朱放）、汉水故园（岑参）。唐代临湖私家园林以傍太湖、洞庭湖、镜湖为主。太湖边的私家园林有褚家林亭（褚某）、震泽别业（陆龟蒙）；临近镜湖的私家园林有镜中别业（方干）、镜湖居（顾蟾）；靠近洞庭湖的私家园林有洞庭别业（韦七）、巴陵山居（员稷）等。从这些临水私家园林的名字看，突出"居""田园""园"等主题，显示这些园林是以居住休养、享受田园之趣为主。

三、宋、元诗画园林及意境

两宋时期我国封建文化高度发达，是我国园林发展的成熟期。北宋仁宗时期，社会经济、文化经过长期发展达到了很高的程度，为园林发展创造了条件。国都汴梁是一个国际性的大都市，从帝王、百官到一般乡绅普遍对私家园林感兴趣。因此，当时大小不等的私家园林众多，分布广泛。尤其是在宋徽宗时期，因为其本人热衷于绘画、书法以及园林艺术，他动辄从全国征集名石、名木大兴土木，建造各式园林。同时，宋徽宗的艺术修养极高，在他的带动下，宋朝成立了画院，培养了一大批画家，极大地丰富了当时的艺术文化，不仅为后世留下了数量众多的院体画作品，而且也为园林的艺术化和文人化创造了条件。当时，山水画创作与园林建造形成了一种良性的互动关系，两者互相支撑、互为借鉴。这种风气甚至改变了我国园林的造园方式。当时一些著名的园林多与山水画有一定的关系。在园林设计时，人们以山水画的景致空间为参考，利用诗词和绘画点题、丰富意境，凸显"意境"的作用，力求使园林山水相得益彰，寓情于景。

宋朝文人园林从结构及功能看，可分为宅院式、独立式两类，其中，独立式又分为游憩式和赏玩式两类，一般来说，这两类会定期对外开放，供大众参观，具有一定的社会文化属性。以洛阳为例，当时洛阳市是北宋园林发展得最好的城市之一。据李格非撰写的《洛阳名园记》记载：他亲见的洛阳知名园林有19处，其中18处属于私家园林；6处与庭院在一起，属于宅院园林性质，如湖院、富郑公园、环溪等；10处是单独构建而成，以游玩养息为主，如独乐园、西园、东园、丛春园等；2处为主题性园林，即归仁园和李氏仁丰园，这两处园林以培植植物花卉为主。当时洛阳牡丹名扬天下，几乎每一处园林都会栽种各色牡丹以供观赏。从构园特征看，洛阳的文人园林以土山（丘）为主，大型的假山或石山并不多见，可能是当时运输条件不行，那些从南方运来的石材非常昂贵。园林内部建筑以宽敞的厅堂建筑为主，可供大型聚会使用。点景采用台、榭、亭等结合水体、名木花草等构建。植物造景较为突出，以梅竹苑、桃杏林、牡丹园最为知名。空间布局较为疏朗，有大片空地，可以搭建帐篷、设置桌椅等以供临时休息。园林风格倾向于天然、简远、疏朗。南宋园林主要集中在杭州（临安）、吴兴、太平、绍兴等地。杭州以西湖、钱塘江两处最多，如贾似道的水竹院落、后乐园、水乐洞园，韩侂胄的南园等；吴兴（湖州）有南、北沈尚书园、余氏园、平江园林的沧浪亭等。江南园林在构成元素方面与北方不同的是普遍采用叠石方法建造假山，这可能与江浙离太湖石产地较近有关，而且水体结构完善，水源充足。

据不完全统计，宋代以文人而闻名的园林有沧浪亭（苏舜钦）、东堂（毛滂）、带湖新居（辛弃疾）、半山园（王安石）、独乐园（司马迁）、西园（王诜）、雪堂（苏轼）、东皋（姚补之）、沈园、诚斋（杨万里）等。这些文人园林建造的目的是供居者休养生息。因此，这些园林在风格及元素的设计方面虽然因人而异，但因为都是文人，有着文人共同的喜好及心理，如置身私家园林与公共场所最大的不同就在于可以暂时摆脱诸事缠绕，让心神安定下来。为了彰显自己的审美品位，不至于太过于高调奢华，这些文人喜欢在空间设计方面，借鉴中国画的构图及意境，利用自然地势营造疏朗远透的空间，凸显藏露、虚实关系，同时，用特定建筑与松柏、梅竹、桃杏、兰菊等烘托景点特征，采用诗词书画等彰显景点主题，从而大大强化了文人园林的本质特征，丰富了园林构成的元素，凸显了风景园林与诗词书画的构成关系，在居息游玩的基础上提升了园林的观赏和思考的功能。

元代文人园林受宋代影响较明显，但因为家国情怀的不同也产生了相应改变，如绘画中出现了无根兰花，反映了宋代遗民的漂泊感。在文人园林方面，这种情绪表现在这些文人喜欢在自家园林里沉湎书画、饮酒消遣，以此抒发自己的抑郁之情。当时的文人园林以河北的莲花池（张柔），江苏无锡的清闷阁、云林阁（倪瓒），苏州的狮子林（倪瓒）、莲庄（赵孟頫）、万柳园（廉希宪）、遂初堂（张九思）等最为著名。从创园特征看，元代文人园林善于从宋代山水美学中汲取营养，模拟宋画的意境及构图方式，把宋代山水画的山水林泉意象用园林方式呈现出来，把远方的山水林泉建在自家的庭院附近，以此满足自己亲近自然、归隐山林的情感需求。

四、明、清时期的生活园林

明代文化复古倾向明显，市民文化兴起，这些都在园林建设中有所体现。明代的园林建设一方面受宋、元园林的影响较深；另一方面在规模、风格方面有了新的变化，如私家园林增多、规模趋小、园林审美情趣有世俗化倾向。

宋代兴起的"壶中天地"，形象地说明了文人建造"园林"的目的。"拳石勺水"则透射出文人园林美学的寓意："涓流积至沧溟水，拳石崇成泰华岑。"（陆九渊）该理念打破了园林对区域大小的绝对依赖，尺丈之地亦可建园，使园林设计由"写实"趋于"写实兼顾写意"，逐渐向"芥子须弥"转化。从明代园林构成看，其尤其重视园石选材，认为石中有禅意，"石中藏有机锋，拳石可纳五岳"。从这些园林理念可以看出，明代的园林创意打破了具体区域的限制，开始在实体园林的基础上挖掘虚拟空间，园林设计更加注重心学、心理的应用，在构景、聚景时可以凸显山、水、石、木、屋的符号性。

当时的私家园林数量众多，分别集聚在苏州、北京、杭州等地。据《帝京景物略》记载，北京的私家园林主要有定国公园、英国公新园、成国公园、曲水园、宜园、白石庄、惠安伯园、报翁亭、宣城第园、梁家园、月张园、清华园、勺园等。金陵的私家园林主要有东园、西园、魏公南园、魏公西圃、锦衣东园、万竹园、徐锦衣家园、金盘李园、徐九宅园、莫愁湖园、同春园、武定侯园、市隐园、武氏园、杞园、遁园、丰台园、佚园、尔祝园、吴孝廉园、何参知露园、味斋园、长卿园、茂才园、新园、无射园、熙台园、陆文学园、方太学园、张保御园、李氏小园、武文学园、羽王园、太复新园、华林园等。太仓园林主要有田氏园、安氏园、王氏园、杨氏日涉园、杨氏园、季氏园、曹氏杜家桥园、王氏麋场泾园、弇州园、琅琊离蘙园、王敬美园、东园、学山园等。扬州园林有休园、影园。苏州园林主要有拙政园、东园、沧浪亭、药圃、五峰园等。无锡园林主要有寄畅园、愚公谷、上海豫园、谐赏园（绍兴）。

从这些私人园林的命名看，可分为以下几类：（1）以姓氏、人名或爵位命名，如梁家园、定国公园、徐九宅园等。这种命名方式凸显主人身份、官爵。（2）以所在地方命名，如梁家园、白石庄、东园、西园、莫愁湖园等，这种命名方式突出区域、地方特征。（3）以园内特征命名，如曲水园、万竹园、药圃、杞园等。该类园林以最具特色的景观或植物命名，彰显园林个性。（4）以园林功能命名，如市隐园、味斋园、无射园、休园、寄畅园、谐赏园、拙政园等。该类园林的命名凸显园林的整体功能，如市隐园表示大隐隐于市，有闹中求静之意，味斋园更倾向于内省功能，在园中留住可以充分品味人生。

文人园林讲究以小见大，力求实现虽是人工、宛若天开的效果。在园林设计中，注重营造景观的虚实、主从、藏露、因借、阴阳等对应关系。其中，虚实关系是明代特别重视的，无论是在实体园林、文学园林还是虚拟园林之中，这都是明代文人园林的特色之一。虚实首先表现在现实与虚拟的对应关系。明代流行的"壶中天地""拳石勺水"是这种虚实关系的标识。这些理念在有限的实际环境的基础上，附加了无限的虚拟空间，从而强化了园林的心理引导及审美功能。其次是具体景观的虚实对应关系。以建筑为例，建筑实体为实、空间为虚；门窗是实中有虚；深色为实、浅色为虚。山水的虚实关系：对于山体而言，凸起的峰、峦、丘等为实，凹陷如沟、涧、壑为虚；对于水而言，水体大、动态明显的为实，水体小、呈现静态的为虚；而山与水则是山实水虚，衔山抱水的美感在于虚实相生。对于植物而言，树大为实，小为虚。当然，园林造景中还有许多组合关系，如山居会涉及山与建筑、建筑与水系，以及建筑与石景、树景、花草等组合关系，要根据具体情况设计虚实关系。明代因为流行各类文化符号，以物喻人、以物比德的方式在园林设计中非常普遍，所以在造景设计中，设计师普遍重视园林元素的象征意义，凸显园林设计的整体功能及心理疏导作用。

清代文人园林更加流行，园林设计与诗、书、画的关系更加紧密，画论与园论相通，画境与园境相似，绘画审美与园林审美不分家，只不过一个是平面的、虚拟的，另一个是立体的、现实的。人们尤其对以物喻人、比德的比拟方式非常热衷，对植物符号的运用更加凸显。在园林设计的过程中，清代设计师赋予了每一种园林元素以清晰的符号含义，突出了以物比德的价值。就山水而言，山体厚重，孔子将其比喻为"仁者"。清代画家认同此类比德方法，认为山与人同，有风度礼节、喜怒哀愁。如石涛在论画中指出山形与情感的关系：画山水可以滋养人的德行。山体纵横者具有动势，山体低伏者表示安静；山体呈作揖者代表在行礼，如在作画时一般向主山呈"揖礼"状；山石舒缓象征平和，聚合则象征聚意严谨；有灵气的山象征智慧，秀美的山象征文采。到了清代中晚期，这种"比德山水"更加盛行。这对园林设计有较大影响，强化了园林设计人格化的倾向，譬如更加重视园林元素的"寓情于景，情景交融"，更加凸显"以物比德"的运用，赋予山水花木以明晰的人格象征，托物言志，以物喻人。

清代私家园林迅速发展，数量众多。从园林分布及发展看，清代除了传统的北京、江浙以外，以广州为中心的区域园林开始崭露头角，从而使我国园林发展呈三足鼎立之势。以苏州为例，苏州园林从明代起就已经誉满华夏，清代苏州园林得到了进一步发展。从康熙南巡的记载中可以发现，瑞光寺、拙政园、虎丘、万岁楼、林禅寺等对当时的苏州园林有极大的促进作用。乾隆六次下江南，在游山玩水的过程中驻足多处园林，不仅观赏，还令御用画家描绘园林景象带回，以方便在北京造园。

从设计特征看，清代私家园林在传统园林规制的基础上，强化了庭院的比重，包括庭院的整体设计、品质、元素配备等，注重凸显庭院情趣。如在庭院设计时除了基本的以山、水、建筑为核心的配景之外，更加重视飞禽、植物的搭配。如承德避暑山庄的景点有"青枫绿屿""松鹤清樾""梨花伴月""曲水荷香"等以植物为主的命名；苏州拙政园有"玉兰堂""海棠春坞"等景点。除此之外，在以观赏为轴线的园林欣赏之外，增加了以"听""味""悟"为轴线的园林景观。如拙政园的"听雨轩"，庭院里种上芭蕉，倾听和品味雨打芭蕉的韵味；"留听阁"是把建筑建在水的中间，四周水域种植荷花及其他植物，营造聆听的情景及氛围。以"味"为欣赏轴线的，以嗅觉和品味为主。如留园的"闻木樨香"，在庭院周围种满桂花，以花香取胜；拙政园的"雪香云蔚亭"，亭子建在坡地上，周围栽有很多梅树，冬季下雪的时候，盛开的梅花与白雪相映成趣，梅香四溢，构成了严寒天气下的瑰丽景色。其他典型的植物符号还有竹子、芙蓉、桃花、芦苇等，彰显了以植物符号为主的景点特征。

文人园林凸显园林的人文情怀及审美，反映文人的内在思想及情操。其是想通过具有诗情画意的环境陶冶性情，放浪形骸。更深层的意义在于文人内心的退隐情结，其在这样静谧舒适的环境中能够心神安稳。

我国古代文人培养包括入仕和修身两方面：入仕是终极目标，学而优则仕；修身为个人修养，除了基本知识和价值观、道德观培养外，还包括审美修养，即琴棋书画等，其中，书画是最基本的。我国自古就有书画同源之说，因为书法和写字都是用毛笔，所以书法是日常文字工作的延续和升华。绘画的工具也是毛笔，中国画讲究书写入画，笔墨情趣，都与书法相关。因此，古代家学基础好的文人大部分具有绘画审美能力。有一些文人则书画俱佳，平时忙于政务，闲暇之时便会回归自我，以笔墨自娱。特别是文人画兴起之后，逐渐成为中国画的主流趋势之一，成为文人官员抒发情怀的媒介之一。其中，许多画家又身居要职，或地位显赫，对居住环境、园林构成具有很高的修养。因此，他们常常通过绘画的形式把心中向往的居住模式表现出来，或者通过形象符号凸显自己对人物审美、性格及文化身份的认同感，久而久之，便形成具有符号性的绘画语言，如翠竹、梅花、梧桐、兰花、菊花都被赋予了人格化的意义。再进一步梳理可发现，不仅有生命的物象被赋予了特定的文化含义，而且无生命的器物也被附加了各种含义，如房舍、穿廊、石头等。如同样是石头，玉成为中国非常特殊的文化符号，象征人的高洁和刚正。从璞玉到美玉要经过能工巧匠的精雕细琢，玉不琢不成器，这也象征一个人从无知懵懂到经纬之才的过程。而山石因为牢固、稳定常被象征品质、长寿，如君子信念坚如磐石。同时山石因为恒定也具有长寿符号。同样代表长寿符号的还有太湖石。以瘦、漏、皱、透而著名的太湖石是我国园林作为园林景观的主要石材之一，又因为其与"寿"谐音，形状玲珑剔透适合观赏经常被用作庭院、室内装饰。这些符号元素经常在中国画中出现，成为画家表达观念、抒发心像的常用手段。随着中国画技术的发展及文人画家的兴起，文人们留下了丰富的相关作品。这些作品，尤其是名家作品，蕴藏了历代理想的栖居模式及相关园林构成。这些优秀的传统资源是园林创意及实践的优质素材。

整体来说，我国古典园林是一个集自然、人文于一体的大综合体，以山川林泉及传统建筑、园艺、诗画、书法为创意元素，注重驻停游赏的物理空间及心理空间，凸显东方审美风格，代表着我国知识群体在农耕自然经济时代的最高栖居理想。在我国园林发展过程中，呈现出世俗化和文人化两条发展路径。世俗化以突出体量、奢华、游乐及祭拜为特征，体现了富贵人家对生息游乐的概念。该类园林创意源自生活，凸显富贵，突出功能和享受。文人化以诗意栖居为核心概念，力求实现一个虽是人工、却宛若天然的园林环境，最终目标是达到某种艺术化的、舒适怡情的生存、生活空间，既能够使身体放松，又能够安顿疲惫的身心，成为一个庇护灵魂、释放身心的精神家园，使人与天地融合为一体。而这类以诗意栖居为核心价值的园林体系在世界造园史上可谓独树一帜。从文化支撑分析，我国园林创意主要受四种文化影响：第一是儒家思想。它把自然与人合二为一，融合自然美，生活与人生追求于一体，利用园林体系建立天、地、人和谐统一的环境。第二是道家思想。道家的自由观与虚空观使我国园林设计在物理空间的基础上，注意深化和拓展人与自然的关系，在空间设计上考虑主人修身养性、问道自然的需求，从而赋予了园林与其他人文建筑不同的功能，在放松身心的基础上附加了怡情、反思、过滤的功能。在这样的环境下，人们更容易超越自我，释放枷锁，使精神与心灵获得解放。这与中国文人官员内心的退隐情结和隐居山林的理想模式相契合，长久地存在于中国人的居住方式和居住文化中。第三是风水文化。中国的风水术十分吻合传统居住环境景观的美学理念，成了居住环境设计的指导原则。第四是传统的审美文化。传统的园林设计是中国人居住环境美学思想的物化，其审美意义甚至超过了居住的功能需求。传统居住环境的设计者把意与形、意与境融合在一起，从崇尚自然到寄情山水，从对自然情景的再现升华到山水的审美意境。与中国传统审美强调"神游""目想""妙悟"等一致，人们对传统的居住环境的审美，将个体主观的感性与客体的理性相融合，重视体验、领悟，从个体主观的悟性和社会群体认知的角度，去领会、感知环境和空间的美。

第三节　中国山水绘画中的建筑形式及审美情趣

我国山水画里的建筑形式包括亭、塔、阁、楼、榭、斋、屋等，有的单独成景，有的组合在一起，构成庭院或建筑群，彰显人类的活动轨迹及审美活动，提升山水画的审美价值。

一、亭、榭

（一）亭

亭是我国传统建筑的形式之一。亭的读音与"停"接近，早期字体含义上与"停"也有交叉，说明建亭子的目的包括停下休息。亭子有多种形状，如常见的三角亭、四角亭、五角亭、六角亭、八角亭等，有单层的、双层的、也有多层的。亭子的支撑是柱子，没有围墙，空间开放，方便进出及欣赏风景。亭子在我国建筑中是一个非常特别的符号，建筑形式简洁，占地面积小，对建筑位置要求不高，材料要求也因地制宜，是我国山水风景或园林设计中不可或缺的建筑形式之一。

在山水画中，不管画面多么荒野寂静，只要有亭子存在，就代表有了人迹，表示周围可游、可观、可停。亭子没有居住功能，只是一个供游人或行路人停下欣赏风景或歇脚休息的所在。亭子给人提供的便利，其一是开放性、流动性，只要空间允许，随时可以进出；其二是便于观景，因为四周完全没有遮挡，可以全方位欣赏风景；其三是遮挡太阳，躲避风雨，驻足休息。基于以上功能，亭子一般建在高处、水边或路边等地方，以便于游客或旅人歇脚驻停。

亭子作为重要的园林元素之一可以作为观景建筑，也可以作为园林景观。从观景的角度看，亭子一般建在地势高的地方，但是不是一定要建在最高处，尚没有定论。如果作为景观，亭子的位置要根据具体环境而定，只要能在该环境中较好地显示出来，与周围景观搭配和谐，起到点景或配景的作用即可。如果作为观景点，则亭子一定要建在高处，周围有较好的视野，以便于游客观景。如果是作为符号，则亭子分为野逸和富贵两类。草亭虽然简易，却有隐逸之气，一般在文人画中或乡野之地出现较多，以山巅或近水居多。

从建筑材料看，传统的亭子可分为木质琉璃瓦结构或木质草亭两类。一般来讲木质琉璃瓦结构的亭子多出现在富庶人多之地，是皇家园林或官宦私家园林常用的建筑形式。草庐结构的亭子多位于幽静及偏远之地，或表示人的存在，或作为画面构图的一个点景存在，但更多的是表示一种野逸之气，反映中国文人的一种归隐心象。

图 3.1 是倪瓒的"容古斋图"。亭子临水而建，四根木柱，茅草结顶。周围有较大一片被白雪覆盖的空地。前景数株老树长在乱石之中，画面极简、荒寒，孤寂远透，虽显人迹，却无人烟，凸显了元代山水画荒凉枯寂的审美特征。

图 3.2 "竹路清泉"中的亭子同样是草亭，因为环境不同、元素不同而令画境有巨大差异。其一是环境品质较好，翠竹、小径、清溪充满清雅舒适之气；其二是因为亭子建在水面之上，下面有架空，亭下可见清流穿过，周围有栏杆花屏和竹林，显示出南方亭子的精致和文人的品位。

图 3.3 的画面中有两处亭子，最上端的建在山腰右侧，可三面观景，与画面深处气韵相接，具有点睛的作用。下边的建在山路中段，临水而建，除了亭子之外，还有其他建筑群，既可以歇脚休息，又可赏可玩。图 3.4 的亭子在近处山巅的平台上，周围开阔，视野通透，可四面观景，是休息和欣赏风景的好地方。以上两幅画中亭子的设置对于突出画面主题、表现人化环境的品格以及审美趣味有明显作用。

《红楼梦》大观园绘画及园林意象

上左　图3.1《荣古斋图》倪瓒　元代
上中　图3.2 竹路清泉·恽寿平·清代
上右　图3.3 长松仙馆图·王鉴·清代
下左　图3.4 彩笔山水画·八大山人·清代
下右　图3.5 秋声图·恽寿平·清代

图 3.5 是恽寿平的"秋声图",画面表现北方秋天风景的肃杀氛围,画面空旷,与元代山水画的意境相似。在空阔荒凉的画面中点缀了一个小小的亭子,其不仅成为画面的着眼点,而且在无我之境下透射出了人的关注及情感。图 3.6 是戴进的"山关行旅图"。画面主要表现行旅商贾之人的不易,山高水远,行路艰难。前景栈道上有一个商队正在徐徐前行,与图 3.5 相比,该处亭子的功能更具人性化,亭子可以供商队或游客歇脚休息,补充给养,从而使画面的行旅元素更加齐备,凸显了画面的行旅主题。图 3.7 是李公年的"山水图"。画家注重刻画画面的深远空间,近处有杂树丛、土坡乱石,中间虚空,呈 S 形由近及远向画面深处延伸。为了打破画面的单一感,画家在中段山坡上设置了一个亭子,在山岚之下隐约可见,由此让欣赏者的视线有了着落,可以更加有效地显示出空间的深度。图 3.8 是赵伯驹

图 3.6 山关行旅图・戴进・明代
图 3.7 山水图・李公年・宋代
图 3.8 春山图・赵伯驹・宋代

的"春山图"。画面上有一个建筑群,亭子在前景,建在水面之上,下面有架空,旁边有渔船,可观、可游的环境元素很充分。

木架琉璃瓦或青瓦结构的亭子相对复杂、精致,多建在繁华富庶之地,既是人间繁华的象征符号,也是园林设计主要建筑形式之一。

图 3.9 所绘的是圆明园四十景中的亭子之一,具有皇家宫苑亭子的典型特征。方亭重檐,朱色圆木柱子,金色琉璃瓦,檐下有彩绘、字画,通体看起来金碧辉煌,具有皇家气派。亭子内设桌椅,周围有汉白玉台阶,鹿、鹤雕塑,有六合同春、富贵吉祥之意。图 3.10 "荷塘戏婴图"是宋画中的园林小景,亭子精致贵气,采用青瓦飞檐结构,内设奢华,亭边垂柳掩映,儿孙喜乐,展现了当时贵族内庭的生活样态。

图 3.11 刘松年的"四季风景"和图 3.12 "王羲之观鹅图"这两幅中国画中的亭子都是以观景为主的设置,均刻画得较精细。图 3.11 中的亭子建在水面上,四角方亭,结构精良,外观精致,有通道与岸边庭院相连,与庭院浑然一体,是湖居庭院的一个延伸。图 3.12 中的亭子在结构上与前一幅有些接近,只是在细节上有差别,刻画得更加细致入微,亭子的工艺和材质也更有档次,同时,把亭子设计在画面一角,留下观景的空间也更广阔一些。

图 3.13 和图 3.14 的作品表现了以亭子为基础的娱乐活动,分别展现了亭子在人类生活中的不同功能。从活动内容看,这些活动虽然丰富多彩,但整体上归于休闲娱乐主题范围,这充分说明了亭子在山水画或园林中的符号特征。图 3.13 是钱毂的"竹亭对弈图"。画中的亭子为草亭,周围有芭蕉、翠竹、松树,凸显文人风骨。对弈虽然具有对抗性,但只是一种游戏,是文人锻炼心智和交流的一种形式。亭子四周通透,空气清新,在这里邀三五好友对弈清谈,不失为人生快事。图 3.14 "兰亭修禊图"刻画的是历史典故。兰亭因王羲之的《兰亭序》而名垂千古,画家为了突出兰亭的清雅特质,把亭子画成精致的草亭,前景是梧桐树和山石,背景有翠竹清潭,亭中三人在议事,商讨修禊之事,从而赋予了这项活动明显的文化意义。

《东庄图册》[1]画的对象是园林,对亭子的结构、材质、位置及周围环境

---

1 [明]沈周,现存21幅图,藏于南京博物院。

上左　图 3.9　宫苑亭子 圆明园四十景之一·唐岱、沈源·清代
上右　图 3.10　荷塘戏婴图·佚名·宋代
中左　图 3.11　四季风景·刘松年·宋代
中右　图 3.12　王羲之观鹅图·钱选·元代
下左　图 3.13　竹亭对弈图·钱穀·明代
下右　图 3.14　兰亭修禊图·文徵明·明代

上左 图 3.15 知乐亭·沈周·明代
上右 图 3.16 湖山一览图（局部）·唐寅·明代
下左 图 3.17 仿王蒙山水图·谢时臣·明代
下右 图 3.18 陆羽烹茶图（局部）·赵元·元代

有细致的描绘，精心描绘了明代私家园林的邻水亭子的基本特征。图 3.15 是沈周的"知乐亭"。亭子临水而建，为了表现其园林气质及精致，除了基本的水、丘、树及空间视野等基本元素外，画家还在亭子的背面加上了木窗和窗帘。亭子里有茶几和观鱼的人，表现了主人知足常乐的人生态度，也契合了知乐亭的含义。图 3.16 是唐寅的"湖山一览图"。画中的亭子在一个高台子上临湖而建，视野广阔。虽然环境是纯自然景色，亭子却很精致坚实，显示这里有着丰富的人文痕迹。

图 3.17 是谢时臣的"仿王蒙山水图"。画中重峦叠嶂，山路上有旅客及商队载重负行，旅途艰难。转角处有亭一座，虽只是茅草结顶，却空间宽敞、四处通透，在这里或打尖休息，或谈笑风生，均可以为旅途增加几分乐趣，展现了亭子对行旅之人的意义和作用。图 3.18 的"陆羽烹茶图"，表现的是一种生活的情调和品位。人在漫长的生命过程中承担了各种繁杂沉重的事情，能够撇开俗务，给自己腾出一些时间，烹茶煮酒，与知己谈天论地是一种人生智慧。该画表现的是中国文人的洒脱和淡定，闲林草庐、清泉烹茶，人生的惬意就在于在简易的条件下依然能够亲手调制自己的生活品位，保持一种淡然自在的生活状态。亭子给予了这种生活样态一个有力的支点。

（二）榭

榭是指建在水上、水边或高台上的建筑，一般为木制或竹制。古有楼观亭榭、舞榭楼台之说。从结构上看，榭是没有围墙的建筑，与亭子有些类似，但规制更大，空间更宽敞，可以用于休养、表演、习武等。从功能上看，榭与园林联系更多的是休息、集会、清谈、喝酒、品茶等场所。图 3.19 "荷香水榭图"细腻地表现了江南水乡的美。在两丛树之间建有水榭，木质结构，周围遍种荷花。榭内一人闲坐观水，清晨的湖面在晨曦的暖光下显得安静而美好。图 3.20 "春山暖翠"的水榭是连在一起的，背坡面水，周围丛树围绕，湖水荡漾。远处春山青绿，白云缭绕，表现了江南水榭一体、春意盎然的美好意象。

图 3.21 "山水图"的亭子在山间水潭边上。大山深处，幽静偏僻。一座简易的水榭可作暂歇之处，一湾清泉可洗涤身心，放飞灵魂，这是石涛所表达的深山幽静的画境及含义，从某一个方面说这也是山水林泉对于世人的作用。图 3.22 "湖山春晓图"中的主人在水榭里闲卧，安心享受静好岁月。书童在溪边玩得心无旁骛。在这里似乎没有时间的痕迹，也没有看得见的压力，向世人展现了"山中无寒暑、岁月不知年"的意境。

图 3.23 "山水听音图"的榭建在山间高台上，周围有古松，可听松风，向下、向上及远方景色多变。由于画家在欣赏方面将题眼放在了"听"的感觉上，所以该画的审美内涵及榭的功能变得更加齐备。

上左　图3.19 荷香水榭图 • 恽寿平 • 清代
上右　图3.20 春山暖翠 • 恽寿平 • 清代
下左　图3.21 山水图（局部）• 石涛 • 清代
下右　图3.22 湖山春晓图 • 居然 • 五代

　　图3.24 "烟翠人家"的画意凸显山居人家的清幽和美好。
　　图3.25 "山水"表现的是平远山水的意境。画中河流自近及远呈S形向深处延伸，前景树丛错落有致。水榭建在中间，左右皆可观景。远处地面开阔，有大片水域，放眼使人愉悦。
　　图3.26 "秋雨山峦图"有瀑布、水潭及清溪，榭是建筑群的一部分，在这里可居可游。

二、堂、屋、斋、轩等结构及审美特征

（一）堂、屋、斋

　　堂和屋是我国传统建筑的基本形制之一。堂的形制规模较大，正面向

图3.23 山水听音图 • 石涛 • 清代
图3.24 烟翠人家 • 恽寿平 • 清代
图3.25 山水 • 恽寿平 • 清代
图3.26 秋雨山峦图 • 恽寿平 • 清代

阳,在园林布局中位于中轴线上,用于祭拜礼、会宾客、集会等,一般不用于居住。在我国民居建筑里,堂屋位于正房的中间,摆放八仙桌、茶几、椅子等,用于会见宾客。中国画中的堂以草堂为主,特别是文人画中的堂基本上都是茅草木土石结构,凸显野逸、书香气息。

卢鸿的"草堂十志图"分为"草堂""倒景台""樾馆""枕烟庭""云锦淙""期仙磴""涤烦矶""罩翠庭""洞元室""金碧潭",又叫"玄居十志",用绘画表现了嵩山十景的概貌,反映了文人隐居山水的十种常见样态,表达了文人隐居的心理及功能诉求。

图3.27"草堂",有点题作用,表达了文人所向往的生存环境。草堂虽简陋,但自成院落,环境清幽。堂前小树林高低错落,各显峥嵘。林间怪石林立,有清泉流过。后边有池塘,远处有山路,直通后山。画上题跋说明了草堂隐居的自由野逸之美。

图3.28"倒景台"以游观的视角表现草堂之居的妙处。文人草堂多半设在清幽之处,背山面水。居内可遍读诗书、修身养性;出外可游山玩水,

品味人生。"倒景台"为台式山南麓的观景台，作者以身入画伫立山头远望。远山露出一处楼阁建筑，前边有观景台。台前有水潭，透出山之倒影。

图3.29"樾馆"以林木深幽取胜，虽是草堂，却有"禅房草木深"的意境。在此居留，不期待奢华安逸，但身心不会疲劳。邀三五好友或品茶清谈，或读书下棋，均为乐事。该图草堂在林木深处，前景有松柏、梧桐、垂柳等，代表君子之志。草堂周围堆石成景，里面灯火通明，高朋满座，谈兴正欢，其乐不在富贵，而在于清静雅致。

图3.30"枕烟庭"秀峰高耸，树高林密。每天清晨或傍晚，山岚云烟在身边流转，晚上远可观明月朗星，近可听蛙声虫鸣。志趣高妙的人到此居留会感叹环境静谧幽静，景致秀美，躺下休息宛若枕烟而眠，卧看云起云落。游观则如置身仙苑，有杨雄所谓"修仙之境"的韵味。但是无趣者到此则会有空虚无聊、心生悲凉之感。该作品有山有水，山川辉映，人在山上走，宛若画中游。

图3.31"云锦淙"主题是水。崇山峻岭之间，山溪自远而近蜿蜒流过，时而激荡、时而平静，水面映射天光如云锦一样绚丽。乐水者在山岚云气之中听泉看水实为人间乐事。

图3.32"期仙磴"山高路险，直通云路。寓意勇于攀登者可以突破自我，实现自己的目标，就如期待升仙者，如果不畏艰险，勇于攀登的话这段险路就等于升入仙界的台阶。

图3.33"涤烦矶"环境幽静。"涤烦矶"被乱石环抱，四周溪流围绕，穿流而下。中间大石平整，视野空阔，除了泉声之外，没有任何杂音干扰。在此环境下或倾听泉音，或抚琴明志，抑或闭目调息、放飞思想都可以使自己从尘世喧嚣中分离出来，把心中烦恼剔除，使自己的心境获得片刻宁静，得以享受真正的人生。

图3.34"罩翠庭"以丛林茂密、浓阴遮天而著称。在山涧裸石之间，有茂林翠荫，稍坐片刻便能褪去烦躁，通身清爽，身心惬意。

图3.35"洞元室"与其他外景不同，属于"洞景"。我国文化讲究"虚室生白"。古代神话系统里有"神仙洞府"符号，寓意只有经得住枯寂，耐得住苦修，才能获得智慧，飞升成仙。以此洞为室，志趣高妙者可邀朋谈

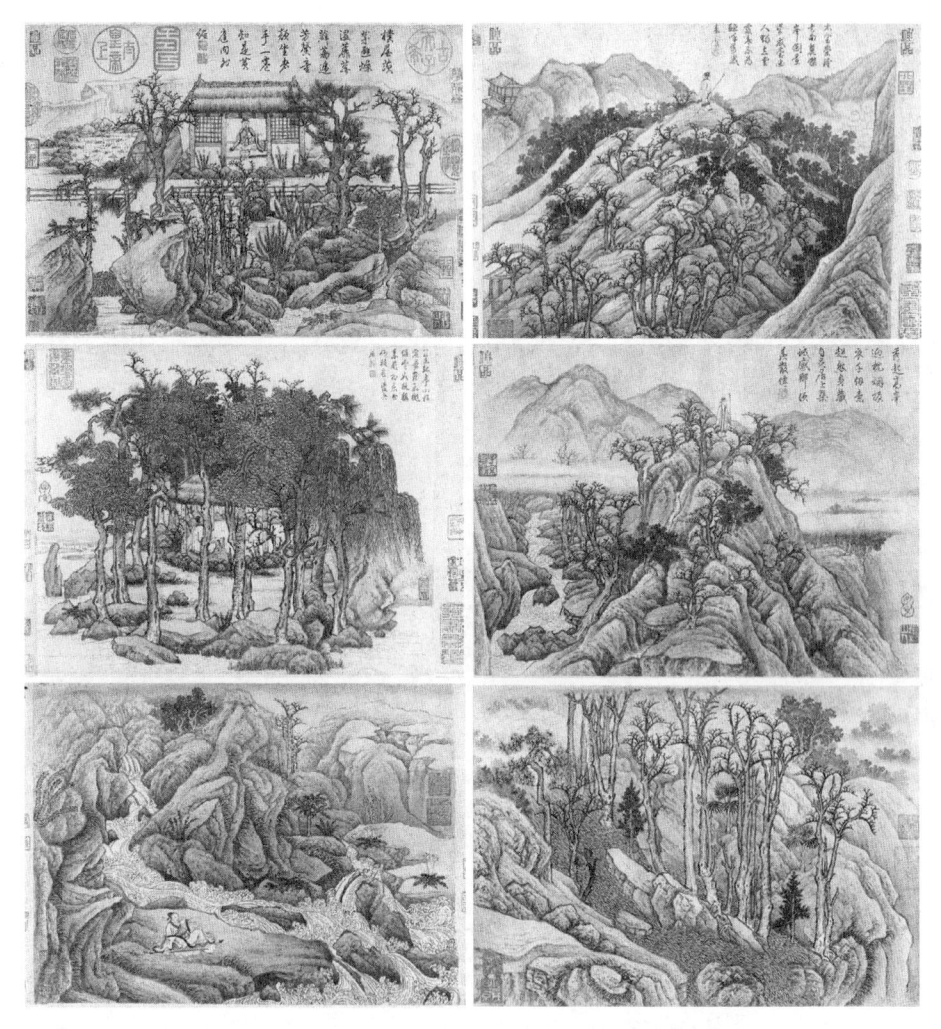

中国园林观念的演变及在中国画中的表现形式

上左　图 3.27 草堂十志图之一：草堂 •卢鸿• 唐代• 台北故宫博物院藏
上右　图 3.28 草堂十志图之二：倒景台 •卢鸿• 唐代• 台北故宫博物院藏
中左　图 3.29 草堂十志图之三：樾馆• 卢鸿• 唐代• 台北故宫博物院藏
中右　图 3.30 草堂十志图之四：枕烟庭• 卢鸿• 唐代• 台北故宫博物院藏
下左　图 3.31 草堂十志图之五：云锦淙• 卢鸿• 唐代• 台北故宫博物院藏
下右　图 3.32 草堂十志图之六：期仙蹬 •卢鸿• 唐代• 台北故宫博物院藏

上左　图 3.33 草堂十志图之七：涤烦矶・卢鸿・唐代・台北故宫博物院藏
上右　图 3.34 草堂十志图之八：罩翠庭・卢鸿・唐代・台北故宫博物院藏
下左　图 3.35 草堂十志图之九：洞元室・卢鸿・唐代・台北故宫博物院藏
下右　图 3.36 草堂十志图之十：金碧潭・卢鸿・唐代・台北故宫博物院藏

理论玄，问道自然；品质低下者则会与之相反，心生妄念。

图 3.36 "金碧潭"以色彩点题。潭水清澈，透出水底彩色石头，晶莹剔透。四周有绿树、石台可欣赏美景。

以上 10 幅画既表现了嵩山十景的特征，也反映了文人隐居山林的兴趣导向和心理需求。草堂虽简陋，然而与自然美景契合，周围环境静谧通透，尽得天地灵气；暂住可以调适心境，放松自我，出游则山清水秀，林荫清泉伴行；进能够体察山川沟壑之妙，退能够独居幽室，品味人生胜景。

草堂多建在乡野山水间，是文人读书修身的处所，凸显幽静、自然之境。图 3.37 的"拓溪草堂图"是清代画家吴宏的应邀之作。吴宏是"金陵八家"之一，其画风与明代画家蓝瑛渊源颇深。该画表现了水乡草堂的静怡之美。堂前梧桐参天，翠竹围绕，四周水系四通八达，有小舟穿行，表现了一个静谧自由的理想境界。图 3.38 是谢缙晚年作的"潭北草堂图",草堂背山临水,周围有古松烟柳,环境清幽。前景小桥上有客人来访,堂屋有高朋清谈,彰显出草堂虽简易、主雅客来勤的魅力。以上两幅画都是以表现草堂的野逸、清静、自得为核心,依山傍水,一虚一实,各得其妙。

图 3.39 是王翚所作的"仿卢鸿草堂图"。该画利用篇幅完善了草堂的外围环境:近景增加了小桥流水,访客。小桥及路旁有各色林木,房前堆石、疏篱院落,屋后有花圃、农田,再向远处有大片水域、远山辉映。虽然描绘的是卢鸿的嵩山草堂,实际上展现的是一个理想模式下的草堂形制。图 3.40"堂溪诗思图"凸显了文人、诗和草堂的关系,有山水林泉、清风明月做伴,草堂便不觉简陋,吟诗作画、自得其乐。

图 3.41"雪堂客话图"点出草堂、季节和会客三个节点。在大雪飘飞的时节,在草堂内烹茶煮酒,约好友畅谈人生理想、讨论诗书画艺,可以驱除风雪之寒,消解思友之苦,抒发胸中郁闷之气,实在是风雅之事。夏圭的"雪堂客话图"背山面水,堂前梅花,屋后竹子,拾级而下便可乘舟出行,环境清雅幽静,的确是静修的好地方。

图 3.42"竹西草堂图"凸显了"草堂"的方位和植物。竹林风雅,高风亮节。竹林后边是青山,前边是开阔水域,环境优美、意境清肃。草堂在山脚之下,面向湖面。堂前有小院,湖边有大石。草堂周围有松柏、杉树、梅树等,象征主人的志向高洁。

以上这两幅画均采用了象征手法,画家运用植物符号、环境等元素烘托草堂的品位和主人的高洁人格,凸显了草堂在修身养性和文人社交方面的桥梁作用。

图 3.43"草堂碧潭图"除了凸显草堂清泉的特征之外,更加突出了建筑的大环境。古松翠柏掩映下的草堂错落有致,空间宽敞舒适。房子旁边有杉树、柳树等,丰富了建筑符号的情感层次,在清正里增添了些许温情。山前的云气及多姿的山峦则提升了建筑环境的逸气,提升了主人的身份。

图 3.44 的草堂结构依然是背山面水,突出特征是山高水阔,左侧有悬瀑、山溪,溪流到前边与湖面汇合。草堂结构呈小四合院形式,居住和游观的条件更充分。

上左 图 3.37 拓溪草堂图·吴宏·清代
上中 图 3.38 潭北草堂图·谢缙·明代
上右 图 3.39 仿卢鸿草堂图·王翚· 清代·中国国家博物馆
下左 图 3.40 堂溪诗思图·戴进·明代
中右 图 3.41 竹西草堂图·张渥·宋代
下右 图 3.42 雪堂客话图·夏圭·宋代

图 3.43 草堂碧潭图・王翚・清代
图 3.44 东山草堂图・王蒙・明代

历史上有很多官宦或文化名人怀有山林情结，在其出仕、成名之前或人生历程中留下了著名的"草堂符号"。这些草堂有一些是真正的草堂，如诸葛草庐（三国时期，诸葛亮）、浣花草堂（唐代，杜甫），而另外一些只是取草堂之意，实为精致的书房，如雪堂（宋代，苏轼）、南轩（宋代，曾巩）、滴翠轩（宋代，黄庭坚）、辛稼轩（南宋，辛弃疾）、阅微草堂（清代，纪晓岚）等，这些书房的起名多为以环境、姓名或主人阅读特征为表现主题。

书房、书屋、书斋、精舍等与草堂相比，在建筑工艺、材质及装饰上复杂了许多，也精致了许多，藏书或读书的意味更浓一些。特别是官宦人家的书房，房舍及室内装饰都非常考究，是判断一个人志趣及审美的重要符号之一，所以，历史上有很多名人对自己的书房爱护备至，不辞辛苦为自己的书房起各种雅号，向世人表达自己的心智，这些书房的命名思路丰富多样，包括以名言志、借景得名、拟古等，创意思路多为以小见大，彰显品位。如陋室（唐代，刘禹锡）、聊斋（清代，蒲松龄）、老学庵（宋代，陆游）等名字突出了书房主人的志趣及日常活动。青藤书屋（明代，徐渭）、绿林书屋（鲁迅）、菊香书屋（毛泽东）、晚晴山房（李叔同）的名字则在言志的表达上更加平和，更加突出书房与主人的共情。

书斋与书屋相比较，除了藏书和读书外，更多地指向读书人对读书及人生的理解和反思。斋的本意是有节律、素食的意味。书斋连起来强调读书如同修行，因此既要博览群书，又要有所专长，多读好书、名著。我国历史上记录了很多著名书斋，如雪浪斋（宋代，苏轼）、思无邪斋（宋代，苏轼）、七录斋（明代，张博）、求阙斋（清代，曾国藩）、有不为斋（林语堂）、莽苍苍斋（谭嗣同）等，这些书斋的主人有政客、也有文人。

除此之外，以楼、屋、阁、庵等命名的书房也有很多，如万卷楼（三国时期，陈寿）、画禅室（明代，董其昌）、苦茶庵（周作人）、饮冰室（梁启超）等，这些名字从字面上均能够显示出主人的用意，如万卷楼意指藏书丰富，画禅室点出了画家创作的核心，苦茶庵则形象地道出了文案工作的辛苦，饮冰室更是深刻说明了文人的一腔热血与残酷现实的冲突。

以诗格、逸情、审美、品位命名的书房包括采用以物言志、指代、象征等手法命名的，如大风阁（张大千）、梅景书屋（吴湖帆）、悟言斋（明代，文徵明）、瓯香馆（清代，恽寿平）、古柏草堂（清代，虚谷）、清阁（明代，倪瓒）等。这些书房名称从各自角度表明了主人的兴趣品位。

书画家以书斋而闻名的还有：缘缘斋（丰子恺）、玄赏斋（明代，董其昌）、缶庐（吴昌硕）、桃花庵（明代，唐寅）、玉兰堂（明代，文徵明）、十香园（居巢、居廉）等，这些名称凸显了画家群体的独特的审美情趣。

图3.45"秋林书屋图"着重表现了秋后寒林的意境及书屋的清静。从画面意境及表现技法看，有点仿倪瓒的风格，尤其是前景的树丛及房屋表现。图3.46"雪窗读书图"较详细地刻画了书房的结构、季节和周围物象。寒窗苦读是古代彰显一个读书人品质和意境的最好符号。书房虽然是草庐，但房舍还相对结实、清洁，自成院落。院门紧闭，说明房主不见宾客，一心读书。图3.47"湖山书屋图"从环境点出了书房的特征。画面中的书屋

上左 图3.45 秋林书屋图 ·梅庚· 清代
上右 图3.46 雪窗读书图 ·佚名· 宋代
下 图3.47 湖山书屋图· 王绂· 辽博

图 3.48 真赏斋图 • 文徵明 • 明代
图 3.49 柳堂读书图（局部）• 佚名 • 宋代
图 3.50 秋山草堂图（局部）• 王蒙 • 元代

有数十间房舍，有点像学馆的意思。书馆外有松林、大片空地，湖边有亭子，环境清幽，显示了读书人的格局和品位。

图 3.48"真赏斋图"详细刻画了书房结构、主人审美及交友的关系。翠竹松柏象征学子的品质和意志，草庐结构的书斋并不奢华，却很精致、温暖。一主一仆各司其职。外边有好友携书童来访，点出了画家朋友圈的品质，往来无白丁。书房外山清水秀，水路四通八达，象征书房的品质及主人的视野。

图 3.49 和 3.50 是绘画的局部，主要显示了书房的基本构成、书房的环境及植物符号。图 3.49"柳堂读书图"点出书房周围有很多柳树，凸显书房的清幽。房舍主体是砖瓦结构，配房是草庐结构，显示了读书者的身份。柳堂读书则强调了对读书的要求和读者的惬意，表示读书者的自我欣赏。图 3.51"秋山草堂图"显示是

一个书院的性质，书房有院落，分前后两部分。虽然也是草庐结构，但是建造很精致。主人在前院书房读书，女眷在后院操持家务，反映了我国传统知识分子家庭的劳作模式。周围植物茂密，色彩斑斓，显示秋山的季节特征。

(二) 轩

轩的结构有窗，多临水而建。书房以轩命名的也很多，如项脊轩（明代，归有光）、悼红轩（清代，曹雪芹）、谷林轩（宋代，苏轼）等，从这些名字的特征看，有以环境命名的，也有以志趣命名的，还有以从事创作活动性质命名的。

图3.51从园林角度清楚交代了轩的全结构及理想环境。轩一般临水建造，视野开阔。在结构上砖瓦木石结构居多，也有其他材质的。屋内有窗，气流通透、光线较好。四周有穿廊，可近水游戏或欣赏外景。选的环境一般要与主人身份一致，选择一些象征性明显的树、石、花草与之搭配，突出书房的品格。

图3.52"秀野轩图"以平远山水的技法表现了书房环境的开阔性。书房背后有高山，前后都有大片水域。周围绿树环绕，视野开阔，人烟稀少。书房内有数人在读。院外有人在负责劳作。整个环境表达的是一种自然、野逸、秀美的乡村书房的场景。

图3.53"深翠轩图"详细描绘了书房的构造、树木的样态，突出了树木的长势、颜色、树荫，给人产生一种凉爽的感觉。

图3.54"清白轩图"以色彩强化书房主人的情感。清白既是书房周围景色的色彩特征，更是以色彩彰显了主人读书的目的和做人、做事的原则。读书不仅仅是为了功名，更重要的是明白不管位置高低、何种身份，能够做到清清白白、无愧于心，这是读书人的基本标准。

图3.55"梧竹书堂图"的符号性非常明显。梧桐问诗，翠竹明志，远离尘嚣，在山野之地结庐，以名山大川为依托，与山林溪水为伴，是我国历代文人的梦想。随着文人画的兴起，绘画的符号性、指代性及隐喻性越来越明显。书堂的设置和表现也在这种风气下日渐明显，包括山水格局、

《红楼梦》
大观园绘画及园林意象

上左　图3.51 东庄图册·沈周·明代
中左　图3.52 秀野轩图·朱德润·元代
下左　图3.53 深翠轩图·文徵明·明代
上右　图3.54 清白轩图·刘钰·明代
下右　图3.55 梧竹书堂图·仇英·明代

植物花草、石景、建筑等有了明确的符号性指向。

三、台、楼、阁

（一）台

台是我国最早的建筑形式之一，也是风景园林中最古老的建筑形式。台，顾名思义上是高出地面的平面建筑，包括方形、圆形及其他形式。台的建筑一般以堆土或地面为台。从规制上看，台分为独立规制和组合形式两类。独立规制的如天坛、地坛、幽州台、铜雀台等。随着建筑技术的发展，台在独立规制之外，开始与其他建筑形式结合，演变成楼台、亭台等常见形式。从建筑功能看，台的功能包括3类：祭祀、观赏和娱乐。从建筑称呼看，台可分为礼台、崇台、观赏台、防御台、天文台等，分别承担着自身特殊的功能。

我国关于台的资料最早见于商周时期，如夏朝的瑶台、商朝的囿台等。后来，随着经济文化的发展，台的形式和文化也逐渐变得丰富。从整体观察，台的规制及形式的发展呈现由单一至复合的轨迹。在这个漫长的演变过程里，台的概念不断与我国哲学与人文精神相结合，在构成形式方面有了非常丰富的延伸，建筑属性也表现出单一、混合、特化等特征，在审美甚至艺术方面具有很高的境界。

在中国文化宝库中，有一些台因为文化、典故或诗词而闻名于世，如"轩辕台"因华夏始祖而闻名。轩辕台在河北省涿鹿县南桥山主峰的南侧，方形石台，长宽各2米，高1.6米。北京有"中华轩辕台"，大约建于战国时期，位于平谷城东渔子山上，山上有大冢，相传为轩辕黄帝陵，因台前古石碑上刻有陈子昂《轩辕台》而简称轩辕台。"古琴台"又称作俞伯牙台，因高山流水觅知音而闻名。"古琴台"位于湖北武汉龟山西边，临近月湖，始建于北宋，后有多次重建。"幽州台"由战国时期的燕国所建，又名黄金台，最初因招揽人才而闻名，但真正令其名垂青史的是陈子昂的《登幽州台歌》，该诗道出了古代文人的压抑及登台遥望的感慨。"铜雀台"是曹操为纪念战败袁绍所建的，在河北省临漳县，包括铜雀、金虎、冰井三台，亦称为"邺城三台"，后来成为建安文学派的发祥地。"铜雀台"台高10丈（约33.33

米），因名人题诗及《三国演义》而闻名。"超然台"在山东诸城，因苏轼而闻名。苏轼在此任太守时发现西北墙上的"废台"有观景价值，就下令修复改建新台，苏辙将其命名为"超然"。苏轼撰写的《超然台记》和《望江南超然台作》等名作，使"超然台"声名远播。"教稼台"相传为纪念后羿教先民稼穑而建，历代都有修建，清代有三次大修。现存遗址是1987年仿明代规制而建的，台呈矩形，土心砖砌四方平台，长约78米，宽约31米，高15米，下面大，上面小，中有洞门，四面各开一门，24个栏杆，象征一年有四季，四季有二十四节气。"郁孤台"位于江西赣州，因坐落在贺兰山山顶，地势孤高，树木葱茏而闻名，历代名人题诗很多，以辛弃疾的题词最为著名。"郁孤台"在历代屡经废兴。1983年重建，按清代规制高三层，17米，仿木结构，占地约300平方米。除此之外，我国还有许多台因文化而著名，如因姜子牙而闻名的钓鱼台，因《封神演义》而闻名的鹿台等。其他具有专门属性的台如用于防御的烽火台、瞭望台，用于军事的点将台、讲武台，用于测天气的天文台等，因与本书关系不大，在此不再赘述。

原始巫术活动如祭天地、祀神鬼等的场地一般设在高处或开阔地面上，后来开始人工筑台，夯土木石结构居多。筑高台的目的是祭天。古人认为台越高越容易与天神沟通。同时，登高台让人眼光高远，可体验天地之博大，不管是用于祭祀，还是集会、娱乐都有一种强烈的仪式感。高台的高度因各朝规制而不同，最初高在数十丈（1丈=3.333米）之间，如据记载西汉时期的凌云台高达23丈，神游台的高度有50丈左右，通天台的高度在35丈左右。当然，这些记载在不同文本中略有出入，这些数字很多时候是人在低处向高处望的感觉，大多是一种描述性的表达。再后来，为了增加高度，祭天的台开始建在名山之巅，因此有台高千仞、万仞的说法。这样，登台就更具有高瞻远瞩的象征含义，祭拜天地的诚意和分量也会更加凸显。

随着历史的发展，我国的建筑技术能力及园林设计建设能力日渐成熟，特别是唐代以后，经济文化高度发达，建设园林的基础和空间迅速扩大，台的精神价值有所削弱，物质价值开始显现，因此，台作为独立规制的建筑形式逐渐减少，渐渐演变为楼台或露台，作为楼阁厅、堂的延伸部分，用于欣赏风景或活动，一般是面山或临水而建。

上左 图 3.56 意远台·文徵明·明代
右 图 3.57 黄澥轩辕台·石涛·清代
下左 图 3.58 瑶台步月图·刘宗古·宋代

　　台的形式在改变以后明显强化了实用性，与民生的关系也更加紧密，作为室内建筑空间的延伸，丰富了楼阁的物理及心理空间，优化了楼阁的建筑功能，无缝衔接了室内建筑空间与自然空间，满足了文化人在室内欣赏自然风景的欲求。特别是在园林设计中，台开始正式成为我国古典园林建筑的一部分，成为亭台楼阁的有机构成之一。

　　图 3.56"意远台"是苏州拙政园的 31 景之一。台高一丈有余，意为登高可望远，有利于拓宽自己的眼界，使眼光变得更为长远。图 3.57 为石涛的"黄澥轩辕台"。轩辕是三皇之一黄帝的别名。石涛的这幅画采用破空技法凸显轩辕台，为了突出画面主题没有画太多的杂树，作为轩辕台的大石横穿画面，台下有石崖支撑，突出轩辕台的气势。

　　图 3.58 和图 3.59 的台都是其他建筑的一部分。图 3.58"瑶台步月图"是闺阁主题。该画中的台具有阳台性质，是内堂的一部分。为了凸显闺阁的精致生活而详细刻画了阳台的贵气。图 3.59 为马远的"雕台望云图"。雕

图 3.59 雕台望云图·马远·宋代

台指台的材质及装饰效果。这幅画的台面积较大，位置高，视野开阔，做工考究，体现了台繁华富庶的一面。远处祥云飘浮，山色空蒙，一派仙家气派。该作品表现了人间富贵与世外仙源的融合。

（二）楼、阁

楼泛指 2 层以上的房子，也称为重屋；阁为底部架空的房子。楼和阁合在一起称为楼阁，楼顶为阁，阁下为楼。在中国山水画中出现的楼阁，多以富庶、富贵或文化符号出现。

图 3.60"万卷书楼"表现的是文化符号。恽寿平的这幅作品重点凸显了万卷书楼的结构及清雅的环境，用松柏、梧桐、竹子等植物符号烘托万卷书楼的品格及主人的审美情趣。在构图方面则注重气韵贯通，平远阔朗，暗示了读书能够开阔人的眼界，扩大人的胸怀。图 3.61"云山结楼图"主要突出了楼房的环境，山高林密，白云萦绕。在此建楼既享有人间富贵安享幸福，又可占得山川灵气滋养心神，因此是历代富足文人的梦想。

图 3.62 和图 3.63 是以观景为主题表现山水画与楼阁的关系的。图 3.62"溪山楼观图"，在崇山峻岭之间，溪水自深山蜿蜒流出，环境优美，松涛阵阵，泉水叮咚。从山脚到山腰依次有三个建筑群，山脚下的两个建筑群临山面水，空间充足，视野开阔。山腰的建筑群楼台高阁，视野高远，充分显示了山水与楼阁建筑的和谐关系。图 3.63"山腰楼观图"，点出了楼的位

中国园林观念的演变及在中国画中的表现形式 第三章

上左 图 3.60 万卷书楼 • 恽寿平 • 清代
上右 图 3.61 云山结楼图 • 龚贤 • 清代
下左 图 3.62 溪山楼观图 • 燕文贵 • 宋代
下右 图 3.63 山腰楼观图 • 萧照 • 宋代

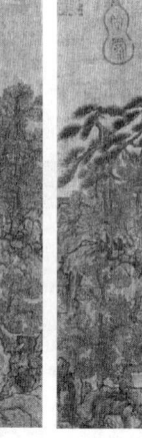

图 3.64 滕王阁图 · 夏永 · 元代　　图 3.65 岳阳楼图 · 夏永 · 元代

置,近景有巨石、瀑布,中景刻画精细,有茂密的松林、观景台、陡峭的山崖等。密林深处隐隐见几处飞瀑,山涧白云缥缈。河水自近及远展开,近处有渡口,远处有浅滩、烟树、柳渚等,清晰而有层次地交代了楼阁的景致。

图 3.64 和图 3.65 是关于历史名楼的绘画,有"界画"的特征。两幅画的构图相似,楼体占画面一角,面积约有一半的位置,其他三角留空,远处隐约透出远山,山间有船帆衔接。作品中的建筑结构刻画得纤毫可见,充分显示了界画的优势。

图 3.66 和图 3.67 两幅画的构图与上面两幅接近,以楼阁为中心,占据一角,建筑物的结构及材质刻画得很精细,里面有清晰的观景人物。以植物为配景,树在前,楼在后,在画面中的比重较大。这两幅画的内容都偏闺阁主题,前一幅偏于人间春色,后一幅偏于世外仙境。

图 3.68 和图 3.69 都是楼阁一体的景致。图 3.68 "江帆楼阁图"是唐代青绿山水画的代表之一。画面呈对角线分布,左下角是山峰、松林,有小桥横陈,衔接前后及左右空间。楼阁隐藏在山腰密林深处,远处有小船鼓帆远航,表现了唐代繁忙的水路交通。图 3.69 "仙山楼阁图"表现的是想象中的蓬莱仙境,近处有密林,有溪流穿过。中景刻画了两处建筑群,祥云环绕。远处山石奇绝,白云缭绕,富有仙家气派。

中国园林观念的演变及在中国画中的表现形式 第三章

上左　图 3.66 层楼春眺图・佚名・宋代
上右　图 3.67 高阁凌空图・佚名・宋代
下左　图 3.68 江帆楼阁图・李思训・唐代
下右　图 3.69 仙山楼阁图・仇英・明代

（三）庭院

庭院是一种集体的文化记忆，是人类生活方式的一种显示。著名田园诗人陶渊明曾写诗描述其对庭院的理解："方宅十余亩，草屋八九间，榆柳荫后檐，桃李罗堂前。"这代表了我国古代文人官员对家庭住宅的定位。

庭院的定位可大可小，小至一房一屋，只要拥有独立空间即可自成院落。大至宫苑，园中有院。庭院与山水的融合给人们提供了可游可居的空间，既能够亲近山水，领略自然风光，又可以居内休养，安享静谧时光。

图 3.70 是清代画家王翚的"跟常山馆图"，在山坳里数十间草房错落排列，周围树木葱茏，空间疏朗，从绘画空间到技法都透露出一种随性和自由的感觉，是为文人所向往治学修身的好地方。

图 3.71 "松荫庭院图"的庭院中有两株枝繁叶茂的松树，树下有巨型

左　图 3.70 跟常山馆图·王翚·清代
上右　图 3.71 松阴庭院图·佚名·宋代
下右　图 3.72 蓬莱仙馆图·佚名·宋代

寿石。松树长青、耐寒、寿命长，该作品强调松荫庭院，旨在突出松、石、竹、枫等风骨性符号。院中数间青砖瓦房干净清爽，院落空间宽敞，显示了文人对庭院的诉求。

图3.72"蓬莱仙馆图"中是一座由数重院落组成的庭院。该庭院建在水面上，下边有架空，外围有穿廊水榭，凸显蓬莱仙馆是海上庭院建筑。里边的建筑第次展开，院中有院。无论是建筑还是院落都显得富丽堂皇，精致安静，显示其仙家气派，代表了宋人对蓬莱仙境的理解和向往。图3.73"东园图"代表了明代官宦之家的院落构成，园林特征明显。从庭院特征看，那是一个大型院落，建筑规制丰富，主建筑居于视觉中心位置，屋内有学者在读书论道。屋外有围墙，种植有大株梧桐树，一字排开。园林树木茂盛，烘托出不同的建筑形式及院落，搭配各色石景，从而使院落显得生机盎然，呈现出错落有致、安静有序的园林性质。3.74的院落突出了庭院的疏密关系。庭院中间是宽敞的院子，可供日常活动。周围有楼阁、亭、榭等，院中零散地设置了一些石景，与竹林、梧桐、松树一同烘托书香氛围。房屋中有人的活动，或读书，或下棋，表现明代的人们在闲暇时期的活动。

图3.75是"求治园"院落的一部分。该处院落有完整的篱笆栅栏，栅栏上枝蔓密布，强化了院落的野外情趣。近处有门楼、围墙及石头盆景。院中树木以大型阔叶为主题，凸显院落的大气和清爽。图3.76突出了建筑的形式和院落结构，强调院内与院外林木溪水结合的整体关系。庭院建筑以青砖黛瓦结构为主，样式齐全，工艺精致。围墙有雕花。植物包括堂前柳林、围墙外的梅林、院中的梧桐树和桃李等。房屋前廊有人在凉榻上纳凉，给人一种富贵闲适的感觉。

以上几幅作品着眼于庭院，以局部刻画带出整体氛围，整体表现了我国古代富裕人家的庭院模式及生活方式，从中可以看出我国传统文化对于庭院建筑及日常生活空间的诉求和界定。庭院不拘于大小，只要有足够的居住养息空间即可，但庭院的构成需要符合阴阳五行及风水学的要求，空间气流通透，进退适宜。庭院的元素较为讲究，包括树木花草、叠石理水都有明确的要求。庭院建筑不一定很富丽，但注重建构的规制及组合，有

《红楼梦》
大观园绘画及园林意象

图 3.73 东园图（局部 1）·文徵明·明代
图 3.74 东园图（局部 2）·文徵明·明代
图 3.75 求志园图（局部 1）·钱榖·明代
图 3.76 求志园图（局部 2）·钱榖·明代

条件的会组建亭榭、楼阁、穿廊等，便于休养生息及走动。条件不足的可能会建草庐、草亭，搭配竹林、花木也很雅致。

小　结

　　中国山水画中的栖居理想是可居、可赏、可行、可游。居能食宿方便、环境舒适，有书可读，有器物可赏玩，闲暇时有三五好友或饮酒品茶，或倾心交谈，这样才能在愉悦之中使心安定下来。出则通达，或行或游，出入方便。因为闲居不是自闭，仍然需要有与外部社会沟通的渠道。

　　中国画家在创作的过程里，把人生阅历、审美爱好浓缩于有限的画幅之内，因此，无论是有生命的自然元素、还是无生命的建筑元素都被赋予了不同的精神内核，带有不同的情感指向。中国园林设计师在设计过程中常常参悟诗画艺术的审美原理，经常有意或无意地赋予园林以独特的诗情画意特质。同时，山水画的简约笔墨、画外之象也在潜移默化地影响着我国园林设计的气质，包括设计创意及具体的配景设计。如我国跨越一千多年的山水画的创作实践，创造了丰富的山居模式，在每一种模式里都形成了经典的配景方式及元素配置，设计师可依据画理设置园林布局、确定景观构成，选择有明显符号性的植物、石材及器物来凸显园主的审美情趣、思想感情等。如窗外芭蕉、屋外梅花、垂柳绕堤、梧桐问诗、槐荫当庭、竹林明志等逐渐固化为经典的园林符号，极大地丰富了园林设计的配景思路，提升了园林配景的艺术效果。

　　在明代我国园林与绘画的融合达到了很高的程度，很多园林设计师既精通造园艺术，又具有很高的绘画造诣，他们在设计园林时胸中有丘壑，眼中有画卷，能工善画，所以能够使园林与山水水乳交融。画家在其作品中创造理想的居住模式，寓园于画。园林设计师以画意、画境为引导，叠山开池、凿渠引水，寓画于园。从互动效果看，绘画艺术和造园艺术两者互为借鉴，共同发展，呈现出一种良性互动的态势，这对于《红楼梦》大观园的创意和设计有较大的启发。

第四章 文本插画中的大观园园林意象

第一节 概述

《红楼梦》的回目插画按照小说的目录结构展开,每回两个标题,两幅插画。均采用情景绘画的形式表现。既有图像叙事功能,也有形象塑造能力,利用240幅插画全面展示了《红楼梦》中的园林意象。其中,有关大观园的插画作为表现重点,占有三分之一以上的篇幅。这些画面贴合情节发展,表现情景人物,凸显主要故事节点,用图像勾勒出了大观园园林的园林概貌,包括山水布局、建筑构成、景观特征等。这些画面不仅有主要景点的景观构成,而且对建筑的内外环境、山石、树木、花草都有深入的描绘,这些景物描绘与主题人物一起,构成了鲜活的大观园园林形象,从而为读者阅读《红楼梦》创造了驻读、凝视、细品的空间。

王钊、孙温等画家的《红楼梦》回目插画技法娴熟、刻画细致。这些画家的生活年代与曹雪芹撰写《红楼梦》的年代相近,他们熟悉当时的审美文化及园林规制,因此他们的插画成为研究《红楼梦》园林的主要材料之一。新中国成立之后,为了在国内外推广《红楼梦》,文化部组织程十发、戴敦邦、刘旦宅为《红楼梦》画插图。三位画家经过数十年的辛勤创作,在《红楼梦》的绘画创作中均有了新的突破,如拓展了审美主题,一些小人物的审美主题逐渐成熟,成为新中国成立以来《红楼梦》绘画艺术的亮点。在技法运用方面,除了传统的工笔及白描、版画、小写意外,他们还发展了彩墨、写意等技法,在表现艺术及传播效果方面产生了积极的作用。

第二节　文本插画中大观园园林布局及空间逻辑

一、大观园整体布局

　　大观园是《红楼梦》的作者为了书写"金陵十二钗"的诗意栖居而创造的人间盛景、青春乐园，其构建的现实支撑是贵妃省亲花园，书写理想为纤尘不染的天仙宝境，是太虚幻境内庭在人间的镜射，是曹雪芹对理想的人生状态及美好生活环境的意象表达。

　　在现实结构中，曹雪芹倾力书写的大观园既有北方帝苑的痕迹，也有金陵留园以及苏州园林的影子，集中国传统园林审美之大成，与大荒山、太虚幻境三足鼎立，构成《红楼梦》的"三个整体花园"。

　　大观园的建构依据中国传统的"后花园"结构，在荣宁两府之间，近宅营造。据文本书写，大观园的周长在三里半左右，文本中书写的大观园空间比三里半要更加宽敞。大观园位于宁国府和荣国府之间，向东占用了原来的会芳园，向西占用了荣国府的东园，即下人住宿的地方。进门后是假山，山石嶙峋，石上有各种藤萝，将园内景物全部遮挡，中间只留羊肠小径通向园内，寓意曲径通幽。假山内有山洞，洞外林木葱茏，林边种满奇花异草，有一股清泉从花木石隙间泻下。再向里边去便是沁芳桥，桥上有沁芳亭。桥下临清潭，有清泉流出，桥体及四周栏杆皆为白色石头，雕饰精妙。沁芳亭的后边是石山，山后有华林，即林黛玉葬花的地方。沁芳桥向前是玉石牌坊和顾恩思义殿。顾恩思义殿后边的正楼是大观楼，巍峨壮观。贾元春省亲时先到大观楼的正殿，正殿也是省亲时宴宾客的地方。正殿东面的飞楼是缀锦阁，西面的楼叫含芳阁。殿外是玉石牌坊，这也是对应大观园与太虚幻境的主要符号之一。大主山后边的山脊上建有凸碧山庄。山庄有大厅，大厅前有宽敞的平台，是贾府中秋赏月的地方。山坡下边是凹晶馆，从建筑结构上看，是凸碧山庄的退步，只是距离显得远了一些。

　　沁芳桥的旁边是潇湘馆，四周粉墙围绕，前有修竹，后有大株梨花、芭蕉。进门有曲折回廊，园内修竹茂密，碎石铺路，有清溪一脉从园中流过。建筑小巧精致，前面有三间精舍，两明一暗，都用斑竹纹装饰。后面有两间房舍。潇湘馆的一侧是翠烟桥，桥的旁边是滴翠亭，临池而建，四周有游廊曲栏，亭子有木格花窗。秋爽斋在潇湘馆的左边，附近有晚翠堂，后院种有梧桐，附近有桐剪秋风、柳叶渚。从潇湘馆向前，经过青山斜阻，是稻香村。稻香村为草顶黄泥墙，有大片杏树林。房屋也为茅草房舍，四周篱笆墙，篱笆外有一口井，安置有辘轳，还有菜地稻田。过了稻香村是植物区，包括荼蘼架、木香棚、牡丹亭、蔷薇院、芭蕉坞、花溆等。再往前过朱栏板桥是蘅芜苑。蘅芜苑清凉瓦舍，水磨砖墙，临大主山。园旁边有门通向山间盘道。进门可见巨大玲珑山石，将园内所有景致尽数遮挡。园内无花，只有香草藤萝，上面五间房舍，绿窗油壁。四周建有抄手游廊。迎春的住所紫菱洲，惜春的住所暖香坞的东西两边都有过街门，西有度月，东有穿云。中间有蓼风轩，主要作书房用。芦雪广依山傍水，几间房屋，土墙茅顶，推窗即可钓鱼，四面满植芦苇。

沁芳桥的西南是议事厅，再向西为梨香院。梨香院的前面是会客厅，后面为房舍，有门通向大街。该院靠近荣国府的东南角，本来是供荣国公静养的地方，后来由薛姨妈一家居住。

沁芳桥的右后边是怡红院，院外种植碧桃林，竹篱花障，月洞门粉垣环绕。园内两边有游廊。院里有芭蕉、西府海棠等，院中间点缀石景。五间抱厦。后院有蔷薇架，蔷薇架外有宽八尺左右的小溪经过，溪水清澈。怡红院右后边是栊翠庵，是妙玉修行之地。怡红院的后面也是五间门楼，后作为大观园的小食堂使用。

大观园与一般贵族的近宅花园不同。其一，大观园最初定名为贵妃省亲别墅，因此其花园体量庞大、恢宏和贵气，其二，大观园是太虚幻境内庭之人间镜射，突出其明净、艳丽和空间延伸；而实际上大观园是作者为十二金钗量身打造的，彰显其雅致、诗化和情趣。以上三部分构成了大观园园林的整体意象。

从《红楼梦》文本插画的绘画语言看，王钊对工笔风景的造型规律比较熟悉，能够用白描手法驾轻就熟地塑造大观园的整体氛围，凸显大园林或者整体园林的美学风格。他以人间庭院之实写，对应太虚幻境之虚像，有山川之胜景，也有园林之清幽，有繁华景色的精写，也有云遮雾罩的烘托，以点带面，取得了较好的审美效果，体现出画家对大观园诗意栖息、对《红楼梦》园林美学的深度理解。

大观园的建筑分布主要分为三类：（1）主体建筑，沿中轴线分布，包括牌坊、大观楼、顾恩思义殿等，巍峨壮观，富贵大气，有皇家威严。（2）人居建筑，以传统庭院设计为主，注重整体风格，根据主人的性格、品位设计景观，讲究建筑与环境、庭院与配景的完美结合，注重传统的造景方法，庭院结构与主景配置高度人格化。（3）景观建筑，包括两类：一类景观有辅助塑造人物性格的功能，如滴翠亭、蜂腰桥、沁芳亭、芦雪广、凹晶馆等，景物设置有象征意味；另一类则根据园林结构需要而建，起到穿针引线的作用。三者共同勾勒出大观园的建筑、庭院等景观意象。

在美学风格方面，大观园传承明清文人园林的诗情画意，又兼具北方皇家园林的豪华大气，兼具绘画和灵动之美。在园林整体布局方面，追求曲径通幽、虚实相生之美。进门后发挥叠山理水的造景功能，大处有格、湖山辉映、清溪环绕、色彩明丽、洁净舒适，小处有致、移步换景，于方寸处体现大丘壑。建筑有以大观楼为代表的中轴线建筑群，也有怡红院、潇湘馆等依山傍水的别墅小院。在景观设计方面，曹雪芹深谙因地制宜的造景规律，依据山景湖水塑造主题景观。主体建筑之间由楼阁、亭台、曲廊、水榭等连接，彼此之间错落有致，各具特色。从造园形制看，大观园既严格遵守皇家规制，又别出心裁营造园林诗意，虽然是虚幻之物，却完全符合园林造园的艺术规律，深得中国古典园林美学之要旨，营造出独特的大观园审美之韵，充分体现了曹雪芹杰出的美学眼光和造园才华。

描绘大观园的难处在于如何凸显园林景观的大气、神韵及特色。画面应以情景描绘为主，点缀人物，能够把人物和景致合二为一，描绘《红楼梦》中的人们诗意生存的状态，整体表现大观园的园林审美风格，突出天人合一的审美意境。

《红楼梦》绘画中涉及大观园的全景塑造的主要有1884年上海同文书局石印版《增评补像全图金玉缘》、1925年同文书局版《增评加注全图红楼梦》、1934 年万有书库版《增评补图石头记》等。比较清代以来不同版本的插图表现，有明显的借鉴和传承的痕迹。特别是大观园总图的表现，如果是同一出版社出版的作品，这个痕迹就更加明显。

绘制大观园总图的画家有王钊、孙温等。王钊的绘本是白描精绘，每一幅画的设计及描绘都很深入细致，对古典建筑、园林、人物表现有扎实的功底和独到的见解，因此，其绘画作品是大观园视觉资料的主要组成部分。孙温的作品是工笔彩色精绘，作品数量众多，有 230 幅，对大观园的主要景观及人物活动有较充分的刻画，特别是随着近几年对其学术认可的趋同，其作品的学术价值逐渐得以显现。

（一）王钊《红楼梦》插画中的大观园布局

王钊，字毅清，清末吴县人，善画工笔，曾参与《点石斋》画报的编辑工作。其绘画史迹在《吴门画史》和《卓观斋笔记》中有简略记载。王钊倾其心力创作《红楼梦写真》，在当时产生了深刻而广泛的影响，尤其是在对大观园景观的刻画方面，一粟编著的《红楼梦书录》曾有记载："《红楼梦写真》六十四幅。"[1] 王钊出生于江南，对江南水乡的诗意之美和苏州园林的精致之美有较深刻的记忆，所以，王钊的创作对研究大观园的园林美学颇有帮助。王钊的《红楼梦写真》以大观园为主要描绘目标，在六十四幅插画中，大观园题材几乎占到一半的比例，画面描绘契合主要故事节点，画幅数量及描绘特征呈现一种内在的联系，较好地表现了大观园的园林风貌。

图 4.1 是王钊的大观园全景。从该图的意象创构看，作者采用工笔白描的形式勾画出大观园的整体风貌，用笔细腻，刻画传神，无论是人物、建筑、树木、花，还是山川林泉都有精彩的描绘。在绘画布局中，以沁芳桥、省亲别墅、嘉荫堂、大观楼、凸碧山庄为中轴线，右侧为主要金钗人物的居所。画面山环水绕、亭台楼榭，小景别院，花树掩映。画面前景以沁芳桥为中心，以游廊衔接引导，串联整个画面。在繁密的景观布局中，画家点缀了众多人物，前景以海棠诗社为主题，描绘大观园金钗钓鱼、下棋、聊天、散步等多种姿态。大观园其他众美女三五成群，或交谈，或听琴，

1　述闻.红楼梦插图 [J].红楼梦学刊，1983（2）:288.

图 4.1 大观园全景・王钊・清代

或观鱼，或作画，呈现出一种乐园气象。他对于主要景观院落的刻画也很精致，建筑形式丰富，每个建筑群通过月亮门、门窗、院落或其他空地绘制点景人物，凸显环境的个性特色，显示了画家创作的严谨态度。这幅作品，既显示了画家的塑造能力，突出了中国画环境描绘的精微高妙，又透射出中国画对于空间处理的意象手法，如对空间的缩微与扩大、强化与弱化、串联与点缀、以小见大等都运用得恰到好处，凸显了中国画虚实相生、意在画外的空间特征。

该作品一个突出的特点是在每一个主要建筑前都标注了名字，如右侧下方第一宅院是蘅芜苑，第二个是潇湘馆，后边是栊翠庵。潇湘馆旁边是秋爽斋，秋爽斋后边是稻香村。左边主建筑是怡红院，中间是沁芳亭、金鱼池等，直观地交代了大观园主要建筑的方位。

（二）补图系插画中的大观园总图

"补图系"《红楼梦》是早期在海内外传播最广、影响力最大的版本系列，包括清代道光、光绪等不同年代的多个版本，以及商务印书馆出版的版本，主要包括《增评补图石头记》《增评补像全图金玉缘》《增评补图足本石头记》等，这三个版本的插画基本属于同一个系列，在插画主题及篇幅上有一定的传承性。《增评补图石头记》为回目插画。因为紧扣回目，篇幅多，画面表现主题明确，注重环境刻画，对建筑的样式、材质、纹理、石景、花草、树木等有精心描绘。

《增评补像全图金玉缘》是清代非常著名的《红楼梦》评本，书中有王希廉、张新之和姚燮三人的评语，出版于1884年（光绪十年），由上海同文书局石印。卷首增加了很多内容，主要是红楼梦人物画像，每回前有回目画两幅。正文中有圈点、评语及太平闲人夹评，回末有太平闲人、护花主人、大某山民分评，在脂砚斋的评本获肯定前是研究《红楼梦》的重要史料。

从回目插图的特征看，《增评补像全图金玉缘》的插画较关注室内景及人物特征刻画，对于建筑外形及周边环境关注相对较少。

从风景园林角度看，这些插图画家生活的年代与作者相距不远，对我国古典园林的概念、造林理念及元素都很熟悉。他们依据文字书写中的大观园意象，结合自身对园林的理解和积累，运用中国画的构图、布局、空间及意境绘制、美化和润色画面，因此，除了图文互补、延展阅读空间之外，另外一个突出的研究价值就是古典园林的创构及审美价值。

"补图系"《红楼梦》包括石印、铅印两类。其中，清末民初的石印版的影响力很大，其收藏本遍及世界各主要博物馆，对红楼梦的传播和发展有极大的促进作用。

《增评补图石头记》是新中国成立以前《红楼梦》多个版本中影响最大的版本之一。该版本包括木刻印刷、石版印刷、铅字印刷三种版本。其中，道光及光绪年间为木刻印刷，插图画面表现细腻，色调整体较灰。民国早期以石印、影印为主，影印又包括平装和精装两类。石印版本的插图整体上颜色较浓重，细节不够清楚。铅印本包括万有文库版和商务印书馆版，印刷量大、周期短，质量有保证，出版前由当时著名的红学家对书稿进行了深入的校正，在排版上保留了竖排繁体的原貌印制，这样可以使读者，特别是资深红学爱好者品读到原汁原味的《红楼梦》，因此，其发行量及口碑都较好。以王希廉、姚燮合评的《增评补图石头记》受到了社会的极大认可，据一粟先生统计，在短短的几十年间重版了九次，具体数据如表4.1所示。

表 4.1 王希廉、姚燮合评《增评补图石头记》重刊信息表

刊行时间与版本	扉页题字	背面题字
光绪十二年（1886）年，铅印本	增评绘图大观琐录	光绪十有二年六月校印
光绪十八年（1892年）古越诒芬阁刊本	古越诒芬阁刊本藏本，护花主人黄[王]原批，大某山民姚加评石头记。泉唐毛承基署	光绪十八年岁次壬辰重校刊印
光绪二十四年（1898年），上海石印本	增评补图石头记	光绪戊戌季夏上海石印
光绪二十六年（1900年）石印本	绣像全图增批石头记，悼红轩原本，钟山居士题	光绪二十六年庚子石印
1905日本铅印本（1905年）与光绪二十六年本全同	版权题页：明治三十八年（1905年）一月十三日印刷，明治三十八年一月十七日发行，编辑及发行者下河边半五郎，印刷者中野锳太郎，印刷所帝国印刷株式会社。	
1905年日本金港堂书籍株式会社编印本（同上）		
1930年商务印书馆"万有文库"本		
1933年国学基本丛书本（同上）		
铸记书局铅印本	精校全图铅印评注金玉缘，蛰道人题（封面题："原本重刊大字全图石头记，铸记书局铅印"，一本题：精校全图铅印金玉缘）	

图4.2是王希廉、姚燮合评的《增评补图石头记》中的大观园总图。这幅作品包括大观园正门、翠嶂大假山、沁芳亭、省亲别墅牌坊、顾恩思义殿、大观楼、大主山上的凸碧山庄等中轴线建筑，俯视构图，中轴线建筑居中，左侧是林黛玉、贾探春、贾迎春、贾惜春、李纨的住所，右侧为贾宝玉、妙玉、薛宝钗等的居所。画面以景观、建筑为主要描绘对象，没有涉及人物。因为是石印，在细节效果上没有铅印细腻，但是主要景观建筑布局及建筑形式表现得比较清楚，也采用了文字标注的方式凸显具体建筑。

图 4.3 所画的大观园风格在构图、布局、人物设计方面与图 4.1 有明显相似之处。主要改变有几点：（1）前景右下去掉了假山，增加了贾府的一些建筑。（2）削弱了大主山的比例，向外辐射的空间也缩小了，突出了建筑及主要景观的对比度。（3）参考原有的人物设置，改变人物的分布情况及动态组合，更加强化了人物的主题活动及呼应关系。（4）强化了沁芳亭在画面中的比重，更加凸显中前景的人物及景观层次刻画，景观的主次关系更加清楚。（5）在每个主题建筑上题了名字。

图 4.4 是 1934 年万有文库版大观园总图。该作品与其他几幅相比元素更加齐备。在空间处理上采用并置手法使园林空间意象化，把大观园的主要景观并置表现。重点表现每一处的建筑结构，形式，精细刻画了每一处庭院的结构，包括建筑组合、院落围墙、石景溪水、林木花草等。画面涵盖了丰富的园林景观语言，把大观园以建筑或主题景观分割成若干个子画面，每个子画面配置主题人物，以"画中画"的形式整合为大观园的整体意象。

从以上几幅作品看，画家充分运用中国画散点透视的灵活性，画面构图采用并置、组合的形式表现大观园的空间意象，运用以点带面、虚实相生的方式表现现实空间与虚拟空间。现实空间以主要建筑景观及其环境为描绘对象，充分发挥中国工笔画及白描画的特长，精心描绘每一个细节，塑造了大观园丰富的园林生活场景。虚拟空间则采用空白或意象空间处理，使有限的现实空间延展至无限的虚拟空间，从而扩展了原有的图像叙事的形式。

借景也是我国园林设计的方法之一。许多园林设计师采用借景手法将园内景物与园外景色对应起来，让园主或游园的人在观赏缩微景观时可以联想到广袤的自然风光，将内心情感移情到更为广阔的自然空间，从而获得在封闭空间所不能实现的愉悦及怡情。"江南园林里，假山、池水、亭子、桥径、廊庑，都藏有曲折探隐的规划，让游览其中的人们，在视觉上感受园子区隔与遮掩的含蓄。当中又因'借景'的设计，使人可以望见青山、田园、流水的景致，使'小巧'的园林又有与外界'宽阔'的自然联

图4.2 大观园图·增评补图石头记·1932年
图4.3 大观园图·增评加注全图红楼梦·石印·1925年
图4.4 大观园总图·增评补图石头记·万有文库·1934年

系在一起，不受既有空间的拘束。这种内外相别、隐显互换，就是江南园林借花草、小桥流水等有形物质营造出一种诗意空间，从中亦反映出主人的品位。"[1] 我国古代文人尽管有学而优则仕的心理，但无论其身份尊卑、官阶高低，心中自始至终都会有归隐山林的念想，期盼有一个属于自己的完整空间。因此，我国传统园林的设计，特别是大型园林设计大多倾向于可居、可游、可乐，是一个可以让自己完全放松身心的私人空间。园林内部具有舒适的起居游玩、聚会交友、表演娱乐及独处养息的空间，在有限的物理空间中创造出丰富多彩、叠加交错的空间语言，建造了一个可以安放自己心神的乐园。

（三）孙温《红楼梦》绘本中的大观园布局

孙温是清代民间画家，因为有关其绘画实践及其绘本的史料缺失，所以他的画从发现到公开用了很长时间。孙温的《红楼梦》绘本1959年被无意中发现，却因资料稀缺无法查证而被雪藏，直到2004年才得以公开展览，受到红学家周汝昌的肯定，至此才使学者关注到该绘本的红学研究价值。

孙温的《绘全本红楼梦》共有24册，记载称有240幅作品，但实际上仅有230幅作品，画心高43.3厘米，宽76.5厘米。绘本以《红楼梦》大观园全景为开篇，幅面众多，刻画细微，大观园里著名的建筑及主要景观都有所涉猎，有一些主要建筑更是多次触及，多角度、多方位描绘，无论是对建筑的样式、内庭，还是室内器物等都刻画得一丝不苟。该画册紧扣原著叙述结构，依据回目主要情节绘制，对典型故事及审美主题、人物服饰及互动情态及环境描绘均极具特色。

孙温《红楼梦》绘本的开篇便是大观园全景图（图4.5）。画面采用鸟瞰构图，清晰描绘了大观园的主要景观。该作品与王钊作品的不同之处除了为彩绘之外，还有他是以自然及人文景观为主，视野开阔，没有涉及人物刻画。从画面设计看，以大观园正门、翠嶂、省亲别墅形成中轴线，中轴线两侧的景观院落结构清晰，刻画细致。主要山脉水系一目了然，空间

---

[1] 汉宝德.明朝的生活美学：闲情偶寄[M].北京：海豚出版社，2012：38.

图 4.5 大观园全景 ·孙温 ·清代

远透。从其景观布局及表现看，与文本描写较一致。

  我国古代的园林设计师一般拥有较高的艺术造诣。有一些造园者甚至本身就是画家和书法家。他们有较高的审美修养及知识学养。因此，在建造园林时善于利用环境元素，采用绘画美学原理美化园林，包括空间营造、围景造景、布局及配置山石植物元素。他们善于利用景观语言讲故事，创造出独特的"叙事景观。这种采用景观叙事的方式注重空间的象征和隐喻，善于运用人格化的园林符号以及空间秩序讲述故事，最终实现人景合一的园林艺术。

  曹雪芹的出身及所受教育让他对明清时期的园林特征非常了解，他自身又精通书画、诗词、音乐等，这些优势让他在撰写大观园时，可以游刃有余地赋予大观园以叙事景观的功能，而且能够在进一步的故事演绎中发挥景观叙事的特征，让大观园的景物和人物融为一体，成为不可分割的艺术形象。从造园手法看，大观园的空间设计非常巧妙，作者在整体构造园中景观时，运用了多重手法，如借景、隔景、分景、引导等手法，用园道、水渠、桥梁等合理衔接各个主题景观，勾连实景与虚景，采用院落、建筑、连廊、植物、亭阁、叠山等构成各个主体景观；采用欲露先藏、草蛇灰线之法拓展固有建筑的空间，表现园林的韵外之致；采用设名、植物、陈设、用品以及其他典型符号托物立志，象征寓意、实现以景寓情、借景抒怀言志的目的，彰显主体景观的诗画意境和人文情怀，突出园林格局及人格之美。

二、大观园的空间构架与外延逻辑

（一）王钊《红楼梦》插画中的现实与幻境空间

梳理《红楼梦》文本，虽然三大花园呈鼎足之势，但太虚幻境和大荒山作为一种幻境或者幻象，是以大观园的审美意象为尺度的。因此，真实勾勒出大观园的整体意象，可以为理解太虚幻境或大荒山的审美意蕴找到参照。

在《红楼梦》审美意象架构中，大荒山以原始花园意象的性质存在，位于时间纵轴的起点，作为创世母体的符号，有衍生万物的功能。太虚幻境位于九天之外，在纵向方面与大荒山对应，是大荒山符号的延伸或者幻化，在横向方面与大观园对应，是大观园的造园理想所在。

实际上，并没有直接对应大观园与太虚幻境的画面，太虚幻境与现实环境的关系是依靠贾宝玉、甄士隐的梦中幻象来串联的，如反复出现的玉石牌坊。王钊在回目插图中有四幅涉及现实与幻境，四幅插图的相似之处是以内庭刻画为主，采用以实带虚的造景手法，精细描绘内庭精致的景观，精细刻画人物性格，用图像叙述故事。画面上的空间看似闭合，实际上有月亮门、穿廊、小径等向内外、左右延伸，贯通承转画面整个空间。景物刻画以庭院描绘为主，实景设计疏密合理，错落有致，优美静谧，显示出中国传统内庭建筑的精致和静雅。幻境采用传统的符号引导形式处理，在画面右上角显示太虚幻境的字样及牌坊、牌楼样式。其中，前两幅插图在创意设计及构图上有较高的相似度，其造景视角、建筑构造、庭院空间以及连接现实与环境的手法都一致，区别在于植物及内庭构造细节上的变化。图4.6"甄士隐梦幻识通灵"的真实环境是江南甄府书房内，院落封闭，房舍精致。甄士隐午睡梦见僧道，以祥云符号导引读者进入梦境画面。在该画面中首次出现玉石牌坊的符号。图4.7"贾宝玉神游太虚幻境"的实景刻画为宁国府秦可卿居所，贾宝玉在午睡。虚写的地方以一团云气引导读者的视线进入画面一角，显示出贾宝玉梦遇警幻仙子的画面，运用卷云符号

文本插画中的大观园园林意象 第四章

上左　图 4.6　甄士隐梦幻识通灵了·王钊·清代
上右　图 4.7　贾宝玉神游太虚境·王钊·清代
下左　图 4.8　警幻仙曲演红楼梦·王钊·清代
下右　图 4.9　贾天祥正照风月鉴·王钊·清代

引导观众视线，隐隐露出太虚幻境的牌楼，从而显出画面之意，暗示空间可无限扩大。图 4.8 "警幻仙曲演红楼梦"是唯一表现太虚幻境内庭的画面，与其他画面相比，该作品更加注重画面的层次、虚实、空间转换，强调曲径通幽式的引导，亭台楼阁采用台阶由低到高多重推移，借助树木掩映，延伸未见空间。图 4.9 "贾天祥正照风月鉴"前景实写，山石树木充满生机。房内贾天祥病体沉重却沉迷幻境，用流云符号显示贾瑞与凤姐的幽会，以现实的葱郁生机对比镜幻的虚无，警世意味明显。在处理现实与幻境、人间与天上、现在与过去的相互关系时，王钊一般采用符号引导、以实带虚的方式进行处理。

（二）增评补图系插画的空间转化及衔接

图 4.10 和图 4.11 是补图系第一回"甄士隐梦幻识通灵"插图。与王钊插图相同的是表现手法相似，画家选用云气纹串联现实空间与梦境幻象。运用景观符号映射太虚幻境与大观园实景的镜射关系。不同的是补图系是以梦境作为主画面，现实环境作为辅助。如图 4.10 的画面以刻画梦境为主，详细描绘了甄士隐与僧、道的交流情景，凸显甄士隐与宝玉的机缘。画中有清晰的玉石牌坊，牌坊前有两块巨石构成了一个隐形的入口，暗示此处是由现实环境进入幻境的标识。图 4.11 与前一幅的手法相似，不同的有两处：其一是画家利用前景的院墙及屋顶形状留出一个巨大的箭头，与云气纹一起指示观赏视线；其二是幻境仍然是现实环境的延伸，被设置在画面的一角，仅交代了甄士隐求见宝玉的画面，没有特意凸显玉石牌坊。

第五回"贾宝玉神游太虚境"两个版本的插图大同小异。图 4.12《增评补图石头记》的插图主要刻画寝室卧房的情景，包括秦氏及伺候宝玉的丫鬟、精致的屋舍及山石林木，用放大的祥云空间刻画警幻仙子引导贾宝玉入幻的画面。图 4.13"警幻仙曲演红楼梦"强调室内空间与室外空间、

左 图 4.10 甄士隐梦幻识通灵·增评补图石头记
右 图 4.11 甄士隐梦幻识通灵·增评补像全图金玉缘

第四章　文本插画中的大观园园林意象

上左　图 4.12　贾宝玉神游太虚境·增评补图石头记
上中　图 4.13　警幻仙曲演红楼梦·增评补图石头记
上右　图 4.14　贾宝玉神游太虚境·增评补像全图金玉缘
下左　图 4.15　警幻仙曲演红楼梦·增评补像全图金玉缘
中左　图 4.16　贾天祥正照风月鉴·增评补像石头记
下右　图 4.17　贾天祥正照风月鉴·增评补像全图金玉缘

近处空间与远处空间的衔接，建筑空间走向呈之字形由近及远展开。室内是警幻仙子让宝玉看册子，安排演奏红楼梦曲，室外是等待演奏的太虚幻境仙子。图 4.14 的画面设计与图 4.12 略有不同，一是建筑角度相对正一些，注意对太虚幻境符号的描绘，如显示玉石牌坊，警幻仙子的动态由指引改为引领。其他如人物组合及植物也有所不同。图 4.15 的画面设计由之字形改为

091

丁字形，群组人物设计与图 4.13 有所接近，只是方向、服饰及交流细节有了一些变化。

第十二回"贾天祥正照风月鉴"。画家都是采用实写的方式描写贾瑞正照风月鉴的情形，区别在于图 4.16 的环境描写更加细密，对建筑结构及周围景物刻画细致。贾瑞卧榻照镜及镜中影像有清晰表示。图 4.17 的留白更多，重点刻画了道士及贾瑞照镜的对应关系。建筑只描绘了房顶及窗户，其他留白，与细密的树叶形成对比。

（三）孙温绘本中的现实空间与幻境

孙温绘本在表现现实空间与虚拟空间时同样采用了云遮雾断加符号指引的方法，但在表现方法及轻重方面有所变化。图 4.18 的构图以梦境为主体，梦中的甄士隐只占画面一角，显示室内情景及窗外芭蕉的对应，占画面主要篇幅的是甄士隐梦中与僧道相遇，有缘见通灵宝玉的画面。画家清晰刻画了玉石牌坊及金碧辉煌的楼宇，初现大观园的隐象。大部分空间虚化处理，以祥云代替实物，只对人物及主要建筑进行深入描绘，人物对话及情态细致生动。

图 4.19"贾宝玉梦游太虚幻境"由多重画面并置，表现了贾宝玉在太虚幻境的历幻画面，包括入幻、阅册、听曲、幻情等。通过与甄士隐所梦相同的玉石牌坊及豪华楼房，显示这里是太虚幻境。

图 4.20"贾天祥正照风月鉴"同样采用云雾符号串联贾瑞与风月宝鉴及道士的关系。在建筑及院落刻画方面突出平民化建筑，显示贾瑞的家庭情况及困境。

从这些画面的空间表现思路看，《红楼梦》绘画处理现实空间与虚拟空间的思路和方法主要受明清时期空间隐喻的影响，利用"点石泰山"或"壶中天地"的辐射效应，采用镜射原理与符号对应的方式凸显现实与幻境的对应关系。在构图时采用"画中画""指示性符号"等形式表现身体与灵魂的分离，把空间从物理空间延展至虚拟空间。

图 4.18 甄士隐梦幻识通灵・孙温・清代
图 4.19 贾宝玉神游太虚幻境・孙温・清代
图 4.20 贾天祥正照风月鉴・孙温・清代

第三节　大观园主要景观及建筑环境

一、宏伟壮观的中轴线建筑

红楼梦的中轴线景观规制是其帝苑特征的主要符号之一。主要包括正门、翠嶂、沁芳亭、玉石牌坊、顾恩思义殿、嘉荫堂、大观楼、凸碧山庄等。从景观构成看，既巧妙表现了传统园林曲径通幽、遮挡藏露的审美韵律，又突出了我国传统园林布局特征及楼阁亭台的结构、材质与色彩之美，彰显了其帝苑的规制、奢华及品位。

（一）王钊插画中的大观园中轴线建筑

王钊的大观园绘画依据原著，构图严谨饱满，刻画细腻，在园林价值方面有突出优势。画家艺术功底深厚，创作态度严谨，其作品构图饱满，各式建筑刻画精细，对园内主要建筑、庭院及其环境表现深入，对古典园林的审美风格及具体的石景、树木、花草等较熟悉。所以其绘画无论是景观还是建筑对于研究《红楼梦》大观园的园林价值都很有帮助。

大观园正门是五间门楼，筒瓦泥鳅脊（卷棚歇山顶），雕梁画栋，门窗屋檐都采用了当时新潮的纹样，具有皇家仪门的规制。水磨石砖墙，下边是虎皮石，自成纹理。前面是汉白玉台阶，装饰有西番莲纹样。左右粉墙，显得洁净。图4.21"大观园正门"插画采用正面构图，前后结构，对称分布，建筑格局呈现中国典型的对称结构，正门建筑五间宽，楼有两层，细致刻画了楼的建筑结构及材质，包括房脊结构及瑞兽分布、房顶的琉璃瓦分布、雕梁画栋的细节及门窗的材质纹理等。楼前有宽敞的前廊、玉石柱子，廊下是白石台阶，整体看起来色彩对比强烈，华丽洁净。台阶前是两株高大的松树，对称分布。关于大观园门前的植物在原著中并没有具体的描述，这里体现了画家的想象及配景能力。此回只是试题，正式名字需要贾元春命名，故匾额上尚无题字。正门前面是正在验收大观园工程的贾政等人，画面朴实、平稳。

图4.22"顾恩思义殿"为行宫正殿。贾元春赐名"顾恩思义"，提醒家

人做官做事定要切记感恩,知道自身的责任和义务。该作品精心刻画了贾元春省亲会客时命贾宝玉及众姊妹写诗的场面,人员众多却井然有序。外边是男宾及护卫,廊下是太监及内侍官。贾宝玉及众姐妹赋诗颂圣。近处画面是林黛玉、薛宝钗等众钗,稍远处贾宝玉在斟酌词句。贾元春在阅诗稿,周围贾母、王夫人及皇家侍从簇拥,显示出贾府的权力秩序和足够的皇家气派。前后皆有景物承转画面,空间气韵流通,场面宏大。在建筑表现方面,画家细致入微地刻画了顾恩思义殿的结构、材质及纹理,虽然是白描,却能够充分显示我国皇家宫殿建筑的气势和品位。从建筑规制看,顾恩思义殿只有一层大殿,北京大观园的该殿可以为此佐证。该作品画了两层,可能有两种原因:其一是为了凸显行宫的气派而采用的艺术加工;其二是把后边的大观楼一起画上了。综合考量,第一层意义明显一些。

图4.23"皇恩重元妃省父母"是大观园仅有的正面表现内庭的插画。画面显示元妃与家人见面的盛况。人物被雕花门窗及栏杆分成三组,中间是贾元春与贾母、王夫人等,左边是迎春、探春等,右边是乐女。建筑轩昂大气,翠柏奇石环绕,花草树木茂盛,显示出贵妃行宫的气派。为了表现大观园与太虚幻境的镜射关系,画家采用祥云虚化了树木、建筑的部分形状,对应了太虚幻境的天仙宝镜。同时,为了显示大观园行宫建筑内庭的华丽和品位,画家不厌其烦地描绘了行宫的材质和细节,包括琉璃瓦、雕花门窗、内庭景色等,凸显了大观园内庭的繁华富贵及女性气质。

(二)补图系插画中的大观园中轴线建筑

补图系关于大观园中轴线建筑的描绘以室内景致为主,对于山石林木着墨较多,注重庭院的空间关系及游廊曲栏的刻画。由于印刷技术的不同,造成同一系列在艺术效果上的差异,其中,木板刻绘的细节较清楚,石印的黑白对比更明显。图4.24和图4.25是补图系的两幅作品。图4.24是木板刻印,颜色较灰,可以看清许多细节。图4.25是石印,黑白对比更加突出,但细节不够清楚。从画面设计看,图4.24的视点更高一些,画面更为开阔,根据景物特征判断应该是衡芜苑内景,因为有突出的巨石及各式石景,满院的藤萝植物、抄手游廊及小轩建筑等。人物有七个,贾政坐在廊

《红楼梦》
大观园绘画及园林意象

图 4.21 大观园正门·王钊·清代
图 4.22 顾恩思义殿·王钊·清代
图 4.23 皇恩重元妃省父母·王钊·清代

左 图 4.24 大观园试才题对额·增评补图石头记
右 图 4.25 大观园试才题对额·增评补像全图金玉缘

前，其余人站在周围。景致以穿廊和围墙为间隔分成近景和远景两部分，每部分都精心设计布局，实景与藤萝植物搭配，虚实有致。建筑刻画以穿廊曲栏为主。图 4.25 的视点较低，人物显得更加突出，贾宝玉占据中心位置。从大株梨树、芭蕉及院落特征看，有点像潇湘馆的后院，院内景致更加紧凑。

凸碧堂是大观园中轴线最后的建筑，地势较高，山下有退步，是凹晶馆。凸碧堂在山顶，可赏山月，凹晶馆在山脚低洼处，可赏水月。凸碧堂庭前有开阔的空间，视野开阔，是欣赏山月的最佳平台。

中秋赏月品笛是《红楼梦》叙述结构上一个明显的转折符号。中秋节前接连发生抄检大观园、晴雯和王熙凤生病、贾赦崴脚等事件，在情感上产生了一些压抑感，每个人的心理都有些复杂。贾母为了扭转这些情绪，采用向凤姐、林黛玉、贾宝玉、贾兰等赐菜的方式温和地表明了自己的态度，而且想利用中秋节团圆重聚贾府的和气。但是她明显已经力不从心，就像贾府虽然显赫百年，但是至今已经逐渐运势式微，没落在所难免。就像书中呈现的那样，缺少了贾宝玉和王熙凤承欢逗趣的中秋家宴已经索然无味。王熙凤生病，贾宝玉因晴雯病重没有兴致。贾探春、贾迎春等由查抄大观园带来的伤害尚未平复。薛宝钗因查抄之事离开大观园，与家人一起过中秋。林黛玉、史湘云因客居，团圆之夜未免伤怀，尤其是林黛玉，看到贾母在家人的簇拥之下还感觉冷清，自己孤身一人客居他乡更觉伤心。诸多因素造就了中秋夜宴的凄清印象，以此暗示贾府的衰落已经无法掩藏。

图 4.26 和图 4.27 是两幅"凸碧堂品笛感凄清"作品。图 4.26 的作品主要描绘了赏月者和吹笛者的呼应关系。这体现了绘画与文学的区别，文学描写是吹笛者在远处，笛音经过水面飘进来方能品味出笛音的美妙。绘画不

左　图 4.26 凸碧堂品笛感凄清·增评补像全图金玉缘
右　图 4.27 凸碧堂品笛感凄清·增评补图石头记

能画出声音，只能通过形象让观众感知声音，所以就拉近了空间关系，在厅堂外树荫下画出吹笛者。图4.27的画面更加注重凸显纵深空间，首先设置了三重建筑空间，即近处的赏月品笛者、中间的建筑院落及远处的吹笛者，远处天上露出满月，点出中秋赏月的主题。

（三）孙温绘本中的大观园中轴线建筑

孙温绘本中的中轴线建筑包括沁芳桥（亭）、省亲别墅、顾恩思义殿内庭、凸碧山庄等。沁芳桥在翠嶂后面，出曲径通幽以后可见沁芳桥全景。沁芳桥由白色玉石建造，桥上建有亭子，桥下水流湍急，水清如玉，桥边有蓄水池，周围有吐水口。沁芳溪在此分流，主流经过怡红院后院穿墙而出，分出一脉小溪流向山下树林。

沁芳溪在大观园的书写中有重要意义，特别是沁芳桥（亭），曾在多处故事关节中出现。沁芳桥在怡红院与潇湘馆之间，是连接大观园左右前后的必经之路，因此，很多大观园有趣的故事都发生在这里，如贾宝玉与林黛玉在沁芳桥前边的山石后花树下一起看《会真记》；林黛玉响应探春建诗社号召从此处经过；贾宝玉访林黛玉时听信紫鹃的玩笑话在此发呆；贾宝玉给妙玉回帖在此与邢岫烟商议；林黛玉在此偶遇傻大姐，得知贾宝玉娶宝钗之事等。这些事件说明了沁芳桥在大观园书写中的意义。

图4.28作品描绘的是贾政、贾宝玉等人在沁芳亭探讨题对之事，贾宝玉所咏"绕堤柳借三篙翠，隔岸花分一脉香"，点出了沁芳桥的环境。在斜后方及一侧有假山，也叫桃花山子石，山后有桃林。山上有路与桥相通，使前后画面得以贯通。远处可见潇湘馆、大观楼等。从画面设计看，该作品突出了大观园以沁芳桥为主的水系特征，区间开阔，视野远透，山水园林的感觉更加明显，这显示了作者对原文的深度理解及想象力，也更加契合大观园的审美意象。

图4.29"贾母、刘姥姥游大观园"的画面是史太君两宴大观园时带领贾府众人及刘姥姥在沁芳桥休息的场面，因为画面视角及季节与时间发生了变化，所以画面的刻画重点也产生了改变。首先，大观园的景色也发生了很大改变，这从桥头柳树的长势及色彩可以看出来。桥后边的青山斜阻

《红楼梦》大观园绘画及园林意象

图 4.28 沁芳亭（沁芳桥）·孙温·清代
图 4.29 贾母、刘姥姥游大观园·孙温·清代

及青绿石景凸显了沁芳桥的山水元素及自然性，远处的大观楼、亭子、佛塔和晴朗的天空等既交代了沁芳桥的周围建筑、环境关系等，又用建筑符号显示了大观园多重文化属性，有天仙宝镜的祥和洁净之静美、人文园林的栖居和休养之闲适，以及山水林泉的怡情养性之境。河两岸的玉石雕花护栏在霞光瑞气的照耀下变成了金色，与沁芳桥的汉白玉颜色构成了贵气明快的基调，在青山、绿树的衬托下更加彰显富贵雅静的气质，以此呼应太虚幻境的女性气质及审美风格。

图4.30 是林黛玉重建桃花社一节中贾宝玉与众姐妹在沁芳桥欣赏桃花诗并商议重建桃花社的画面。该画面视点较低，突出了石景和树木。沁芳桥只刻画了一部分，沁芳亭高至左上角。桥头是众钗在整看诗稿，周围的假山或堆石围绕，贾宝玉从右侧赶过来，旁边有银杏树、大株绿树，隐约

图 4.30 贾宝玉及大观园众钗在沁芳桥欣赏桃花诗•孙温•清代
图 4.31 省亲牌坊及顾恩思义殿•孙温•清代

露出怡红院的房顶。远处突出自然园林的特征，以青山、绿水、丛树为主要描绘对象。重建桃花社是林黛玉生命意象逐渐式微过程中的高光表现，主题忧伤、词句优美，意境凄婉感人，情感充沛，充分展现了潇湘妃子的审美气质。诗如其人，让别人一看便知是林稿。从这幅画的选景、画面设计及色调看，具有初春的景色。新春伊始，桃花初开，从而激起大观园众人的诗性。但从故事结构看，此时贾府及大观园已经呈现没落之象，因此，桃花社也如桃花的明艳一样转瞬即逝。

玉石牌坊是曹雪芹用来串联太虚幻境与大观园的符号。原文中玉石牌坊分别出现在甄士隐和贾宝玉的梦境中。贾宝玉在大观园初见玉石牌坊时，曾感觉到似曾相识，却一时无法想起在哪见过。玉石牌坊在太虚幻境是入幻的标识，由牌坊入内喻示着进入幻境。在大观园，玉石牌坊是省亲别墅，代表着帝苑园林,更是人间富贵之乡的象征。图 4.31 的画面主要描绘了玉石牌坊及周围环境,牌坊的里面是顾恩思义殿,两边有穿廊,对面有几处轩馆亭榭,均琉璃瓦顶,雕梁画栋,粉墙朱栏,在精致华美的基础上彰显清雅洁净。外围可见大主山,秀木错落,翠峰环绕。

图 4.32 "顾恩思义殿内庭"画面有两个主题,左边是贾宝玉及众金钗奉命写诗。右边是贾元春举行家宴。内庭凸显红、绿、黄、蓝、白五色,色调明亮,品相贵气。内庭刻画以工细见长,详细描绘了殿内各式家具、字画、地毯及其他软装的纹饰。对众多人物的服饰装扮也一丝不苟。人物分为三组,斜正面为贾元春、贾母王夫人等。前景两侧为贾宝玉及众姊妹,

图 4.32 顾恩思义殿内庭·孙温·清代
图 4.33 凸碧山庄夜宴·孙温·清代

侧面是贾政等人。人物互动方面主要关注贾元春与贾母、王夫人的互动，贾宝玉与林黛玉、薛宝钗的互动等。曹雪芹在写太虚幻境的宫殿时只概说了宫殿、配殿等，而在大观园的描写中有详细描述，两者一实一虚相呼应，向读者交代了宫殿的印象。

图 4.33 "凸碧山庄夜宴"的描绘重点在于建筑的位置，及室内结构。凸碧山庄的大厅很宽敞，适合家宴。外边有大面积的平台、护栏，护栏旁边露出树梢，远处可见远山，以此显示了建筑所在位置的高度。树叶以墨绿、金黄、蓝色为主，凸显季节及时间特征。画面表现贾家两府主要人员在一起家宴庆贺中秋，明写团聚天伦之乐，暗写贾府由盛转衰的关节。

从以上绘画的表现效果看，孙温的大观园绘画更加重视山水园林的刻画，这与王钊及补图系的创作思路不同。王钊的插画虽然很注重园林细节描绘，但重点在于建筑及内庭环境，所以更加注重对建筑结构及室内外陈设的描绘，对景观石景、树木花草等有细致刻画。孙温的插画更加凸显大观园山水林泉的感觉，明显扩大了大观园架构中山水意象的分量，最显著的不同是每个建筑周围都有山水元素。另一个不同是主题建筑之间的距离变远了，大观园的整体空间及建筑组合空间都更加通透，远阔，这实际上更加切合了大观园的实际书写意象，而非仅为周长三里半的封闭空间。

二、人格化园林别墅的布局及构成特征

（一）怡红院

怡红院是绛洞花主贾宝玉的住处，大观园第一富贵温柔所在。对于其建筑样式、院落、环境及内庭细节原文叙述如下：

> 一径引人绕着碧桃花，穿过一层竹篱花障编就的月洞门，俄见粉墙环护，绿柳周垂。贾政与众人进去。

这是怡红院后门外的环境，典型标识是碧桃花、竹篱花障、月洞门、粉墙、柳树等，显示了贾宝玉绛洞花主的身份，其中，粉墙和垂柳等又与潇湘馆遥相呼应。

一入门，两边都是游廊相接。院中点衬几块山石，一边种着数本芭蕉；那一边乃是一棵西府海棠，其势若伞，丝垂翠缕，葩吐丹砂。

怡红院建筑为传统的四合院，正房为五间抱厦，左右有厢房，有抄手游廊与各方连接。园内蕉棠两植，特别是西府海棠很有特色。中间穿插各式石景及相应花草。游廊上有观赏鸟，院中两只仙鹤走动。

室内设计精致工巧，物品贵重，具体描写如下：

原来四面皆是雕空玲珑木板，或"流云百蝠"，或"岁寒三友"，或山水人物，或翎毛花卉，或集锦，或博古，或万福万寿各种花样，皆是名手雕镂，五彩销金嵌宝的。一槅一槅，或有贮书处，或有设鼎处，或安置笔砚处，或供花设瓶、安放盆景处。其槅各式各样，或天圆地方，或葵花蕉叶，或连环半璧。真是花团锦簇，剔透玲珑。倏尔五色纱糊就，竟系小窗；倏尔彩绫轻覆，竟系幽户。且满墙满壁，皆系随依古董玩器之形抠成的槽子。诸如琴、剑、悬瓶、桌屏之类，虽悬于壁，却都是与壁相平的。

原来贾政等走了进来，未进两层，便都迷了旧路，左瞧也有门可通，右瞧又有窗暂隔，及到了跟前，又被一架书挡住。回头再走，又有窗纱明透，门径可行；及至门前，忽见迎面也进来了一群人，都与自己形相一样，——却是一架玻璃大镜相照。及转过镜去，益发见门子多了。贾珍笑道："老爷随我来。从这门出去，便是后院，从后院出去，倒比先近了。"说着，又转了两层纱橱锦槅，果得一门出去，院中满架蔷薇、宝相。转过花障，则见青溪前阻。……忽见大山阻路。众人都道"迷了路了。"贾珍笑道："随我来。"仍在前导引，众人随他，直由山脚边忽一转，便是平坦宽阔大路，豁然大门前见。

怡红院是专为贾宝玉设计的居所，位于大观园大门的右前侧。后院种满各种鲜花，包括宝相花、蔷薇等，出院后有一条宽七八米的清溪，这是沁芳溪经沁芳桥分流后经过怡红院，继而出后门流向院墙外，汇入大河。再后面是大主山的余脉，与蘅芜苑背靠的大主山属于同一山系。从建筑样式及环境看，怡红院凸显富贵、精致、花团锦簇，室内设计及物品以别致、精巧、贵气为主，结构复杂，别出心裁，符合贾宝玉的心性及爱好，同时彰显其绛洞花主的身份。以下是王钊、补图系、孙温等画中的怡红院形象，从不同角度刻画了怡红院的建筑样式及环境特色。

1. 王钊回目插画中的怡红院

王钊关于怡红院的插画有四幅插画（图4.34至图4.37）。四幅画的主题各不相同，但故事发生地都是在怡红院，分别从四个角度描绘了怡红院的内外景致，突出了怡红院建筑及庭院设计的富贵之美。

图4.34"魇魔法叔嫂逢五鬼"表现的是贾宝玉发病时正与林黛玉说话，突然大叫头疼，一跳几尺高。该画面中间是月亮门，门外是急等消息的林

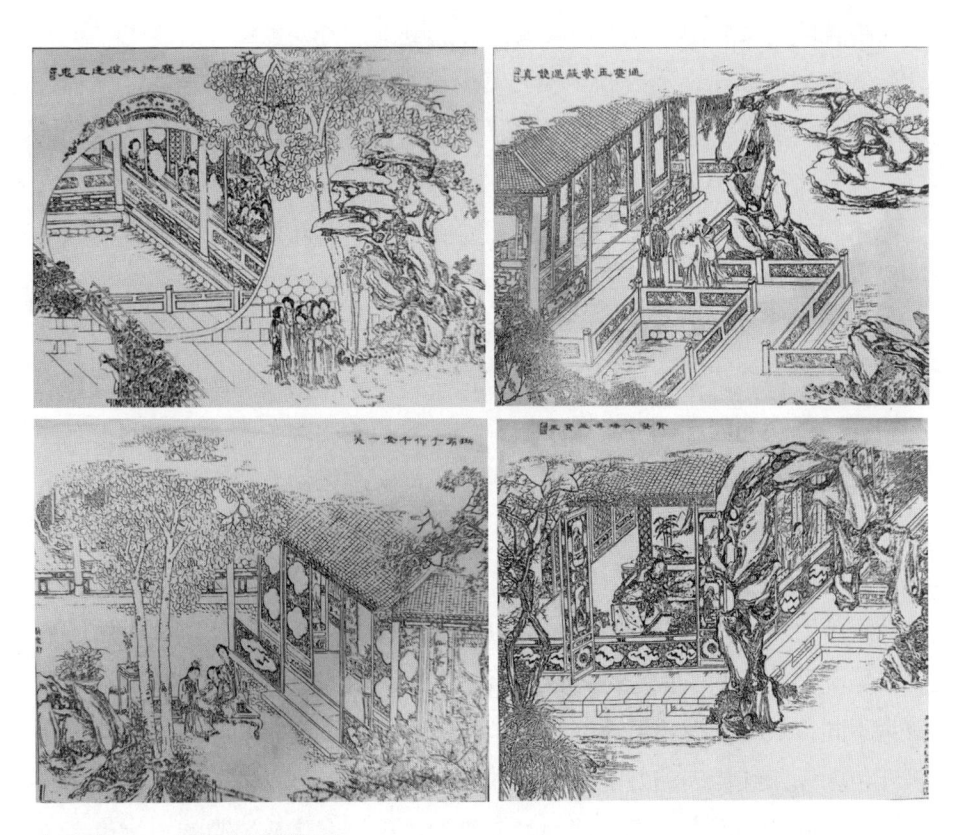

上左 图4.34 魇魔法叔嫂逢五鬼
上右 图4.35 通灵玉蒙蔽遇双真
下左 图4.36 撕扇子作千金一笑
下右 图4.37 贤袭人娇嗔箴宝玉

黛玉等人。透过月亮门可以看到雕花护栏，栏内众人都在为病重的宝玉忙乱。门外画有大株梧桐树及石头盆景，左前方有一个花墙。整体上建筑空间较大，人物比例较小。

图4.35"通灵玉蒙蔽遇双真"在文本中没有明确写出贾政遇双真的地点，但从故事情节看，贾政、贾母均是在怡红院内看望贾宝玉，忽然听到僧、道言语，便出来迎接。因此位置应该在怡红院附近，而画面中的建筑外有河流穿过，两个巨大假山石相互对应。依此可判断画家表现的是怡红院后门附近。该画详细刻画了建筑前的平台和曲折雕栏，清楚交代了建筑与沁芳溪的近缘关系。

图4.36"撕扇子作千金一笑"也是发生在怡红院内庭，只不过换了一个角度。画面上有山石树木、精致房舍、幽静小院，宝玉为了逗晴雯开心，让晴雯撕扇子取乐，不仅撕了自己的扇子，还把麝月的扇子也撕了，怡红院也因此充满了快乐的笑声。该画面突出了贾宝玉、晴雯和麝月的互动场面，人物比例虽小却很传神，画面温馨而有情调。从画面元素看，构成元素基本相似，以建筑门窗、海棠、石景花草为主，对建筑细节及庭院景物的描绘细腻。

图4.37"贤袭人娇嗔箴宝玉"的画面以穿廊显示空间，里面是袭人利用与贾宝玉的亲密身份躺在床上劝导贾宝玉。画家精心刻画了怡红院的内庭设施，精致的雕花门、窗以及桌、椅、墙上的山水画等。门前的玉石台阶也有细腻描绘，从前门向右后方转向，与穿廊相接。一侧的房门有丫鬟在看门，前边有大型圆拱形太湖石。左前边精心描绘了海棠树的形态，树下有兰草。

从以上四幅作品看，王钊以画家敏锐的感觉、精湛的技艺，以白描形式一丝不苟地描绘了怡红院的建筑及内庭。四幅作品的主题、画面构图和取舍不同，从不同视角展现了怡红院的精致之美及内在韵味。怡红院寓意以红色为乐，红代表美好的女性，尤其是未婚配的少女群体。因此，无论是建筑设施还是房内家具色调都是以红为主色。庭院及周遭的植物也是凸显花红柳绿的整体意向。其中，外围的碧桃花、柳树显现桃红柳绿之象。竹篱花障、蔷薇花架、海棠花、玫瑰花、芭蕉等突出怡红院"花"的意象。

也呼应了贾宝玉绛洞花主的身份及审美趣味。比较这四幅插画，景观元素相似，表现角度不同，却异曲同工地描绘了怡红院"怡红快绿"的符号特征。

整体分析这四幅作品，在艺术表现方面，画家基本遵照原著进行描写创作，重点描绘了建筑的门窗、屋檐、穿廊栏杆、台阶等内庭元素，对庭院空间及景物搭配较内行。作品传达出一种精致、富贵、优美的感觉。当然，艺术作品不同于园林效果图，在仔细比对绘画与文本叙述之后，有些元素是画家为了突出主题、美化画面效果而加上的，如画中的大株梧桐树。另外，画家对建筑的整体结构及外部形态刻画得较少，这是因为其刻画重点在于内庭，为了凸显人物的审美品位及情趣，对内庭的建筑细节及植物、石景、花草较为关注，运用花草的符号意义突出人物品位，如画中的石景、兰草、梧桐等均增加了主人的书香意味。画中对建筑的样式、构造及材质纹理也描绘得很细致。远处假山石后边有垂花，应是花障。山石上端有云雾遮挡，凸显仙源符号。

2. 补图系回目插画中的怡红院

（1）《增评补图石头记》中的怡红院

《增评补图石头记》关于怡红院的回目插画主要有14幅，始于"情中情因情感妹妹"，终于"以假混真宝玉疯傻"。插图以描绘回目故事主题及怡红院院落构成为主，包括主题人物情景刻画、建筑样式、山石林木、花草盆景等，其中，建筑以屋顶、屋檐、门窗、廊柱及栏杆为主。在一些画面中画家采用云遮雾断的方式处理画面，一方面丰富了画面的空间变化，另一方面也强化大观园的天仙宝境意象、呼应了与太虚幻境的镜射关系。

图4.38"情中情因情感妹妹"表现的是林黛玉为了避免被别人撞见其哭肿的双眼，选择旁人不在时看望挨打后的贾宝玉。画面采用俯视视角描绘怡红院，景物主要集中在画面的下半部，上面三分之一的部分空白。建筑包括主建筑和穿廊两部分，刻画相对深入。主建筑的屋顶由琉璃瓦铺成，屋脊有云雾遮挡故没有刻画。画家精心描绘了主建筑的重檐、柱子、门窗、穿廊的顶部、廊柱结构等，凸显怡红院的精致。房间里贾宝玉半躺在床上，

图 4.38 情中情因情感妹妹　　图 4.39 绣鸳鸯梦兆绛芸轩

　　林黛玉在一旁，门口是侍女，在收拾桌子。房前边有大株松树，树干遒劲挺拔，枝叶茂盛。树冠及树身有云气穿过。左下部是芭蕉，没有显示海棠树。图 4.39 "薛宝钗绣鸳鸯"的主建筑位于画面中部，面向前面。窗户内宝钗坐在窗边绣鸳鸯，窗外是林黛玉。前边是芭蕉、太湖石、海棠树等。院内的另一侧有两只仙鹤、石景，屋脊后边是远处的碧桃林及远山的影子。以上两幅作品建筑都在中间偏左的位置，庭院植物及石景花草基本依照文本书写绘制，院落空间较紧致。

　　图 4.40 和图 4.41 构图中的建筑在前区，对房子空间及装饰元素有深入刻画，重点是主题人物周围的景物，如床、门、窗户及富于装饰性的墙面。图 4.40 "白玉钏亲尝莲叶羹"的发生地在怡红院。贾宝玉挨打后要喝莲叶羹。莲叶羹做好后王夫人令白玉钏送给贾宝玉喝。贾宝玉在床上养伤，见到白玉钏后感到心中有愧，就变着法儿让她尝一口。画家为了凸显室内景，把贾宝玉的卧房拉到近景，人物也只刻画了宝玉和玉钏两个人，但对室内床位、窗帘及窗饰、门饰均有细致描绘。院中植物以海棠、芭蕉和竹子为主，处理得较密集，远处天空上有祥云。图 4.41 "喜出望外平儿理妆"的画面很独特，室内设施画得很概括，将空间交代得很清楚。尤其是画家为

图 4.40 白玉钏亲尝莲叶羹　　　图 4.41 喜出望外平儿理妆

了表现人物动态，把房子前面的墙壁给隐去了，只画了一张大桌子及后面的柜子，留了较多空白，因此可以看清楚三个人的动态及呼应关系：平儿坐在桌子后面化妆、宝玉在欣赏，后面是袭人在拿东西，应该是在找与化妆相关的东西。前景是院落，结构清楚，堂前以石景花草为主，有大片空间。没有大株植物及大型石景，植物矮松以小型枝叶表现，为表现建筑形式及人物动态留下了空间。

图 4.42 和图 4.43 是关于晴雯主题的两幅作品，故事地点都发生在怡红院。一个是在室内，晴雯不惜身染重病精补雀金裘；一个是在室外凉榻上，空间相对宽裕。图 4.42 "勇晴雯病补雀金裘" 只刻画了房子的一角，琉璃瓦屋顶，抱厦房顶结构。正面木格花窗敞开，窗内描绘了正在补裘的晴雯、陪着的贾宝玉及其他一干人。为了突出室内的人物，窗外只画了低矮的石景及花草，远处有数株松树，树丛临近河岸沁芳溪，只描绘河岸的一段。屋顶上方显示了海棠树，对应文本书写。图 4.43 "撕扇子作千金一笑" 也塑造了房子的一角，房子外边是月亮门，能够看清楚里面撕扇的晴雯和尽力捧场的贾宝玉，以及凉榻及周围景致。外边是偷听的麝月，手里拿着一把扇子，呼应下一步的剧情。山墙留白，右下角画了太湖石的一角，石上

109

《红楼梦》
大观园绘画及园林意象

图4.42 勇晴雯病补雀金裘　　　　图4.43 撕扇子作千金一笑

边画了竹子，左下角是石景的一角，盆景矮松，挡住了麝月的一部分，显示了中国绘画的藏露美学。再向里又是一块大型石景及松竹植物，以此凸显绘画的主题。

图4.44作品中的人员众多，这是反映贾府走向没落的现象符号之一。该画注重表现画面的纵深空间：左前面是月洞门及白墙，墙里面是石景、芭蕉和海棠树。后面是吵闹的众人、无能为力的贾宝玉。人员被安排在前廊的空阔处，里面有充裕的空间。右侧为庭院，显示两棵海棠树及石头，前面是安排小丫头去叫平儿的麝月，对应故事结构。

图4.45作品中人员也较多，画面设计较注重藏与露的关系。在画面前景设置了大型石景，搭配芭蕉、竹子、祥云。中景是抱厦，房顶一高一低，中间是商量瞒赃的众人，房子后面是松树及其他植物，凸显贾宝玉的风骨。

图4.46作品的构图集中在右面中部，前面是院落景致，包括白石雕花围栏、太湖石景、两棵矮松，其余是大面积空地。建筑只露一角，描绘卧床的贾宝玉、结梅花络的黄金莺及其他人。人物动态及神情的呼应性较好。

图4.47的画面较密集，前景是石景及芭蕉，石头后面是松树，树后面是建筑，留有月洞门，里面是谈论假凤虚凰事件的贾宝玉和芳官。院落内

上左　图 4.44 绛芸轩里招将飞符
上右　图 4.45 投鼠忌器宝玉瞒赃
下左　图 4.46 黄金莺巧结梅花络
下右　图 4.47 西纱窗真情揆痴理

也画满了植物，如芭蕉、松树等，远处露出山顶，延展了画面的空间。在这幅画里建筑墙、月亮门以及太湖石的露空处对贯通前后和画面周遭气流有明显作用。

图 4.48 是描绘群体的画面。画面主要描绘怡红院众人给贾宝玉庆寿，吃夜宴抽花签的时刻。该画把建筑与院外的景色放在一起刻画，延展了怡红院的内外空间。这幅画没有设置太多人物，前景有四个人物，围桌而坐，其他人在里屋显示。建筑凸显廊柱结构，最前面是雕栏、海棠树、石头等，后面是树丛、沁芳溪及远处的河岸。房间没有刻画太多细节，强化空间的虚实对比。

图 4.49 描绘了贾宝玉睹物思人，填词悼念晴雯的画面。贾宝玉见到雀金裘时想起晴雯在世时的音容笑貌不觉伤感，故填词抒发这种情绪。该画面为了表现贾宝玉忧伤孤寂的内心以及悼念晴雯的主题，特意把海棠树放在最突出的位置，树前画了云气纹。同时，树下画了林黛玉和紫鹃，既暗示晴雯"芙蓉花神"的身份，也突出了林黛玉花神的身份，强化"晴为黛影"的内在含义。贾宝玉在晴雯曾住过的房间里点香、摆果蔬、写词祭奠晴雯，画面景致稀疏，主要用松树、海棠树及云气纹突出清冷氛围及伤悼主题。

图 4.50 的主题是赏花妖，花妖作怪以枯死的海棠树反季节开花为符号，众人心里都觉不安，独贾母反其道而行之，到怡红院里欣赏。该作品的绘画元素与前一幅相近，只是人员更多。为了凸显海棠树反季节开花的诡秘氛围，预示贾府运势颓败，画家用海棠树、云气纹凸显氛围，面向开花的海棠树沉思的贾政以及众人交头接耳的神态突出了他们心中的疑惑。画面设计有一定的层次性，近景是抱厦内团坐的贾母众人，彼此议论。中景是独自面对海棠树的贾政，以贾政的忧虑象征贾府没落的不可避免。画中的海棠树在清冷的季节里开放，代表了一种反抗的勇气和精神，即使花期短暂，就像晴雯反抗抄检一样，力量虽然微弱，却反映出人格的独立和青春的快意。

图 4.51 "以假混真宝玉疯癫"是大观园凋敝的开始。绛洞花主贾宝玉

文本插画中的大观园园林意象 第四章

上左 图4.48 寿怡红群芳开夜宴
上右 图4.49 人亡物在公子填词
下左 图4.50 宴海棠贾母赏花妖
下右 图4.51 以假混真宝玉疯癫

113

失了玉即失去了灵魂，成了任人摆布的木偶。同样的道理，失去林黛玉的贾宝玉和失去贾宝玉的林黛玉一样没有生气。贾宝玉失玉疯傻代表着大观园诗意美好的终结。画面中只突出了建筑、石头和松树、竹子等少许常青植物，贾宝玉卧病在床，生活空间日趋狭小。

以上 14 幅插图在插图主题、景物配置及人物设计方面基本依据原文绘制，变化在于画家根据每幅作品的主题及格调，调整了构图、主次及虚实关系，有一些作品在植物组合、石景搭配方面加进了画家的想象，目的是更加凸显主题。从园林的角度看，除了人物、建筑、配景与环境的符号含义及基本组合关系外，更值得关注和研究的是怡红院内外环境的空间及呼应关系，包括建筑样式及装饰元素、庭院架构穿插、渗透、藏露关系，并且值得梳理和分析具有新意的景观构成形式。

（2）增评补像全图金玉缘

图 4.52 至图 4.55 是以贾宝玉寝床及门窗为主要器物的画面。

图 4.52 和 4.53 的画面都是室内景，专注于室内器物。

图 4.52 是贾宝玉在怡红院制胭脂膏的画面，重点刻画了贾宝玉的动态及与其他人的互动关系，凸显了贾宝玉的年龄特征及童心、童趣。房间详细描绘了门窗、床围、窗帘及桌布的花纹，其他大面积空白。

图 4.53 是贾宝玉为了安慰白玉钏的丧姐之痛，在病床上设计让白玉钏

图 4.52 情切切良宵花解语　　图 4.53 白玉钏亲尝莲叶羹　　图 4.54 听曲文宝玉悟禅机

尝莲叶羹的情形。贾宝玉梳冠坐在床上，白玉钏端碗拱让。两个人物都塑造得很精彩，动态呼应及神情也很好。房内设施刻画了精致的雕花顶子床、木窗、桌椅等，窗外画了园里的石头及花草，形成了画面深处的空间。

图 4.54 描绘了贾宝玉听曲悟禅的画面，因有感于赤条条来去无牵挂，他在房间写感悟，袭人为其研墨。房间的器物主要刻画了雕花床、精致的窗户和桌椅、两个绣墩。画中对两个人物的体态神情描绘得较传神。

图 4.55 "晴雯补裘"的床的风格与贾宝玉的有点相似，床的做工及床围装饰奢华精致，这可能是太医误会晴雯是小姐身份的原因之一。其他器物刻画得很简约，只用线条简单交代了轮廓。画面重点刻画了晴雯带病补裘的氛围，生动表现了贾宝玉的关切和晴雯的病弱。

图 4.56 明确指出刘姥姥醉卧的床是贾宝玉的床，表现了怡红院的富贵符号与刘姥姥的贫贱身份的对比。

图 4.57 也是在怡红院内，两张床都是顶子雕花红木床，但是装饰纹样略有不同，可能是角度问题。其他器物包括柜子、宝鼎、茶几、桌椅等，以点带面交代了怡红院的设施。从室内装饰看，体现了中西结合的特征。

图 4.58 至图 4.59 是怡红院的内景，只是范围更大一些。

图 4.58 描绘了怡红院夜宴的大圆桌、红木绣屏、宝鼎香炉等。

图 4.59 "喜出望外平儿理妆"是怡红院房内，一个人的梳妆台，主要刻画贾宝玉照顾平儿梳妆的画面，表现贾宝玉对女儿的普爱心理。画面上共有五个人，构成了一个有趣的呼应关系。

图 4.60 "胡太医诊晴雯"突出了当时的规矩，不仅年轻的主人不能见外边的男人，有身份的丫鬟也不能见。画面专注于太医瞧病的阵势，有问诊把脉的太医、周围服侍的仆人。画面中的器物只有柜子、桌子、石头盆景等，柜子里有若干珍器，彰显房间主人的贵族身份。

图 4.61 也是偏重于人物关系的刻画，器物只有柜子、桌子等常规性家具。

图 4.62 和图 4.63 一个是室外，一个是室内，除了人物数量及环境元素的差异外，其表现思路大致相似。

上左 图 4.55 晴雯补裘　　　上右 图 4.56 刘姥姥醉卧怡红院
下左 图 4.57 以假乱真宝玉疯傻　下右 图 4.58 怡红院夜宴

　　图 4.62 晴雯撕扇的事件发生于晚间怡红院院内，该作品主要刻画了贾宝玉、晴雯、麝月三个人的互动关系。器物刻画主要包括凉榻、石头盆景，因为是晚上，所以其他物景显示不多。

　　图 4.63 的画面人员众多，描绘了怡红院众人因失玉而惊慌失措，满屋子翻箱倒柜找玉的乱象，器物刻画较简略。

　　从以上 12 幅插图看，创作思路采取了以人物为主、环境为辅的策略，对于主要人物的神态、服饰及动态、情态都刻画得相对较好，环境刻画以

上左 图 4.59 喜出望外平儿理妆
上中 图 4.60 胡太医诊晴雯
上右 图 4.61 赵姨娘争闲气
下左 图 4.62 晴雯撕扇
下右 图 4.63 怡红院失玉

衬托人物性格、交代故事情节发展为主。有限的室内设施描绘以符号表现为主，主要是为了凸显怡红院及贾宝玉的性格、情感特征而设置。

图 4.64 至图 4.70 的画面添加了植物符号，同时，石景也更加凸显。怡红院明写的植物包括西府海棠、芭蕉、各色花草等。这几幅画分别从不同角度描写了怡红院的院落景致。

图 4.64 的前景是两块太湖石，搭配花草。中景一棵高大的西府海棠，把窗子遮挡了一半。树下是贾宝玉在捣鼓玫瑰花制作胭脂膏，袭人在旁边规劝。背景是月洞、雕花门等。

图 4.65 的主角是贾宝玉和林黛玉。画面更加唯美、女性化，人物安排也更加戏剧化。林黛玉听见王熙凤进来，怕被人笑话急忙站起来要走。林

黛玉的身段、贾宝玉的关切、前边偷听的丫鬟等构成了画面故事的冲突性。植物较之前一幅描绘得更加细密、茂盛。这两幅画里都没有海棠，可能贾宝玉的卧房靠里面，看不到前院的芭蕉。屋内的器物只是简单地交代了床帏门窗等饰物。

图4.66画了建筑的屋顶、屋檐、廊柱、主房门及走廊，房顶有云气纹，廊前有花草植物灯。

图4.67描绘的故事是贾宝玉向芳官问询假凤虚凰的情景。画面元素差不多，只是强化了画面空间，前景是较矮的植物、中景有高大的海棠树、大型太湖石。窗前是贾宝玉与芳官，窗外透出院内的植物。

图4.68的室内景物更丰富一些，有石头盆景、雕花床、精致的红木雕花门等。人物有四个，黄金莺坐在桌前打梅花络，宝玉坐在床上和她闲聊。门前有两个端点心和茶水的丫鬟。背景开了窗，透出了里面的植物，延伸了画面空间。

图4.69"绣鸳鸯梦兆绛芸轩"里的主要人物是宝、黛、钗、湘，元素包括月洞门、石头、太湖石、海棠树等，建筑显示了屋顶的结构。门内是睡觉的贾宝玉及坐在床边绣鸳鸯的薛宝钗，外边是偷窥的林黛玉和史湘云，创造了一个富有情趣的闺阁空间。

图4.70的画面是悼亡主题，所以搭配的植物都是与纪念晴雯相关的元素，包括松树、鲜花、瓜果、香炉等，以此来突出画面氛围，其他元素交代了桌子和椅子的样式，贾宝玉背后是月亮门，前面是偏门，与月亮门形成呼应，门边露出丫鬟的身影。

从以上7幅插画来看，为了突出插画的叙事性，彰显主体人物的怡红院特征，画家除了精心刻画人物情态及组合关系外，还综合运用了环境元素，包括建筑、器物、植物、石头、空间、云气等，多视角、多维度、整体性塑造怡红院的形象，从而使怡红院的形象更加饱满、生动，尤其是植物、石头等符号的运用，精准发挥了这些物象的象征意义，强化了怡红院精致富贵的闺阁气质，丰富了怡红院的形象内涵。

文本插画中的大观园园林意象 | 第四章

上左　图 4.64　贤袭人娇嗔箴宝玉
上中　图 4.65　情中情因情感妹妹
上右　图 4.66　茉莉粉替去蔷薇硝
中左　图 4.67　茜纱窗真情揆痴理
中中　图 4.68　黄金莺巧结梅花络
中右　图 4.69　绣鸳鸯梦兆绛芸轩
下右　图 4.70　人亡物在公子填词

（3）孙温《绘全本红楼梦》中的怡红院

①室内景

怡红院室内装饰可以用富贵、精巧、新潮形容，室内器物凸显了古、奇、趣的特征。古是其器物的文化性，主要是指家具、古玩、字画等。奇是指两方面：一方面是指室内的空间、布局及各种机关设计新奇，像一个迷宫一样，并以此对应太虚幻境的迷幻；另一方面是怡红院拥有一些在当时新奇的物品，包括古今中外难得一见的奇物。趣是指符合小孩子心性的一些物品，如西洋鼻烟壶等，这些是怡红院不同于大观园其他主题建筑的地方。从色彩上看，怡红院突出红、绿、金三种色系，凸显怡红快绿的格调。

图4.71是贾政验收大观园时在怡红院的情景。室内色调金碧辉煌，空间建构复杂规整，字画、珐琅彩镶嵌、古玩等凸显了怡红院的性格及符号。倚墙设计的暗格及蓝色装饰等显示房间的新意。因为是刚建成的新房，房间的细节尚看不出来，因此房间显得空阔。

图4.72是贾宝玉养病期间在怡红院和丫头们嬉闹的情景。该作品有建筑屋顶样式、外面的石板桥、沁芳溪及假山，远处露出栊翠庵的屋顶，屋檐及檐下彩绘，前墙的装饰样式、材质等。画家用自己的理解交代了怡红院内庭的概况。室内装饰元素较前一幅更加细化，色彩设计突出红、绿、青与白，服装色彩以家居服为主，贾宝玉只用冠上红缨表示。院里只画了芭蕉，其他省略，留出较大的空间。

图4.73是怡红院众人寻找失玉的画面，画面较宏大，人员众多。室内装饰以字画、穿衣镜、明式红木家私、宝鼎为主。色彩在原来四色的基础上增加了明黄。中堂悬挂的字画、旁边的柜子、桌子上的瓶花等显示了清朝当时富贵人家的日常摆设。挂画和字则显示了贾宝玉当时的生活情趣及品位。

②院内景

图7.74作品的视点较高，因为是复合画面，画面涵盖了怡红院和蜂腰桥两处的景观元素，并通过远处的大主山、后院的土山、沁芳溪等，交代了怡红院与周围景观的关系。怡红院景观主要描绘了主建筑的样式、穿廊、围墙及门楼，记录了主建筑及相关景观元素的概貌及材质。院内刻画了门口的松树、廊前的芭蕉、仙鹤等，院外则绘出了甬道、石景、河岸的栏杆。

图 4.71 怡红院室内景
图 4.72 贾宝玉养病
图 4.73 怡红院查玉

图中对人物的服饰及呼应动作的刻画也较详细。

图 4.75 "贾宝玉踢袭人"以俯视视角表现了怡红院、红香圃、蔷薇架、花障、垂柳等周边景观,沁芳溪由前及里贯穿画面。与其他画面不同的是山水元素成为画面的主要元素。其中,山景以青绿山水、景观石为主,水系除了清晰交代了河岸两边的景观外,还精心绘制了溪边的朱红栏杆。同时,怡

121

红院后院的景致也较清楚，包括怡红院与蔷薇架的路径、蔷薇架与沁芳亭等。

图4.76"林黛玉探棒疮"的作品也是复合画面，包含了三个建筑景观，包括大观园的两个主要庭院怡红院和潇湘馆。怡红院只画了一个角，左下角是巨大山石，石头旁边是松树、海棠花树以及花草，远处是两株芭蕉，房间里边是林黛玉和贾宝玉。远处是潇湘馆，主要景观元素是翠竹、山石、主建筑等，可以看到房间里暗自垂泪的林黛玉及紫鹃。中间画了沁芳桥、河岸，远处是大主山及宽阔空间。画面里人文建筑与自然空间形成了诗意和谐。

图4.77"绣鸳鸯梦兆绛芸轩"的主要景观是怡红院和山水景观。主景怡红院里有林黛玉和史湘云。植物包括松树、芭蕉穿廊和门口的小轩。附近没有画其他建筑，主要以青绿山石、翠竹及远处的宽阔水域构成，再向远处是大主山及旷野，凸显了园林建筑的特征。

图4.78"刘姥姥醉卧怡红院"画了曲折的院墙、石景、月洞门、芭蕉等，主景是建筑样式。主建筑后面是大主山余脉、沁芳溪、沁芳桥等，远处延展到群山区域。

从以上作品的创意思路看，画家主要是采用工笔精写加符号化表现的方式表现怡红院及庭院环境，作品呈现出园林化绘画的表现倾向。画家在表现怡红院的过程中，紧扣文本中怡红院的本质特征，重视怡红院的周边环境及山水园林的气质，详细描绘了主建筑及辅助景观的样式、材质，以多重视角表现怡红院的周边环境，有意强化怡红院富贵闲适、青山绿水的山水园林意象。从院内植物的描绘看，花草、树木都充满生机。还有就是虽然文本中没有明确表明怡红院有松树，但在孙温的作品中，多次在门楼附近画了松树，可能是为了画面需要，在富贵的基础上强化怡红院的雅气。同时也可以烘托怡红院盛期的鲜活的生命意象。

图4.79至图4.81三幅作品描绘了怡红院的由盛转衰过程中怡红院的意象。三幅图有一个共同的特征是植物明显减少了。众所周知，在自然景观或园林景观中，山、石是无机物，没有生命意象，山、石必须与植物搭配，才能体现出活态，衍生出生命意象。不同的植物搭配山、石能够反映出不同的性格及情感特征。当怡红院出现蕉棠两旺的时候，便是怡红院里生命

文本插画中的大观园园林意象 第四章

上左　图 4.74　贾芸在怡红院
中左　图 4.75　贾宝玉踢袭人
下左　图 4.76　林黛玉探棒疮
上右　图 4.77　刘姥姥醉卧怡红院
中右　图 4.78　绣鸳鸯梦兆绛芸轩

意象最繁盛的时期。反之，随着植物减少甚至调零，就会隐含地透射出一种生命的危机感。图 4.79 "晴雯勇补雀金裘"既表现了晴雯的勇敢和担当，反映了晴雯与贾宝玉主仆关系的升温，同时也为晴雯夭亡埋下了伏笔。画面突出了贾宝玉回房时因雀金裘烧破的焦躁情形，以及晴雯通宵缝补雀金裘的画面，一主一次，互为观照。建筑以刻画主建筑的样式、结构、彩绘为主，主画面对窗户、前墙的材质及纹样有细致描绘，辅助画面除了建筑之外，用月亮门的空间描绘了晴雯补裘的画面。植物凸显松树，芭蕉在画面的分量较弱，花草类植物等柔弱的生命因为冬天已经消散。显示怡红院

123

众人包括贾宝玉的生存环境已经发生了改变。

图 4.80 晴雯被撵的画面较前一幅空间更加空阔,除了一株芭蕉尚存外,其他植物全无,只留下豪华却无生气的建筑,此时晴雯已经病得不能走路,却因为王夫人听信谗言将其无情驱出怡红院。画面中王夫人坐在怡红院门口,下令让人把晴雯架出怡红院,连带着芳官、四儿都一并驱赶,显示了统治者的冷酷无情。这些花红柳绿的怡红院女儿,包括大观园女性,在统治者需要的时候,她们是繁华中的点缀,如果一旦被发现不符合贾府统治者的价值观,或者说被认为可能有碍贾府统治者的核心利益,她们就会被毫不留情地清除。

图 4.81 "贾母怡红院赏海棠"。此时贾府的败象已经明显出现,在贾府统治者的群体中也出现了动摇,以贾赦、邢夫人为代表的群体开始议论纷纷,即便是贾政、王夫人一派也心中疑惑。一直是贾母团队的王熙凤此时表面上祝贺海棠花凌冬开放,实际上送红绫辟邪。贾母作为贾府的最高统治者在听到这些议论时,虽然严辞申斥了议论者,但是内心也很清楚贾府的败落已经不可避免。

在中国山水或园林绘画中,山水怡情的基础是花木生命的灵动和美丽。只有在花草繁盛的环境中,山水才能体现出诗意栖居的胜景。建筑也是一样,人是建筑的灵魂,人的审美精神及情态是对建筑品位的直接体现。富贵豪华的怡红院仅有一个富贵公子是远远不够的,还需要这一群天真烂漫、姹紫嫣红的青春女儿来烘托。画家用怡红院树木花草的种类、数量及方位等生命样态暗示了怡红院的命运走向。

③院外景

怡红院在大观园的东南角,其空间主要在院落的后方。图 4.82 是贾政等初次进大观园的情形。该画面是怡红院后面的景致。沁芳溪从此流过,远处是大主山,由土石堆成,周围植物茂盛,再远处隐约可见大观园的院墙,沁芳溪从墙洞中流出汇入大河。墙外群山环绕,进入真正的大自然。近处有小桥,桥的旁边有一块巨石,有山路穿过,是大主山的余脉至此。右下角是怡红院后面的花障、旁边有两株梧桐树,树下绘有景观石。里面露出怡红院的房顶。这幅作品的构架显示怡红院与大自然一脉相承,使其

第四章 文本插画中的大观园园林意象

图 4.79 晴雯勇补雀金裘
图 4.80 晴雯被撵
图 4.81 贾母怡红院赏海棠

与大自然的山水林泉融为一体。这幅作品的特点在于弱化了怡红院人间繁华的元素，凸显了怡红院与青山绿水的亲和关系，反映了画家对园林景观和诗意栖居的理解。

图 4.83 也是贾政视察验收大观园时的画面，在怡红院的正门方向。只见院墙外围遍植垂柳。远处有花障及月亮门，门外透出一脉溪水。墙外是青绿小山及远山。右下角出现桃花，表示这是碧桃林的一角。院内左芭蕉右海棠，皆生意盎然，生命力旺盛。建筑的样式表现得非常精到，抱厦房

125

顶的泥鳅脊、琉璃瓦，前后的结构、屋檐、廊柱及彩绘都很清楚。同时，对门房旁边的小轩、走廊、穿廊，门前的大理石台阶，甬路的材质、纹样都有清晰描绘，清晰交代了怡红院的主要建筑元素及植物符号特征。

图 4.84 "贾宝玉诉肺腑"的画面正值大观园的盛期，周围山清水秀、绿意盎然、花草繁盛。地点在怡红院与潇湘馆之间，右下角是月洞门、花障围栏，里面有两株芭蕉。左下角是梧桐、银杏。主景是贾宝玉与林黛玉倾诉衷肠的情形，其身后有假山。远处是潇湘馆，翠竹、青山斜阳。右边是薛宝钗询问袭人的情形，以及沁芳溪及蔷薇架，河两岸绿柳绕堤。远处青山背后露出稻香村的影子。

图 4.85 是贾宝玉在山石背后写词祭奠晴雯的情形。晴为黛影，"芙蓉女儿诔"名为悼念晴雯，实为悼念黛玉夭亡而写。晴雯被撵及死亡是贾府由盛转衰的主要符号。晴雯抱屈夭亡对贾宝玉的打击很大。纵有满腹委屈，因为是其母亲所为，他也无能为力，然而悲伤情绪郁结在胸，只有采用这种形式抒发情感。从另一角度看，这也是林黛玉死后贾宝玉的情感状态。该画面正中间是贾宝玉及其丫鬟，在山石背后、沁芳溪岸设香案焚烧祭文祭奠晴雯，石头后面是林黛玉。石头旁边露出芙蓉花枝，因晴雯死后被演绎为芙蓉花神，故贾宝玉选择芙蓉花树作为祭奠对象。画面中间有两株大树，右下角也有两株。沁芳溪从前到后穿过，后面是沁芳桥及沁芳亭。假山后面露出潇湘馆处所的竹林及房顶，房后青山绿水，隐约有稻香村的影子。画面上面有大片云气，用以强化祭奠的氛围。

从以上几幅作品的创作看，画家有意弱化怡红院与其他建筑的近缘性，彰显怡红院与山水林泉的关系，显著扩大了怡红院的自然空间。这一点与王钊的大观园绘画有明显区别。特别是画家把大主山系与沁芳水系延伸到院外群山之中，把大观园与大自然融为一体，契合了红楼梦文本书写中大观园的虚拟空间。

整体分析，孙温的大观园系列作品表现了画家认真严谨的创作态度，无论是室内景、院落还是周边环境，画家都一丝不苟地进行了细致刻画。在这些作品中，我们可以清晰地看到怡红院建筑群的样态，包括主建筑的的形式、结构、材料，以及门楼、围墙、四周穿廊的建筑形式。画家对庭

上左　图 4.82 贾政游怡红院　　　　　　上右图 4.83 怡红院后的沁芳溪
下左　图 4.84 贾宝玉诉肺腑　　　　　　下右图 4.85 贾宝玉撰写芙蓉诔

院的大理石台阶、甬道及花纹也描绘得很详细。庭院植物以芭蕉、海棠、松树、梧桐为主，早期花草元素凸显，突出怡红院的盛期丰颜，同时，也表现了孙温对大观园的独到理解及丰富想象力，显示出其对我国明清园林的深度理解，如对怡红院外围的刻画有意凸显山水元素，拉远了大观园诸建筑的空间关系，从而使怡红院背山面水的园林特征更加突出。

（二）潇湘馆

潇湘馆是贾元春省亲时第一临幸之所，取名有凤来仪。从其建筑、院落及周围环境看，在大观园内独树一帜，有帝苑建筑的富丽精致，也有江南文人园林的文雅和风骨，是林黛玉秀外慧中、孤高自许、目下无尘品格的外化符号之一。下面是文本中第一次描绘潇湘馆的文字：

忽抬头看见前面一带粉垣，里面数楹修舍，有千百竿翠竹遮映。众人都道："好个所在！"于是大家进入，只见入门便是曲折游廊，阶下石子漫成甬路。上面小小两三间房舍,一明两暗,里面都是合着地步打就的床几椅案。从里间房内又得一小门,出去则是后院,有大株梨花兼着芭蕉。又有两间小小退步。后院墙下忽开一隙,得泉一派,开沟仅尺许,灌入墙内,绕阶缘屋至前院,盘旋竹下而出。

潇湘馆给人的印象是清雅安静,适合修身养性、读书品茶。古板如贾政第一眼看见就很喜欢,说如果闲暇时能月下在此读书则不枉虚生一世。这足以说明潇湘馆在大观园建筑群中的位置和品格。潇湘馆、怡红院、稻香村及蘅芜苑是大观园四个最具代表性的建筑,怡红院代表富贵闲适,潇湘馆代表清雅情趣,稻香村代表退隐怡情,蘅芜苑代表抱朴守拙。在这四处院落中,独潇湘馆是兼具秀美、品格、情趣于一体,融合北方园林与南方园林优点于一身的建筑体。

1. 王钊插画中的潇湘馆

潇湘馆是大观园中拟人化性格较强的主题场所,也是读者非常喜爱的诗意居住环境。王钊刻画潇湘馆的环境有2幅画,图4.86和图4.87两幅画的构图角度差不多,均聚焦于潇湘馆的内庭,包括精致的建筑样式、院墙、门楼、院内的竹林、树木、垂花门及假山石、曲栏、鹦鹉等,显示出少女闺房的精致和清幽。从作品的表现思路看,王钊很善于运用中国古典园林的建筑及景观元素修饰画面。通过画家的巧妙组织和细心描绘,潇湘馆的每一个细节都显得精致、优美,同时,各个景观元素之间又搭配和谐,自然成趣,显示出潇湘馆别具一格的审美特征。

图4.86"潇湘馆春困发幽情"是一个传统闺阁主题。在春光明媚的大观园,万物复苏,百花盛开。大观园里的贾宝玉和林黛玉也从一对两小无猜的表兄妹逐渐发展为互相吸引的恋人。虽然如此,两人之间还是亲密无间,彼此交往及所处空间并无避讳。该画面描绘林黛玉正在午睡,贾宝玉进来探望,无意间看到林黛玉春困的睡姿,听到林黛玉刚睡醒时说的话便好奇追问。画面主要由三处景观构成:左下角的门房,中心位置的林黛玉卧房,远处的月洞门以及里面露出的曲廊及空间。该画面的景观元素丰富,且运用非常合理。在前面的大门掩映在一株大树之下,树冠枝叶茂盛,旁

边有巨大石景，石头后面是芭蕉。左下角有矮石兰草。这组景物不仅交代了潇湘馆大门的样式、植物及其他环境元素，而且突出了潇湘馆清幽雅致的特点。植物及石景的选取符号性很强，凸显了女主人的修养和品位。主景是翠竹掩映的精舍，林黛玉卧床休息，贾宝玉在窗外偷听，惟妙惟肖地表现了古代少年男女交往的情趣，画面唯美而不失高雅。月洞门采用的露景的方式表现了画面深处的空间，打通了从前景到远景的关节，激活了整个画面气流的延展和运转。

图 4.87 作品中景观更加丰富，构图也很饱满。对于主建筑的刻画更加深入细致，在原来建筑结构的基础上，增加了廊下彩绘的分量。对窗户、廊柱及台阶的描绘也很精到，屋内是因争吵正在哭泣的林黛玉等人。右侧详细画出了穿廊的样式、花纹及材质，同样采用露景的方法透出画面深处的景致。院内凸显花草元素，运用翠竹、山石、假山石、芭蕉、垂花门等创造出丰富的庭院空间。较前三幅作品，在这幅图中有三个不同点：其一是花草元素更加凸显，竹子的数量、前景的花墙及月亮门、山石芭蕉等都显得生机盎然，烘托出潇湘馆的美丽、活力及情趣。其二是画面的构图更加丰富饱满，构成空间也更加丰富。其三是这幅画只画了林黛玉等众人，并没有画贾宝玉，所以凸显了林黛玉多情、重情的性格特征。

以上 2 幅插画从不同角度表现了潇湘馆的主要建筑及相关的景观元素及空间环境。主建筑凸显小巧精致，院落里外之间错落有致，虚实相映。

图 4.86　潇湘馆春困发幽情　　　　　图 4.87　多情女情重愈斟情

竹子、松柏、芭蕉、花簇等精致配景显得清雅、秀美，塑造了一个清秀且洗尽铅华的闺阁胜景。从绘画作品的构成元素及表现看，画家明显加进了自己的理解，有些画面在原来文本书写的基础上根据需要添加了若干园林元素。不仅如此，一些主要的符号性植物如竹子、芭蕉、山石、花草等，也根据画面需要变化了位置，这些改变使画面更加彰显了潇湘馆景物的藏、露、曲、隐关系，更加突出了中国园林建筑的审美情趣。从其作品中可以感受到潇湘馆的雅致美和情趣美，从而感知潇湘馆主人林黛玉的风骨和审美。

2. 补图系红楼梦回目插图中的潇湘馆

（1）《增评补图石头记》中的潇湘馆意象

《增评补图石头记》有关潇湘馆的插图有16幅，其中，前80回8幅，占据一半篇幅。画面主要聚焦于潇湘馆的庭院，对外部环境关注较少。在庭院刻画中，以房子、石头、植物为主，表现手法较概括，善于利用中国传统园林元素凸显画面主题。如在建筑元素中，基本采用建筑一角、门窗、月亮门等表现建筑的主要特征，交代画面的里、外空间。

图4.88的画面集中于潇湘馆的一角。建筑只概括表现了一个屋脊和檐角、琉璃瓦、房檐、檐下绘画及廊柱的结构及样式。房内画面采用月亮门的方式表现，主要表现贾宝玉与林黛玉因张道士提亲闹气的画面。为了消除贾元春端午节赐礼的影响，贾母借回复张道士提亲表明了态度，说贾宝玉身体弱，命中注定不该早娶。但贾元春的端午节赐礼和张道士提亲还是给两情相悦的贾宝玉和林黛玉造成了很大的压力，因此爆发了先拌嘴、后砸玉的场面。其他器物着笔不多。室外景物主要是竹子和石头，景物的上部有云纹遮挡，一是强化了画面的虚实关系，二是凸显两人的仙缘身份。

图4.89的景观元素更加丰富。首先是建筑空间更加多样化，主建筑的屋顶刻画较精细，包括正脊、鸱吻、垂脊、脊兽、房檐等，对前边檐柱的造型、围栏、阶前的景致，包括石头、芭蕉、花草等也有交代。画家为了表现室内人物的互动关系，将竹子的分布做了改变，庭前的竹子只露出一些枝叶，其他竹子则分布在山墙旁边，与穿廊形成隔景。院墙外有青山翠

松的衬托，从而使潇湘馆的环境显得更加清幽。在人物设计方面，贾宝玉正在掀帘进屋，里面是刚睡醒的林黛玉，两人正在逗趣。远处是正在玩耍的丫鬟。这两幅作品的氛围都比较明朗，这也与林黛玉的生命意象及宝黛感情线的现状相契合。

图 4.90"风雨夕闷制风雨词"的画面相对较浓重，有一些压抑的感觉。林黛玉每到秋冬两季换季时期就会患病。每到这个时候，贾宝玉唯恐林黛玉感到孤单就会时常来探望。当天因为秋雨连绵不断，林黛玉想雨天贾宝玉不会来了，就用诗歌的形式把郁闷之情写了出来，因格式仿照春江花月夜，故诗的题目就叫做"秋窗风雨夕"。该作品因为表现雨夜，植物的颜色比较浓重，加上深色的建筑，因此画面较压抑，和林黛玉"闷制风雨词"的心境较一致。画面的视点较高，展示了较开阔的空间视野，因此，可以完整地看到潇湘馆的概貌，包括白色围墙、月洞门、墙外的石景及树丛，墙内多了假山和亭子，月洞门前及假山石后有竹子，房顶及远树有云雾遮挡。画中刻画了一明一暗两处人物：林黛玉在明处，坐在窗前读书写诗；贾宝玉和丫鬟在暗处，拎着灯笼雨夜来看望黛玉，表现了贾宝玉对林黛玉的照顾和关心。

图 4.91"慧紫鹃情辞试莽玉"的故事发生在潇湘馆回廊及院外的山石上。画面表现的是潇湘馆的回廊，紫鹃坐在回廊里做针线，贾宝玉向紫鹃打招呼询问黛玉情况。景物以主建筑一角、回廊山石、竹子、花架为主，较其他幅作品的元素添加了花架，石、竹元素较明显。紫鹃作为林黛玉的贴身丫鬟，长期跟林黛玉在一起，耳濡目染，待人接物的方式有些潇湘子的风格，所以这一幅以石竹元素凸显紫鹃对黛玉的忠心和性格的类似。空间分配方面则是以主建筑为依托，用游廊和花架穿插分割空间，以石头和竹子装饰和烘托氛围。

图 4.92 的画面刻画了林黛玉与薛姨妈、薛宝钗一起唠家常的画面。因为宫中老太妃薨逝，贾母及王夫人等带诰封的家眷要入宫吊唁，因此委托薛姨妈照看贾宝玉和林黛玉。薛姨妈为了便于照顾便来潇湘馆与林黛玉同住，使林黛玉感受到了长辈的关怀及家的温暖。画中显示薛姨妈与林黛玉、薛宝钗聊起姻缘月老一事，引起薛宝钗开林黛玉玩笑，暗示薛蟠及薛姨妈

《红楼梦》大观园绘画及园林意象

上左　图 4.88 多情女多情愈斟情　　上右　图 4.89 潇湘馆春困发幽情
下左　图 4.90 风雨夕闷制风雨词　　下右　图 4.91 慧紫鹃情辞试莽玉

有意林黛玉，从而引出了薛姨妈四角齐全的话题。该画面的建筑元素较单一，只有近景中的建筑一角，房前设置山石翠竹。屋内是紫鹃情急催促薛姨妈为宝黛提亲，薛姨妈顺势开紫鹃玩笑。房子山墙旁边是竹子，房后是假山、院墙及墙外的松树。整体上看，画面中自然景观分量较前几幅偏重。

图4.93 "幽淑女悲题五美吟"既是对宝黛爱情的期许，又对其情感的归处备感悲观，尤其是随着贾母年龄的增长以及王夫人的暗中操作，贾府权力的天平开始转向以王夫人为代表的权力团体，因此，金玉良缘的说法日趋明朗，这让林黛玉对草木结盟的爱情更加忧心忡忡，也导致身体健康每况愈下。病中的林黛玉因有感于古代佳人的不幸遭际，又联想到自身的境遇，因此焚香祭拜，作成《五美吟》。画面中贾宝玉与林黛玉在讨论五美诗，薛宝钗隐在竹影之后。院落三面围合，一面留白，主建筑屋顶用琉璃筒瓦，穿廊是片瓦。植物只有竹子加少许花草，外景一概用云气纹遮挡。

图4.94 "见土仪颦卿思故里"表面上是林黛玉见到家乡的土物引起思乡之情，深层上间接影射了林黛玉在贾府地位的变化。此时的贾府乱象渐生，因为贾母奉旨在朝中事丧，凤姐生病，贾探春虽然精明，但其年龄太小等诸多原因导致贾府在管理方面出现了一些纰漏，再加上林黛玉本来就是客居心理，因而在感觉上更加明显，思乡之情追根究底是源于现实环境的不如意。画面下面主建筑露出一角，屋内紫鹃正在劝解想家的林黛玉，门外的甬道上可以看见走来的贾宝玉。其他景观元素包括竹子、芭蕉、山石等，远处有曲折的白墙，没有外景。

图4.95 "林黛玉重建桃花社"发生在抄检大观园前夕。由于贾探春、薛宝钗协力荣国府，贾宝玉又连续伤感于晴雯病重、尤三姐之死、柳湘莲出家等，情绪低落，无心诗词，以上诸多杂事导致大观园诗社名存实亡。林黛玉闲暇之余偶成佳作《桃花行》，吸引大家一同欣赏，引发共鸣，于是大家提议林黛玉重建桃花诗社。重建桃花社的地点根据前后顺序有两个，看诗是在潇湘馆或沁芳桥附近，商量重建桃花社是在稻香村。该作品描绘的环境是潇湘馆。画面上翠竹环绕，曲栏隐现，大观园众诗人正在兴致勃勃地讨论。从这一点可以反映出大家对大观园现状的不满意，希望有一些新的措施，有新的引领者可以使大观园重回以前那种轻松舒适、无忧无虑

《红楼梦》
大观园绘画及园林意象

上左 图 4.92 薛姨妈爱语慰痴颦
上右 图 4.93 幽淑女悲题五美吟
下左 图 4.94 见土仪颦卿思故里
下右 图 4.95 林黛玉重建桃花社

的时期。

图 4.96 和图 4.97 是两幅以林黛玉抚琴为主题的作品。我国自古有"琴为心声"的说法，在《红楼梦》里，更是通过妙玉之口说出琴音与人生运势的相关性。林黛玉解析琴谱是其心绪的反映之一。在贾府走向没落的过程里，随着贾母年事渐高，贾府的权力中心开始向王夫人集团转移，金玉良缘逐渐成势。林黛玉在现实压力和精神压力的双重打击下，日夜忧思，生命意象逐渐式微，这也使宝黛爱情日渐显得前景暗淡。在这样的背景之下，图 4.96 的林黛玉解琴谱是其无聊生活的一种反映。画面中景观元素很单纯，只重点刻画了主建筑的一角及竹子，其他花草几乎没有，更加凸显了潇湘馆的清冷。人物只有三个：坐着讨论琴谱的林黛玉、贾宝玉和站在林黛玉旁边的紫鹃。画面元素虽然单一，但是画面氛围还没有显得特别压抑。图 4.97 林黛玉抚琴是前一幅的延续，这时金玉良缘已经有定论，只是贾宝玉和林黛玉还不知道。林黛玉情无定所，身体健康又每况愈下，只能抚琴聊表心绪。在《红楼梦》书写结构里，林黛玉抚琴、宝玉及妙玉听琴是一个非常明显的符号，通过琴弦崩断表达了林黛玉命数的变化。此图突出林黛玉抚琴的画面，没有出现贾宝玉和妙玉听琴的画面。画中详细刻画了潇湘馆的房顶结构，包括正脊、脊兽、筒瓦的样式。其他元素凸显竹子和石头，显示潇湘馆的本质特征，以此暗示林黛玉孤高自许的性格。远处简略交代了月洞门和围墙，围墙上边是粉墙，下边由砖砌而成，凸显文化园林的特色。

图 4.98 和图 4.99 显示了林黛玉生命晚期的心理变化。其实，梳理林黛玉的"还泪"主线，主要是基于对宝黛爱情的不确定。从小时候对贾宝玉情感的不确定到长大以后对贾府权力集团的狐疑，这种不确定一直是折损其心神及健康的主要原因。因此，当听到仆人误传说贾宝玉定亲的人不是自己时，她决心以绝食方式了断此生。当然，很多红学专家对此情节有所质疑，认为这不是有七窍玲珑心的林黛玉该有的行为。本研究只基于绘画表现进行研判，因此，对这种争论不展开评价。图 4.98 的景观元素和人物设计都很单纯，景观只凸显建筑和竹子元素。建筑包括主建筑、大门一角及游廊的一部分，对主建筑和大门的房顶、房脊及飞檐、重檐结构有明确交代。房脊包括正脊、垂脊、戗脊等，房檐显示是重檐结构，这是与其他

《红楼梦》大观园绘画及园林意象

上左　图4.96　寄闲情淑女解琴书
上右　图4.97　感秋深抚琴悲往事
下左　图4.98　蛇影杯弓颦卿绝粒
下右　图4.99　布疑阵宝玉妄谈禅

作品不同的地方。人物只有两人，卧床的林黛玉和侍奉的紫鹃，显示潇湘馆的境况日趋冷清。图 4.99 "布疑阵宝玉妄谈禅"的主题是贾宝玉为了安慰病中的林黛玉，又不便于说得太直白，就采用禅语方式印证心迹。其实，这段时间贾府权力集团已经议定了金玉良缘，只是还在保密阶段，贾宝玉和林黛玉还不知情，还在期待感情能修成正果。此图中只刻画了建筑、竹子和山石，门只露出了一部分。有意思的是这两幅作品中的房顶结构差距较大，可能是因为是不同视角，也可能是对不同建筑体的刻画。室内景致描绘较简略，画家通过月洞门显示了一张桌子，桌子上有花瓶和水果，人物也只有贾宝玉和林黛玉，植物及人物元素的减少使画面的氛围更加冷清。

图 4.100 和 4.101 的基调都很悲伤，画面调子较沉重和压抑。

图 4.100 描写林黛玉猛然得知宝玉与他人订婚时心智顿失，迷失本性。画面刻画了林黛玉在探视贾母的路上，偶遇傻大姐哭诉，得知贾宝玉即将娶薛宝钗为妻的情景。林黛玉听闻此事惊得如天降焦雷，身心俱悴。事情发生地点在沁芳桥附近小山的后边，当年她和贾宝玉一起葬花的地方，只是此时桃花早已不在，只有山石及杂树丛。中景显示一段粉墙，月洞门，露出潇湘馆的部分内景。高处是潇湘馆的屋顶，有雨雾遮挡，画面氛围整体上显得昏暗、凌乱，人物被压缩在一个角落，潇湘馆几乎被淹没在云雾之中，暗示了林黛玉目前的处境，显示了插画表现人景同诉的创作特征。

图 4.101 "林黛玉焚稿断痴情"写明了林黛玉在神志清醒时对宝黛爱情湮灭的态度，也是林黛玉认清贾府权力集团真正面目后的自保行为。画面刻画了林黛玉、紫鹃和雪雁在焚稿时的场景。潇湘馆翠竹环绕，山石耸立，林黛玉在看诗稿，紫鹃在服侍，雪雁正在端着火炭盆进来。此时的潇湘馆宛若孤立于贾府和大观园之外的孤岛，只有主仆三人相依为命，画面表现了林黛玉临终前境况的凄凉。

图 4.102 至图 4.104 是林黛玉亡故后的几个画面。此时的潇湘馆已经没有了往日的诗情画意，成为怨气萦绕的恐怖场所。对于贾宝玉而言，这里是不堪回首的伤心地。对于其他人来说，这里更是成了谈之色变的禁忌符号。图 4.102 "苦绛珠魂归离恨天"表现的是林黛玉死后贾探春、李纨隐约听见有音乐声，出来看时，却又没了的情节，画面极其凄冷悲凉。画面描

图 4.100 泄机关颦儿迷本性　　　　　图 4.101 林黛玉焚稿断痴情

绘了林黛玉临终前的画面，紫鹃、李纨、探春在旁，外面山石冷峻，竹影深暗，悲伤之雾弥漫，凸显了林黛玉一生命运的孤苦凄凉。图 4.103 "病神瑛泪洒相思地"表现了林黛玉死后潇湘馆的景象。贾宝玉得知林黛玉病故后，不顾病重坚持到潇湘馆吊唁林黛玉，此时的潇湘馆氛围更加清冷。画面只刻画了四个人，根据故事情节应该是贾宝玉的两个丫鬟和紫鹃。紫鹃在里面，祭拜的是贾宝玉及随从。院里只突出了竹石和云雾，色调较之前更加压抑。图 4.104 中潇湘馆的印象已经非常模糊，原来充满高雅情调的潇湘馆已经看不到了，典型的竹子符号、建筑符号也被云雾遮挡，树下隐约见一女子在哭泣。画面显得愁云密布，阴森恐怖。

梳理以上潇湘馆的 17 幅作品，其创作艺术呈现出以下几个特点：一是突出了潇湘馆在大观园审美意象中的权重。在创作篇幅上，与怡红院基本相当，这显示了潇湘馆、怡红院双峰对峙的格局，在大观园景观构成及审美意象中的权重明显高于其他景观。二是在创作中切合回目主题，主要表现了潇湘馆的建筑、植物、山石、水系及周围环境特征，交代了屋脊、脊兽、筒

第四章 文本插画中的大观园园林意象

图 4.102 苦绛珠魂归离恨天　　图 4.103 病神瑛泪洒相思地　　图 4.104 死缠绵潇湘闻鬼哭

瓦以及游廊的样式，表现了潇湘馆山水林泉悠然、竹石梨蕉争辉的审美意象。三是运用不同视角表现潇湘馆之美。这 17 幅作品又可分为三类：一是潇湘馆一隅，刻画潇湘馆主建筑一角的相关配景，以林黛玉、林黛玉和贾宝玉、林黛玉和紫鹃等人物的活动及情景刻画为主。二是潇湘馆庭院景观。这一类视点较高，画面呈现俯视效果，勾勒潇湘馆院落的基本构成情况，彰显潇湘馆秀美精致、清雅幽静的审美意象。三是运用植物及云雾符号表现画面氛围，凸显画面的情调或氛围。从画面表现可以看出，早期的潇湘馆画面基调秀美明快，环境静雅，是适合居住、读书、养生的好地方，以描绘青春及少女情愫为主，如"痴情女情重愈斟情""潇湘馆春困发幽情"等。中段的潇湘馆因为林黛玉生病、情绪压抑及宝黛爱情的危机而影响了画面的调子，画面以表现林黛玉的心理、情绪为主，画面基调也为此而改变，如"风雨夕闷制风雨词""见土仪颦卿思故里""感秋深抚琴悲往事"等。晚期的潇湘馆突出风雨飘摇的意象，在这种氛围下，画面的墨色逐渐趋于凝重，植物姿态也渐趋凌乱，画面调子渐趋压抑、恐怖，如"泄机关颦儿迷本性""林黛玉焚稿逝痴情""苦绛珠魂归离恨天"等，最后两幅"病神瑛泪洒相思地""死缠绵潇湘闻鬼哭"等更加阴森，反映了林黛玉含恨而终后，潇湘馆失去了灵魂，原来充满情趣的诗意栖居场所变成了怨气凝结的人间地狱。

（2）《增评补像全图金玉缘》中的潇湘馆意象

《增评补像全图金玉缘》关于潇湘馆的插图共 14 幅，在数量方面与《增评补图石头记》相比少了"死缠绵潇湘闻鬼哭"等 3 幅。从创作思路看基本采用紧贴故事情节，以人物互动配景的思路，以局部景描绘为主，画面更加集中，很少见到潇湘馆的全貌。潇湘馆以外的景观基本被忽略了。这可能是与木板雕刻有关，一是采用刻刀大面积塑造景观有些难度，尤其是墨色浓重的画面，二是画家也是在强调留白、凸显中国画虚实相生的审美特征。

图 4.105 至图 4.112 是前八十回中潇湘馆的插图，主要表现了不同季节、不同时段的潇湘馆，其画面氛围及景观构成根据林黛玉的心境及情绪变化而有所不同。故事演进以宝黛情感的发展为轴线，从两小无猜开始，逐渐过渡到相互试探、争执及确认，整体控制在小儿女情态的范畴之内。

图 4.105 是描绘林黛玉与贾宝玉因张道士为贾宝玉提亲而吵闹摔玉的事件。画面只表现了室内景，包括鹦鹉及鸟架、石头盆景、绣床、雕花圆凳等，床头后面有装饰物连接墙体。人物场景主要刻画了四个人的互动：林黛玉坐在床上哭泣，贾宝玉举手欲摔玉，紫鹃、袭人等丫鬟慌忙阻拦。门画在左边，湘帘半卷、透出院里的竹子及穿廊等院内景致。

图 4.106 画面的构图饱满，突出建筑和竹石元素。建筑是卷棚硬山顶，山墙有墙绘。两边与穿廊相接。建筑的门窗、栏杆、房檐、廊檐等有细致描绘。植物凸显竹子，强调竹子与建筑的搭配与遮挡关系，运用竹子的藏露高低表现空间的纵深感，画面生机盎然，透出春天的生命意象。人物设计主要表现贾宝玉、林黛玉与紫鹃三人的互应关系，林黛玉坐在窗前伸懒腰，贾宝玉掀帘进来，紫鹃在后招呼宝玉不要打扰妹妹睡觉，画面充满情趣和活力。

图 4.107 是一个转折，林黛玉体弱多病，到了春秋两季换季时节就会发咳疾，特别是由秋入冬时期，经常因为身体状况不好而引发情绪问题。贾宝玉也因此对林黛玉更加关心照顾。"风雨夕闷制风雨词"主要显现了贾宝玉冒雨去潇湘馆及林黛玉临窗写诗的情形。由于夜雨路滑，贾宝玉身穿蓑衣，由侍女提着灯笼照明沿着竹径前行，周围有曲栏。远处是潇湘馆主建

图 4.105 多情女情重愈斟情　　图 4.106 潇湘馆春困发幽情

筑，通过小轩窗可见林黛玉在窗前阅读，紫鹃在服侍，画家重点凸显贾宝玉冒雨探病及潇湘馆竹林秋雨的意象。

　　图 4.108 的故事发生在"草木之盟"与"金玉良缘"双方僵持不下的时期，随着贾母年事渐高，贾府的管理权逐渐向王夫人集团倾斜。在这种情况下，紫鹃看着林黛玉因对宝黛之恋思虑太过导致身体健康每况愈下，因此冒险试探贾宝玉的态度。该故事情节发生在潇湘馆附近，画家描绘了紫鹃拂袖，劝说贾宝玉年龄一天天长大了，不能再和小时候那样毫无忌讳，行事相处都要注意礼节分寸。主建筑为穿廊，穿廊后面有竹子，显示是在潇湘馆院内。前边画了两三棵大树，彼此有交叉，大小错落有致，树下是石头及花草，使画中的人文景观与自然景色完美结合，相得益彰。

　　图 4.109 的故事本来发生在室内，画家为了强调潇湘馆的环境符号，将环境改在了室外院子里。林黛玉主仆在主位，林黛玉坐在雕花木椅上，旁边有鹦鹉架、圆凳等物件。紫鹃及雪雁在旁边侍奉，背后是潇湘馆的窗户、廊柱及旁边的竹石。薛姨妈和薛宝钗坐客位，旁边是石头花台及盆花。

　　图 4.110 的主题开始转向凄美缠绵的主题，在寂寞和压抑情绪下的林黛玉伤感于自己的身世，并有感于古代与自己身世相似的一些优秀女子的悲

《红楼梦》
大观园绘画及园林意象

上左 图4.107 风雨夕闷制风雨词
上右 图4.108 慧紫鹃情辞试莽玉
下左 图4.109 薛姨妈爱语慰痴颦
下右 图4.110 幽淑女悲题五美吟

惨命运，选择其中五位创作了《五美吟》，抒发自己沉郁在心的情绪。该画面主景是潇湘馆一隅，刻画了宝、黛、钗三人讨论《五美吟》的情形，林黛玉坐在床上，二宝在看诗，紫鹃在一旁伺候。建筑表现了屋顶、门窗、山墙、房檐、廊柱，房前有大树，竹子及山石，远处有亭子和林木等，天空有云，整体上是采用建筑加庭院的方式表现林黛玉的处境和心绪。

图 4.111 和图 4.112 表现主题的情节已经到了前八十回的后期。这两幅作品的环境描绘都较符号化。图 4.111 主要表现了林黛玉看土特产思故乡的画面。月洞门内，上面湘帘半卷，林黛玉坐在桌前黯然神伤，桌子上摆满了薛蟠从姑苏带来的土物。旁边紫鹃在极力解劝。前面有竹石、栏杆遮挡，房子只画了轮廓。

图 4.112 的基调更加寂寥，重建桃花社的原因在于海棠诗社的荒废，实际上重建也只是一种奢望，此时的大观园危机四伏，乱象渐生，无论是大环境还是大观园众人的情绪早已经今非昔比。该画面在表现人物时，并没有把所有的人都画上，只刻画了林黛玉、贾宝玉、薛宝钗、贾探春、史湘云等人，环境刻画也较简略，特征不够明显。

图 4.113 至图 4.118 是后四十回的插画。林黛玉从相思、疑惑到绝望，

图 4.111 见土仪颦卿思故里
图 4.112 林黛玉重建桃花社
图 4.113 寄闲情淑女解琴书

最后含恨离世。这6幅插图基本上表现了林黛玉后四十回的生命历程。图4.113"寄闲情淑女解琴书"凸显竹石及建筑元素。画家用小写意的方式塑造前景的竹子、石头和土坡，用线条表现建筑的前廊、墙面、门窗、廊柱、栏杆和台阶。其他元素用云雾遮挡，或大面积留白。人物主要刻画了林黛玉给贾宝玉讲琴谱的情景，突出宝黛关系的亲密无间。

图4.114的画面以听琴为核心，贾宝玉和妙玉坐在近处的竹林旁边静静地听琴，妙玉通过琴音变化感觉到了林黛玉命运的走势，远处是林黛玉在弹琴。画面中除了几丛的竹子之外，只有散落的山石，画面调子趋于清冷。

图4.115的画面以室内景为主，画面留白较多。室内器物仅刻画了红木花架、瓶花、石头盆景等。月洞门显露出门外的景色：半卷的湘帘、鹦鹉、竹子及石头花草等。画家用虚室生白的方式凸显禅意。

图4.116表现了林黛玉对宝黛爱情的决绝态度。画面只刻画了一半多一点的空间，其他留白。室内器物以床、桌子、石头盆景、鹦鹉架为主。床的刻画非常概括，只大致画了样式及基本结构，纹饰刻画较简略。林黛玉卧床，紫鹃捧着饭盒在跟前苦劝，雪雁蹲在地上熬药，画面充满了凄凉愁苦的基调。

图4.117林黛玉噩梦表面上是写梦魇，其实是表现了林黛玉与贾宝玉命

图4.114 感秋深抚琴悲往事
图4.115 布疑阵宝玉妄谈禅
图4.116 杯弓蛇影颦卿绝粒

运的一体化。林黛玉梦境中的贾宝玉剖心证情与贾宝玉夜里喊心疼相互对应，作者以荒诞的表象道出了宝黛的不可分割性，可惜世人无法看破。画家采用并置的方式把现实与梦境并置在一起。现实环境是潇湘馆一角，林黛玉梦魇，紫鹃在一旁宽慰。器物只有床、桌、凳等。由卷云符号引入梦境画面，贾宝玉向林黛玉剖心却找不到自己的心了。从景观元素配置看，都是大观园的景致，楼阁曲栏，风景依旧，只是随着年龄的增长和环境的改变，林黛玉对自己的处境、身体及宝黛爱情的归宿更加忧心，因此心生噩梦。

图 4.118 刻画了林黛玉死亡时的潇湘馆印象。在林黛玉气绝之时李纨、贾探春等听见远远一阵音乐之声，等她们走出潇湘馆院外听时又没有了，唯见竹梢在风中摇摆，冷月洒落在白色的墙上，氛围极其凄冷。该作品以李纨、贾探春等探身听音乐的情景设计画面，潇湘馆因林黛玉逝世而黯然失色，建筑只重点描绘了前廊，以衬托李纨、贾探春等人的姿态，院内主要由山石竹子构成，凸显冷清孤寂的意境，凸显林黛玉临终时的悲惨情景。

从以上 14 幅作品的创作思路看，整体上与《增评补图石头记》有些相似。不同之处主要包括以下三点：一是系列插画更加聚焦，画面元素多忠实于原著。从潇湘馆的植物配置看，只突出了竹子、大株梨树、芭蕉及花草等，别的植物几乎都没有提及。场面描绘也更加单纯，基本以潇湘馆一隅的方式进行创作，精舍一角，只为衬托人物关系，点出故事环境。数杆竹子，几块原石，搭配墙垣曲栏，以点带面表现潇湘馆的环境特征，整体看来画面效果简洁突出。二是人物设计以宝黛为主，更加关注主要人物。该系列插画的人设明显减少，仅专注于主要人物，一般以两三个人物情景对话为主。个别画面涉及薛宝钗、贾探春、史湘云、李纨等人，没有太多的群体人物场面。三是对建筑的样式、纹理、材质等细节较重视，虽然是版画，受制于表现技法，但是画家还是用线条仔细刻画了建筑屋顶的细节，包括屋脊、兽件、屋檐、彩绘、门窗、栏杆等，有一些细节是画家根据同时代园林建筑的样式及想象力创作的，有一定的园林参考价值。

图4.117 病潇湘痴魂惊噩梦　　　　　图4.118 苦绛珠魂归离恨天

3. 孙温绘全本《红楼梦》中的潇湘馆意象

(1) 潇湘馆庭院

孙温绘全本《红楼梦》因为是工笔技法，画家在绘制潇湘馆的过程中，克服了文学之虚与工笔之工的难题，对潇湘馆主建筑及附属的样式、构件和材料等都有细致的表现。对竹子、梨树、芭蕉等符号性植物的刻画精细入微。除此之外，画家还根据画面和园林建筑需要，添加了一些植物，如银杏、松树、花草等，从而使庭院元素更加完备，这些植物虽然在潇湘馆的文本书写中没有见到，但因为大观园每年都在修缮，植树、栽花、种草等活动更是长年不断，所以也不排除潇湘馆的植物在文本书写之外有新的元素，关键是看这些新植物与潇湘馆的风格是否适配。除此之外，孙温还细致描绘了潇湘馆周围的山、石、溪、桥等自然元素，突出了潇湘馆与大自然或周围环境的亲和关系。

潇湘馆最突出的特点是清雅幽静、小巧精致、景观元素齐全，是大观园建筑里唯一有溪流穿墙而过的庭院。其典型的特征是翠竹、粉墙、鹦鹉、湘帘等，构成了潇湘馆高雅而又充满情趣的诗意空间。孙温绘本中涉及潇湘馆的主要有18幅，有一些作品中虽有所触及，但比重过小或没有特色，没有列入。

图 4.119 表现的是曹雪芹第一次描写潇湘馆，借贾政之口给予潇湘馆很高的评价。画家精心表现了潇湘馆的主建筑、穿廊、地面、竹子、芭蕉及院后的青山，细节刻画一丝不苟。从画面看，主建筑为硬山顶，筒瓦重檐，雕梁画栋，兼具皇家宫苑与民间建筑特点，相对符合潇湘馆的规制及风格。建筑正面设走廊，玉石台阶，碎石甬路。四周有穿廊连接。穿廊是筒瓦结顶，檐下彩绘，朱漆雕栏。前院翠竹葱茏，后院梨树芭蕉争辉，院后青山斜阻。山后是大片农田，隐现稻香村房顶。近处青石翠竹，凸显潇湘馆的主题特征。

图 4.120 描绘了潇湘馆春天的景色，阳春三月，百花盛开，远处桃红柳绿，山清水秀。沁芳溪从前到后蜿蜒流过，河两岸朱栏迂回，青山绵延，景色宜人。潇湘馆内的竹子枝繁叶茂，生机盎然。在建筑表现方面画家从侧面描绘了潇湘馆的样式，作品中显示山墙为悬山顶建筑的硬山墙，山墙上端有精致的彩绘图案，另外，这幅画中的建筑明确显示了潇湘馆的屋角呈飞檐式，屋檐为重檐结构。院里有贾宝玉及潇湘馆的两个仆人，贾宝玉正在准备掀帘进屋，仆人等欲阻止他，因为林黛玉正在房中午睡。这幅画与前一幅不同的是有了主人的生活气息和主要人物的互动轨迹，有了鲜明的主题，所以才显示出潇湘馆的真正活力。

图 4.121 的房子是近景，占据画面近一半的空间，对房屋的样式、结构、纹样、材质等刻画精微，如正脊的结构、吻兽的形状、戗脊的弧度及兽件，青色琉璃瓦及檐下金碧辉煌的彩绘，精致的窗棂、前墙的扣板装饰等表现得一清二楚。房间里深入描绘了林黛玉寝床的结构及床头的花纹，里面有茶几、圆凳等。房间里的人物设计以贾宝玉摔玉为中心，袭人及林黛玉奶妈在阻止宝玉摔玉，紫鹃坐在床边服侍哭泣的黛玉。院里有两个丫鬟在交头接耳，商量尽快向上报告。

图 4.122 主要描绘了潇湘馆的院落景物及周边环境。该作品的庭院空

图 4.119 贾政游潇湘馆
图 4.120 黛玉春困

间较完整，围墙的结构和材质也很清楚。中间碎石子甬路上刘姥姥摔倒了，众人望着笑，贾母回头呵斥，并让快点扶起来，问有没有摔伤。院子四周是竹子，正房的门帘半卷，两个仆人在门口迎接。院子旁边是假山。山后是沁芳溪，溪上有沁芳亭。河的后边远处是大主山余脉。该作品与其他潇湘馆作品不同的是景观元素非常齐备，主要建筑、庭院、亭、桥与自然山水融为一体，凸显了建筑的园林特色和空间意境。

图 4.123 描绘了初冬时节潇湘馆的环境色彩，四周都是赭黄色调，植物只有远处的红叶和潇湘馆的翠竹相呼应。建筑和山水是这幅画的主元素。近处的潇湘馆刻画精微，纤毫毕见，尤其是对主建筑前墙、门窗装饰、廊柱等的描绘均比较深入。房子旁边有堆石竹子，突出潇湘馆的特征。房后山石嶙峋、玉石曲栏，河水平静清澈，有众多女孩儿在此游玩，显示大观园独特的初冬景致。

上左 图 4.121 宝黛怄气
上右 图 4.122 刘姥姥游潇湘馆
下左 图 4.123 林黛玉与香菱谈诗
下右 图 4.124 林黛玉理琴谱

图 4.124 林黛玉理琴谱一画中对潇湘馆的主房和厢房有很精细的描绘。主建筑三开间。与以往不同的是房顶的屋瓦由筒瓦改成了片瓦，屋檐也不再是重檐。檐下依然是画满彩绘，色调金碧辉煌。门窗木格的结构、纹样及材质都很清晰，色彩以原木色、红色和杏黄色为主。白石台阶、碎石甬路不仅体现了庭院的色彩对比，也突出了潇湘馆的闺阁特征，强化了林黛玉与潇湘馆与太虚幻境的对应。院里的植物只重点刻画了梨树、枫树和竹子。枫叶的红与厢房门帘的红相对应，给画面增添了一些活力。这个阶段正是贾宝玉和林黛玉对爱情充满期待的时期，房间内林黛玉与贾宝玉在探讨琴谱和琴理，秋纹带人搬来一盆兰花，其中有几枝并蒂花，让贾宝玉看了心有所动。

图 4.125 是贾琏带大夫给林黛玉瞧病的场面。主建筑结构与前一幅作品相比，多了一个厢房。门窗结构也差不多，植物元素突出了竹子、梨树等，围墙有了月亮门。主建筑房间除了林黛玉的床围外，只突出了字画。床边

有红木盆架及盆花。

图 4.126 的作品表现得较为浪漫。当林黛玉气绝之时，李纨、探春等听到隐隐有音乐声，出门再听时却没有了，隐写了林黛玉的仙去。画家借助自己的艺术想象，在潇湘馆上空刻画了林黛玉死后被众仙女簇拥返回太虚幻境的场面，消解了林黛玉死亡的悲伤。在这样的思路下，院里的碎石子甬路及画面色调也变得喜庆明艳。林黛玉之死转换成了林黛玉升仙，潇湘馆也变成了充满祥云、瑞气的仙境。

图 4.125 贾琏带太医给林黛玉瞧病
图 4.126 魂归离恨天
图 4.127 宝玉吊唁黛玉

图 4.127 描绘了贾宝玉带病祭奠林黛玉的画面。这幅画除了悲伤的气氛外，另一个突出特征是植物元素寥落，只有一棵梨树及几竿竹子。没有林黛玉的潇湘馆也没有了往日的灵气，只剩下一座空空的院子。

（2）潇湘馆外景

孙温关于潇湘馆外景的插画作品有7幅，涉及的景观主要包括沁芳桥、金鱼池、荇叶渚、稻香村等，展现了潇湘馆与周边自然景观及人文景观的构成关系。图4.128是大观园众钗与贾宝玉一起填柳絮词的场面，除了建筑、翠竹及房内装饰外，画家主要描绘了沁芳溪、小桥、假山、稻香村及远山等。因为是暮春，有放风筝去晦气的习俗，所以，在潇湘馆外有小丫鬟在放风筝。

图4.129的画面更加开阔，潇湘馆仅仅占了画面一角，主景是沁芳亭、沁芳溪及周围的山石花木。从画面看，沁芳溪两岸均建有红色栏杆，随着蜿蜒的河岸向远处延伸，成为大观园一景。河两岸桃红柳绿，山峦连绵。近处有巨大假山石，有4处情景人物，均与林黛玉相关，其中，紫鹃显示3次，其一是潇湘馆里紫鹃劝说贾宝玉以后年龄大了，彼此相处要注意分寸。其二是在桃花树下，紫鹃哄骗贾宝玉说林黛玉要离开贾府，惹得贾宝玉痴傻。沁芳桥的前边是雪雁，从王夫人处取东西回来，之后遇见贾宝玉发呆哭泣，随即告诉紫鹃。

图4.130除了描绘了潇湘馆的庭院特征外，还描绘了附近怡红院的景色。背景绘制了开阔的原野。在庭院中的景色刻画中，以潇湘馆为主，怡红院为辅。潇湘馆重点画了梨树、银杏树、竹子等，建筑空间相对密集。怡红院只表现了花障、芭蕉等符号性植物。

图4.131的画面是梦境与现实的结合。左边是现实环境中的潇湘馆，主要刻画了潇湘馆的部分建筑、梨树和竹子。中间是祥云引出梦境，把现实景色与梦境结合在一起。梦境分为两部分：远处的建筑似乎是贾府大院，当王夫人、凤姐来向林黛玉道喜，说林姑爷升迁，欲接林黛玉回家时，林黛玉万分着急。近处是大观园的景致。林黛玉着急地询问怎么办，贾宝玉剖心证情，却发现已经找不到自己的心了。

图4.132 林黛玉卧病在床。周围是沁芳溪的溪岸风景，包括石板桥、栏

上左 图 4.128 柳絮词
上右 图 4.129 紫鹃试莽玉
下左 图 4.130 贾宝玉入学辞黛玉
下右 图 4.131 林黛玉梦魇

杆和树木。远处是怡红院及附近的建筑，包括假山、亭子等。从建筑风格看，均是青色琉璃瓦。前檐、门窗、廊柱等皆精雕细琢、彩绘辉煌。人物画面分两处：其一是潇湘馆内景，林黛玉躺在床上，紫鹃等在近身侍奉。另一个画面是贾探春、史湘云等得知林黛玉咯血连忙赶来探望。从画面设计看，景色依旧，人物境遇却发生了很大的变化，一个明显的符号是林黛玉不仅身体出现了危机，经济也出现了问题。以至于紫鹃需要向凤姐申请预支月钱看病，这从另一方面也反映了贾府高层，特别是贾母对林黛玉的态度，当然，这里也有续书与原著创作思路的差异。从前八十回贾母对林黛玉的感情看，绝对不会发生林黛玉经济出现问题的情况。

图 4.133 的视野较开阔，几乎刻画了潇湘馆的全景。近处门房的侧面有红叶和梨树。有多处巨大石景以及竹林、梨树等。贾宝玉和妙玉坐在竹篱前静听，远处是林黛玉坐在窗前抚琴，木窗撑起，桌前摆满瓜果祭品等。周围环境空间很宽阔，在祥云笼罩下，显示出怡红院的轮廓，远处是河滩林木，画面整体呈现了潇湘馆附近的怡人环境。

图 4.132 林黛玉卧病潇湘馆
图 4.133 林黛玉抚琴
图 4.134 宝黛探讨五美诗

图 4.134 的前景是潇湘馆的主建筑，前面有芭蕉、竹林，房间内是林黛玉、贾宝玉和紫鹃三人。墙上挂着卷轴画，画下边是红木茶几，茶几上放着花瓶等器物。窗前是红木桌子，桌子上摆放着笔墨纸砚、诗书等。房后可见一棵高大梅树，梅树的红梅正在绽放。旁边是一座石拱桥，桥边是假山，紧邻假山的是怡红院的院落，里边显示贾宝玉及众丫鬟的日常状态。再远处隐约可见院落的房顶，根据方位可以推断是稻香村和蘅芜苑的影子。在景物之间有白云飘浮，这些云气和色调强化大观园的仙园气质。

（3）潇湘馆室内景

从贾政游览潇湘馆的文字描写看，潇湘馆的特征是小巧精致，环境清雅。但当时因为还没有完成，所以并没有关于房间内部结构的细节描写。所以，潇湘馆的内庭装饰主要靠后面的零星补写以及画家对贵族小姐绣房设施的理解去完成。在《红楼梦》文本塑造的过程中，经常采用象征性和符号性的描写塑造人物个性，尤其是对于主要人物的塑造。对林黛玉的形象塑造也是这样的，这在潇湘馆的庭院元素设置及室内装饰中均有充分的显示。

图 4.135 的画面是林黛玉的寝室环境。林黛玉听到贾宝玉订婚的假消息，觉得没有活下去的价值了，开始绝食。房间的设施以床和墙面为主要设计点，床及床品的摆设有北方的特点，床上设小茶几，可以放被褥及一些简单的装饰品。床头摆一桌子，桌上放了一个梅花盆景。床边放一矮凳，外铺地毯。墙面以国画元素为主，床头是屏风，镶嵌松、梅、牡丹等竖幅写意画。门头及床边悬挂硬框中国山水画，两边是对联。透过寝室门可以看出，潇湘馆的客厅里挂满了字画，家具以红木家具为主。除了字画之外，还镶嵌了一些华贵的装饰，因此兼顾了书香与贵气，塑造了品质与情趣于一体的绣房。林黛玉就是在这样一个优越的环境中因为失去了精神寄托而失去了活下去的勇气，说明林黛玉对于情感的纯粹和执着。

图 4.136 表现的是当林黛玉对宝黛爱情绝望之后的状态。她首先做的就是斩断与宝黛爱情相关的一切痕迹，在弥留之际撑着最后一点气力把曾经的爱情见证——写在贾宝玉所送旧帕子的诗稿——在火盆里焚掉，从内心深处斩断了对贾宝玉的情丝，一心求死。从这个房间的设施看，元素和

上一幅差不多，但绘画内容改变了，床头悬挂的是梅兰竹菊四君子，床上多了一个小茶几，床边又设一长茶几，摆放有花瓶及其他装饰品。床边墙上悬挂一幅大幅山水画。床边有两个凳子兼脚踏。客厅里仅刻画了方桌及红木木椅。门窗都是镂空木格，花纹精致。门窗外显示出竹林，凸显潇湘馆的特征。人物设计很有层次，林黛玉在绝望焚稿，紫鹃扶着林黛玉，因此无法分身阻止林黛玉焚稿。雪雁在外边搬东西，门外还有林黛玉的奶妈，坐在门口煎药。可以说，林黛玉焚稿断痴情不仅斩断了与贾宝玉的感情，也表示她斩断了对贾府的一切人，包括疼爱她的外祖母的感情，抛开人间繁华与富贵等，了结了自己这一生的情债，为人间还泪画上了一个凄美的句号。

从以上 16 幅潇湘馆的绘画看，孙温绘全本《红楼梦》以一种严谨的创作态度对潇湘馆的内外环境进行了描绘和塑造。因为是工笔画，所以在绘

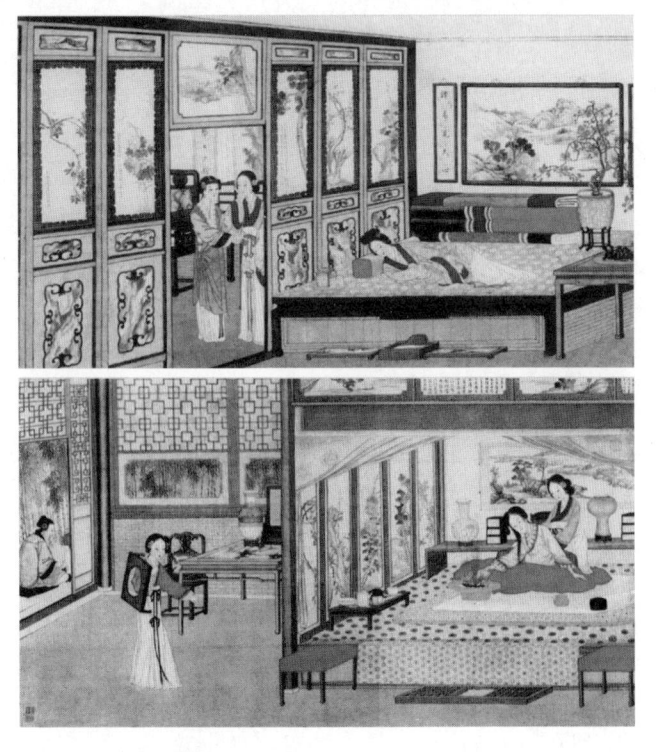

图 4.135 林黛玉绝粒
图 4.136 林黛玉焚稿

画中可以有很多建筑细节，这些细节有一些是文本中提及的，画家根据概略的文本描写，并结合自己的理解完成创作，还有一些是文本上没有提及的，画家根据古典园林庭院构成的特点或画面需要添加上了。这些新元素遵循两个特征：其一是符合潇湘馆的气质，在保持潇湘馆本来特征的基础上丰富潇湘馆的审美元素。其二是基于绘画的构图和美感需要，追求绘画构图和艺术形象的完整性。从形象塑造看，潇湘馆的形象是清雅之美附加书香情趣，这种审美典型不仅在大观园的建筑景观中独树一帜，延伸到中国古代园林审美意象，也是不可替代的审美符号，这里有竹林之志，也有风露清愁，时而明月诗书，时而绿窗调莺，把风骨与情趣、优雅与柔美、理想与人性完美地统合在一起，有审美高度，更有生活情趣，无矫揉造作之感，人物审美情志与景观符号融为一体。

（三）蘅芜苑

蘅芜苑作为大观园的四大别墅建筑之一，是在十二金钗中薛宝钗的住处。蘅芜苑在大观园的后面，建筑紧邻大主山，院墙衔山而建，前面有沁芳溪，垂柳绕堤。溪上有朱栏板桥。在红楼梦文本中有这些描述：

忽见柳阴中又露出一个折带朱栏板桥来，度过桥去，诸路可通，便见一所清凉瓦舍，一色水磨砖墙，清瓦花堵。那大主山所分之脉，皆穿墙而过。

....

因而步入门时，忽迎面突出插天的大玲珑山石来，四面群绕各式石块，竟把里面所有房屋悉皆遮住，而且一株花木也无。只见许多异草：或有牵藤的，或有引蔓的，或垂山巅，或穿石隙，甚至垂檐绕柱，萦砌盘阶，或如翠带飘飘，或如金绳盘屈，或实若丹砂，或花如金桂，味芬气馥，非花香之可比。

....

贾政因见两边俱是超手游廊，便顺着游廊步入。只见上面五间清厦连着卷棚，四面出廊，绿窗油壁，更比前几处清雅不同。贾政叹道："此轩中煮茶操琴，亦不必再焚名香矣。

（见《红楼梦》第十七回）

　　蘅芜苑与别处院落有两处明显不同：其一是外表平淡无奇，且有大石遮挡，虽然里边空间宽敞，外人看不出其真正价值，以此映射薛宝钗的"藏拙"。其二是院子里没有观赏性的花草树木，只有玲珑山石和各种香料植物。这些香料植物一般人不知道其价值，但贾宝玉从小喜欢这些香料植物，因此能够识别很多，具体见下面的描述：

　　也有藤萝薜荔。那香的是杜若蘅芜，那一种大约是茝兰，这一种大约是清葛，那一种是金䔲草，这一种是玉蕗藤，红的自然是紫芸，绿的定是青芷。

（见《红楼梦》第十七回）

　　这些香草植物与其他花木相比有显著的不同：其一是其攀附性，需要有石头或其他材料支撑；其二是奇货可居。这些香料植物因为是奇物，虽极有价值却少有人识，即便见多识广的贾政、贾珍等人也认不全，更何况是一般人。这些特点也暗示了薛宝钗的身份及内在精神特征。

　　关于蘅芜苑的内部设施作者也借贾母之口进行了批评：薛宝钗因为过于低调导致室内摆设简陋，从而与大家闺秀、与大观园的气质产生了冲突。

　　可惜的是，虽然蘅芜苑位列大观园四大园林建筑之一，但在《红楼梦》插画中的篇幅却与怡红院和潇湘馆有巨大的差距。

　　图4.137和图4.138是《增评补图石头记》中蘅芜苑的插图。图4.137的画面没有显示太多蘅芜苑的内景，只刻画了一个亭子，攒顶飞檐，周围都是玲珑山石，远处有花栅栏、几株植物。薛宝钗和史湘云在亭子里讨论菊花诗主题。图4.138是薛宝钗因林黛玉在酒桌上漏说戏文而开导林黛玉。画面主景为蘅芜苑一角，在树荫的空隙中露出蘅芜苑的房脊及飞檐，前墙漏窗内林黛玉和薛宝钗在谈话，后面莺儿在侍奉。房前为假山石，山石旁边有一棵老树。中间是影墙、月洞门，门内透出曲栏、河水，显示出门外的沁芳溪。

《红楼梦》
大观园绘画及园林意象

上左 图 4.137 蘅芜苑夜拟菊花题　　上右 图 4.138 蘅芜君兰言解疑癖
下左 图 4.139 蘅芜苑夜拟菊花题　　上右 图 4.140 蘅芜君兰言解疑癖

　　图 4.139 和图 4.140 是《增评补像全图金玉缘》中关于蘅芜苑的插图。图 4.139 是以室内景为主，中间是一个桌子，桌子上摆放瓶花和书籍等。薛宝钗和史湘云分坐两侧讨论菊花诗题。桌子前后都放有盆景植物，桌子的后面是屏风。图 4.140 采用侧视构图。前面是假山石、香料植物、树木等，

建筑面向左侧，在山墙上开一漏窗，显示贾宝玉与林黛玉交谈的情景。远处是栏杆、河流及远山等。

从以上插画对蘅芜苑的表现看，画家为了增强绘画的形式美，也是为了蘅芜苑的景观元素更加丰富，还是在藤蔓植物的基础上添加了一些高大植物，以此增强植物的对比和层次。因为画幅较少，又没有太深入的描绘，所以除了艺术价值外，对蘅芜苑景观及室内构成的研究价值偏弱。

孙温绘全本《红楼梦》中关于蘅芜苑的作品主要有两幅。图4.141表现了贾政游大观园时对蘅芜苑的印象。这幅画主要描绘了蘅芜苑与大主山、沁芳溪的关系。大主山是大观园里最主要的人造山，堆土石而成，也是大观园里最高的景观。沁芳溪围绕大主山绵延贯穿全图，河两岸是柳堤和原野，隐约可见稻香村的屋顶、大观楼及栊翠庵的屋顶。画面空间开阔，凸显自然景观的特征。蘅芜苑依山而建，与大主山融为一体，山墙依山势高低而建，因此，在蘅芜苑院内有部分山体穿过。同时，蘅芜苑的院墙侧面有门通向大主山石阶。院墙外面有一排松树。在山脚处露出主建筑的房顶，从房子正脊及戗脊看，有宫苑建筑的特点。蘅芜苑的前面是红色曲栏和平板桥，桥边是初次游观蘅芜苑的贾政等人。

图4.142主要表现了蘅芜苑的内庭。近处是巨大的假山石，主景是蘅芜苑建筑的一角和室内景。从建筑体量看，蘅芜苑的主建筑是五间清厦，连着卷棚，四面出廊。这里只画了一个房子的一间，前墙镶嵌了各式字画彩绘，色彩富贵辉煌。里面有一张床，床上放了一个小茶几。墙上挂有大幅山水画。从房子及装饰的风格看，与潇湘馆的装饰风格有些相似，相比之下更简洁一些。室内的一些挂件是书中没有提到的，如墙上的山水画，可能是画家根据画面美化需要而添加的。墙外有拱桥和大株树木，这样可以增强画面的层次和对比感。

从孙温绘全本《红楼梦》中的两幅关于蘅芜苑的画来看，对蘅芜苑外部环境的刻画较有价值，也相对符合原著设定的印象，这种背山面水、清厦四合院的建筑形式既不过分奢华，又不失尊贵身份，外观低调，内部宽敞实用，符合薛宝钗的特征。室内设施及庭院环境因为篇幅太少，在绘画作品中还看不到细节性的、个性化的东西。

《红楼梦》
大观园绘画及园林意象

图4.141 蘅芜苑外景
图4.142 蘅芜苑内庭

（四）稻香村

下面是稻香村的文字书写：

转过山怀中，隐隐露出一带黄泥筑就矮墙，墙头皆用稻茎掩护。有几百株杏花，如喷火蒸霞一般。里面数楹茅屋。外面却是桑、榆、槿、柘，各色树稚新条，随其曲折，编就两溜青篱。篱外山坡之下，有一土井，旁有桔槔辘轳之属。下面分畦列亩，佳蔬菜花，漫然无际。

………………

引人步入茆堂，里面纸窗木榻，富贵气像一洗皆尽

(见《红楼梦》第十七回)

关于稻香村的绘画其他版本基本没有涉及。只有孙温绘全本《红楼梦》中有3幅作品。图4.143是贾政游稻香村时的画面。该作品视野较宽，是对稻香村的整体描绘。建筑是黄泥墙，稻草结顶，房间较之其他院落更多。篱笆墙外种满杏树，中间夹杂柳树、梧桐等。院落周围是农田，种着庄稼和蔬菜，有一种田园之美。

图4.144表现的是讨论贾惜春请假作画的事情。这幅画对稻香村的房子有较深入的描绘。房子外观是茅舍，前墙却装饰精良，有彩绘，也有镶嵌，门窗都是精雕细琢而成。室内装饰也是红木家具配名人字画，兼顾富贵与品位。中间院墙有月洞门，透出庭院外边的黄土路，路边是垂柳。旁边是菜地和杏树林。再远处是沁芳溪，溪边有辘轳架，可浇灌附近田地。室内是正在热烈讨论的贾宝玉和大观园众金钗。

图4.145表现的是因为林黛玉的桃花诗而使众人有再建诗社的兴致，大家一起在稻香村商议。这幅画的构图与前一幅有些相似，只是角度发生了一些变化。对前墙、门窗的装饰样式及材质刻画得非常精细，同时，对房间里面的格局也有一些描绘。从房子装饰及室内设施看，是一个很有品位的贵妇日常居住的场所。院子较宽敞，有大株松树、太湖石、芭蕉等景观元素。院外是沁芳溪、柳树、远山等，表现了不同视角下的稻香村。

稻香村在大观园中是一个另类的存在，在天仙宝境的环境下突然出现了一座乡村院落，周围有大片稻田菜地，院落周围有桃、杏等家常果树等，不免令人感到有些突兀。从写作目的看，这似乎是失于自然、与周围环境格格不入，就像在大观园这个青春乐园里有寡妇李纨的存在一样。

从创作意图看，可能作者有两方面的考虑。其一是塑造李纨身份符号的需要，李纨年轻守寡，不可能像大观园众小姐一样，不仅穿戴打扮，即使是处所也是不一样的；其二"归隐田园"是我国古代官员，特别是文人官员的心中的理想，不管是仕途顺利与否，这个理想一直都在。所以当贾政在大观园里见到稻香村时就非常喜欢。

《红楼梦》大观园绘画及园林意象

图 4.143 贾政游稻香村
图 4.144 稻香村议事
图 4.145 稻香村商议桃花诗社

（五）秋爽斋

秋爽斋原名秋掩书斋，贾探春住进去之后改名为秋爽斋。《红楼梦》书中关于秋爽斋的描写主要是在第四十回。

探春素喜阔朗，这三间屋子并没有隔断。当地放着一张花梨大理石大案，案上磊着各种名人法帖，并数十方宝砚，各色笔筒，笔海内插的笔如树林一般。那一边设着一个斗大的汝窑花囊，插着满满的一囊水晶球儿的白菊。西墙上当中挂着一大幅米襄阳《烟雨图》，左右挂着一副对联，乃是颜鲁公墨迹，其词云："烟霞闲骨格；泉石野生涯。"案上设着大鼎。左边紫檀架上放着一个大官窑的大盘，盘内盛着数十个娇黄玲珑的大佛手。右边洋漆架上悬着一个白玉比目磬，旁边挂着小锤。

探春的床为拔步床，挂葱绿字画床帐。院里有梧桐，有"桐剪秋风"之景。紧邻有晓翠堂。附近有蜂腰桥、荇叶渚等。从这些有限的描写中，画家要还原秋爽斋的建筑环境形象有些困难。

关于秋爽斋的插画主要是偶结海棠诗社和探春抗检大观园两部分。图4.146是《增评补图石头记》关于探春结社的描绘。这幅画的构图有三分之一留白，三分之二是"秋爽斋结社"的场面，主要描绘了大家写海棠诗的情形。关于建筑环境的描绘可以看到秋爽斋的屋顶样式，卷棚飞檐，出廊。院墙留有漏窗。主建筑旁边有厢房。图4.147是《增评补像全图金玉缘》中关于探春结社的插图。画面物景配置较简洁，屋内摆设可见黄梨大理石大案，圆桌、方桌、汝窑瓷器、圆凳等，墙上有大幅山水画，背景是雕花墙面，大家围坐在一起看林黛玉写诗。

图4.148的"探春抗抄"视点较高，除了表现探春与王善保家的对峙之外，还描绘了主体建筑的样式及结构，卷棚硬山，片瓦，装饰华美。房子有高有低，错落有致。院里有大型太湖石及梧桐树，以此凸显秋爽斋的符号特征。房后有竹子，显示附近可见潇湘馆。图4.149表现的是秋爽斋的室内景，主要描绘探春掌掴王善保家的场面，室内器物只简单勾勒了两个柜子。

从以上四幅作品看，两幅包含了部分建筑环境，除了建筑的基本结构及构件外，还涉及庭院的景观元素，如梧桐树、石景等。另外两幅是室内景，概略表现了秋爽斋的室内构成及主要家具和珍稀器物，这些器物显示了大家小姐的胸怀，也显示了贾探春的高雅情趣，如桌子上满是名人法帖、宝砚、如树林的毛笔等。除此之外，院里的植物、格局等，也间接反映了贾探春的理性和见识。

《红楼梦》
大观园绘画及园林意象

上左　图4.146 秋爽斋偶结海棠社（增评补图石头记）
上右　图4.147 秋爽斋偶结海棠社（增评补像全图金玉缘）
下左　图4.148 惑奸谗抄检大观园（增评补图石头记）
下右　图4.149 惑奸谗抄检大观园（增评补像全图金玉缘）

孙温绘全本《红楼梦》关于秋爽斋的插图有两幅。图4.150的作品以秋爽斋的主建筑为核心，房子为琉璃瓦、飞檐样式，正脊，包括兽件都较简洁大气。房檐为重檐彩绘，并镶嵌有文人字画，色彩喜庆。院子里有梧桐树、大株芭蕉。院外有沁芳溪，朱漆曲栏。河的中间有亭子，远处青山绵延，露出佛塔的顶。房间内墙上挂着大幅山水画，器物只见大案。大家在一起讨论建诗社的规矩，包括诗的主题、韵脚、评比等。

图4.151的作品构图更加聚焦，主建筑的风格与前一幅有些相似，但刻画得更加细致深入，如清晰刻画出了前廊的结构，包括廊柱、栏杆等。前墙门窗、扣板等的纹样和材质也非常清楚。院子里刻画了镶嵌字画屏风及绿纱门。屋内人物众多，主要表现贾探春怒斥王善保家的画面，地上放着打开的箱子，有人在翻检。院子里只刻画了一棵梧桐、太湖石、树和旁边院墙上的月洞门，门里露出沁芳溪的朱红栏杆。

图4.150 秋爽斋偶结海棠社·孙温·清代
图4.151 探春抗抄·孙温·清代

从孙温对秋爽斋的刻画来看，在有限的文字描写的基础上，完成了"秋爽斋结海棠诗社"和"探春抗抄大观园"两个主题。从画面设计看，在建筑的样式和材质方面，画家理解加想象多一些，风格与其他大观园别墅建筑的样式有些相似。室内器物及庭院植物则主要依据文本书写塑造，差别是排放的位置及样式略有不同。

（六）栊翠庵

《红楼梦》文本关于栊翠庵的叙述不多，也不连贯，零星一些印象来自第四十一回、第五十回、第七十六回等，从这些文字叙述看，栊翠庵有山门、红梅，植物茂盛。室内也只是提到了禅床、珍器等少量器物。

关于栊翠庵的插画共有8幅，《增评补图石头记》3幅，《增评补像全图金玉缘》3幅，孙温绘全本《红楼梦》2幅，分别以品茶、走火入魔、遭劫为主题。图4.152的作品以月洞门、石头、松树和竹子为环境元素，远处有曲栏，露出沁芳溪的影子。石头也不同于其他庭院，多是自然原石，搭配花草。人物有四个，贾宝玉与妙玉的对话是核心，林黛玉和薛宝钗坐在蒲团上品茶，并时不时与妙玉搭话。树林间有云气延伸到画面的留白之处，点出栊翠庵的环境特征，也显示了佛学万物归空的特点。图4.153的画面较前一幅更加简洁，去掉了左下角的石景，只留下右下部的石景，前边有一松树斜出，挡住了月洞门上部的一些空间。人物设计似乎不是贾宝玉品茶的环节，而是刚进门时的群像描绘，因为可见人物多了3位。墙上挂了两幅字，一幅画，桌子上有盆花。房外是山坡和河滩，显示出栊翠庵在大观园的位置。

图4.154的作品刻画了妙玉走火入魔的画面。这幅作品显示栊翠庵房顶的结构分两部分，筒瓦、重檐，不同于大观园的其他建筑。佛堂前墙只描绘了两扇格子木门，门里边妙玉在打坐时出现走火入魔的状态，出现幻觉。幻觉画面由云气纹标出，显示有数个皇亲贵族青年在争抢拉扯她。其身后是禅床。房后有松树，旁边是芭蕉、石头，远处有围墙，景观元素相对丰富。图4.155的创意思路和前一幅近似，环境元素有所不同。作品的左下边是两块大石，两棵松树一高一矮。建筑分正、背两部分，妙玉的禅房在正

第四章 文本插画中的大观园园林意象

上左 图 4.152 贾宝玉品茶栊翠庵（增评补图石头记）
上右 图 4.153 贾宝玉栊翠庵品茶（增评补像全图金玉缘）
下左 图 4.154 坐禅寂走火入邪魔（增评补图石头记）
下右 图 4.155 坐禅寂走火入邪魔（增评补像全图金玉缘）

房的右侧,刻画妙玉在蒲团上打坐的情形,由云气纹描绘出妙玉被众人追逐的场面。左侧是其他人的房间,门没有开,细致刻画出了前墙和侧墙的纹理。左下边是背向的房顶,清晰交代了房子的正脊、戗脊、山墙的结构。

图 4.156 和图 157 都是妙玉遭劫的描绘,但创意和构图有很大的不同。图 4.156 的构图元素较完整,前面有曲折的围墙,墙上有墙绘和漂亮的纹路。院子里是石头盆景和大株松树,树后面是妙玉的禅房,房前有玉石栏杆。房内妙玉等在打坐,栏杆外面盗贼在朝室内放闷香。图 4.157 更加直白。显现了盗贼背着昏迷的妙玉翻墙逃走的画面。画面中除了松树、山石及花草元素外,主建筑是歇山顶殿宇,院墙上多了顶,片瓦结构。墙外为沁芳溪岸。

从以上 6 幅作品看,对于栊翠庵的建筑及环境的刻画相对简略,特别是建筑样式也不尽相同,可能与画家的理解相关。从我国传统的庙宇结构看,栊翠庵的主建筑应该是重檐歇山顶结构,院里除了松树外,还有梅树等具有符号性的植物,庭院结构及植物配置突出佛教规范,彰显情景禅意。

左 图 4.156 活冤孽妙尼遭大劫(增评补图石头记)
右 图 4.157 活冤孽妙尼遭大劫(增评补像全图金玉缘)

图 4.158"刘姥姥品茶栊翠庵"主要以栊翠庵的外景描绘为主，建筑分为内院和外院两部分。外院以妙玉迎接贾母等人入寺场面为描绘对象，前景是石景，中间是妙玉迎接众人的画面，门口是妙玉悄悄邀请钗、黛品茶，被贾宝玉发现。内院以妙玉与贾宝玉及钗、黛品茶为表现内容。建筑风格以红、黄两色为主调，重檐琉璃瓦，檐下有彩绘。院内有两棵柳树，在寺院建筑的氛围中增添了些许闺阁元素，以此呼应大观园风格。

图 4.159 是妙玉走火入魔的场面，画面以内庭刻画为主，中间下面是青松盆景，宝鼎上方是观音大海的法相，左右有龙女和散财童子。背景是书法条幅，显示出妙玉的书香身份。右边主画面是妙玉在禅床打坐。虽然是寺庙，但妙玉的禅床却很精致，床边有红木桌子，分别放置了蒲团和鲜花。床围是绿色搭配粉红，红木顶子，床两侧是书法条幅，背后是观音站像，搭配书法条屏。旁边是矮几，放有经书及挂件。床头也是经书和抱枕，烘托妙玉日常生活的样态。里间是正在打瞌睡的尼姑，显示出妙玉走火入魔的时间是深夜。

图 4.160 通过贾宝玉的眼睛描绘了栊翠庵及周围美丽的雪景。贾宝玉在去芦雪广的路上所看到的画面是，栊翠庵被群山环绕，红梅在白雪衬托之下如胭脂一般灿烂。芦雪广就在栊翠庵附近，贾宝玉在栊翠庵前面，能够看到蜂腰桥上行走的丫鬟，也可以看到附近芦雪广正在扫雪的仆人，从而形象地描绘了栊翠庵和芦雪广的位置关系。栊翠庵的植物符号凸显红绿两色，翠柏和红梅，与怡红快绿有呼应，也有显著不同。芦雪广凸显芦苇和白雪，彰显道家和诗人的洒脱和纯粹。

从妙玉房间的器物及色彩设计看，画家在凸显栊翠庵的基本特征之外，有意显示妙玉俗缘未断。这从妙玉对诗词、品茶的痴迷以及对贾宝玉的情感中可以看出端倪。妙玉出家本非情愿，只是迫于环境及生活的不得已而做的选择，因此，她虽然已入空门，却是带发修行。尤其是她对器物符号的过分重视、对贫穷人的过分嫌弃、对诗书情调的无法割舍以及对贾宝玉的纠结情感都显示出她俗念犹存。画家通过对栊翠庵精致的房舍及内景布置的描绘，有意凸显了这一点。当然，这样才会与大观园，或太虚幻境内庭明丽温柔的闺阁风格相合。

《红楼梦》大观园绘画及园林意象

图4.158 刘姥姥品茶栊翠庵 ·孙温 ·清代
图4.159 妙玉走火入魔 · 孙温 · 清代
图4.160 白雪红梅栊翠庵 ·孙温 ·清代

（七）紫菱洲

紫菱洲是贾迎春在大观园的居所，位于大观园的东部。院子西边临水，东边有山，院内建筑包括两部分，西边建筑为紫菱洲，是贾迎春的住处，北边是缀锦楼，为正房，此处与藕香榭隔水相望。

《红楼梦》文本中关于贾迎春住处的描绘不是很多，且前后称呼有些差异。绘本中的画幅也非常有限，较清晰的画幅涉及两个回目，共计 4 幅作品。图 4.161 的画面以外景为主，刻画林黛玉、贾探春、史湘云等见到贾迎春的下人在争吵，感到非常惊讶，贾探春出面干涉。画面刻画较简略，前面一棵大树，树下有石坡、兰草。房子正面有凸出部分，有曲栏连接，显示出抱厦的一些特征。大门是雕花木门，门内有茶几、凳子等装饰，两个仆人在拌嘴。屋顶的瓦是片瓦，上面有云纹遮挡。图 4.162 是司棋拜别贾迎春的画面，场景也是在贾迎春住所的院内。该画面上主建筑只显示了一角，房前是司棋跪别贾迎春等人，中景有假山、树木等，山旁边有石阶通向里

图 4.161 懦小姐不问累金凤（增评补图石头记）
图 4.162 司棋被逐出大观园（增评补像全图金玉缘）

面。旁边有月洞门,透出里面的山石树木。

下面两幅是孙温关于贾迎春住所的绘画。图 4.163 的画面较开阔,大门在左边,院外显示有沁芳溪及远山,远处有农田及稻香村的院落,凸显建筑与自然的关系。院内近处是山石芭蕉,中景为紫菱洲主建筑,被树木遮挡,仅见飞檐,有前廊,装饰精美。人物分两部分,外面是贾探春等人,里面是贾迎春及吵闹的仆人。

图 4.164 刻画的场景也是在紫菱洲院内。画面显示贾迎春正与司棋诀别时巧遇贾宝玉,这与文本的描述略有出入。从画面看,紫菱洲有完整的院落,院内山石错落,树木茂盛,芭蕉青翠。房舍刻画得较概括,只简单交代了建筑的外观及主要构成。

从图 4.165 的画面可以看出紫菱洲周围的景色。紫菱洲附近有蓼汀花溆,距离稻香村不远。从画面看,主建筑风格与其他院落建筑保持一致,硬山飞檐琉璃瓦,雕梁画栋,精致华美。紫菱洲临河,有码头可停靠游船。近处可见蓼汀花溆及小山,河道由前至后贯穿画面,通过沁芳水系可坐船

图 4.163 懦小姐不问累金凤·孙温·清代
图 4.164 司棋被逐出大观园·孙温·清代

图4.165 紫菱洲周围景色·孙温·清代
图4.166 史太君缀锦阁宴客·孙温·清代

到达园中各处。河两岸青山错落有致，风景优美，腹地开阔，具有山水别墅的特征。

缀锦阁是紫菱洲的正房。图4.166刻画了史太君在缀锦阁宴客的情形。贾母及众人在缀锦阁宴饮取乐，命戏班在藕香榭吹奏，乐音从水面飘来，越发显出笛音的美妙及宴乐的品质。从画面看，缀锦阁室内面积宽绰，建筑较其他庭院高，装饰大气华美。与藕香榭有一水之隔，临山傍水，视野开阔。

（八）蓼风轩

贾惜春住的院落是蓼风轩，主要包括住的暖香坞和看书画画的藕香榭。藕香榭安静，适合画画养心，暖香坞温暖、封闭，与贾府四小姐惜春的性格相符。图4.167描绘的是蓼风轩的院落，前景有两棵树，树下有石头，树边有月洞门，里面贾惜春与尤氏正在因入画私藏物品之事而争执。院内有阁楼，墙边种有竹子。这里显示了蓼风轩的院落结构及品位，没有涉及周围环境。图4.168是大家到暖香坞看惜春绘画的场面，人员众多，所绘器物

《红楼梦》大观园绘画及园林意象

上左 图4.167 贾惜春杜绝宁国府（增评补图石头记）
上右 图4.168 贾惜春作画（增评补像全图金玉缘）
中 图4.169 藕香榭螃蟹宴·孙温·清代
下 图4.170 林黛玉菊花诗夺魁·孙温·清代

有限。大家先欣赏惜春的大观园行乐图,然后一起创作灯谜,为过元宵节做准备。

　　藕香榭是贾惜春的书房和画室。文本书写涉及藕香榭的描写是螃蟹宴和菊花诗。两个主题都是聚会场面,人数众多,尤其是螃蟹宴,几乎贾府的主要人物都参加了。图 4.169 的作品显示藕香榭三面环水,四周出廊。从结构看,藕香榭分前后两个空间,前边是硬山顶,后攒尖顶。空间宽敞,适合群体集会或餐饮。从文本描写看,大家创作菊花诗的地方就是在藕香榭,但图 4.170 的画面换了角度,主要以后边的部分以及深入水中的半岛为刻画对象。半岛上有桂花树,花正在盛开,还有柳树、假山等,周围有围栏。大家根据菊花题意构思诗作。有钓鱼的,有观鹤的,凸显大观园女儿诗意生活的场景。

　　因为文本中对贾迎春和贾惜春住处的描写着墨不多,所以供画家参考的材料有限,更多的是画家根据明清园林建筑的样式以及大观园四大庭院建筑的样式创意而成,因此,从插画数量及品质看,能够提供园林研究参考的价值也有限。

第四节　大观园经典审美主题活动的景观环境

一、以个人为审美主题的景观环境

（一）以林黛玉为审美主题的景观环境

图 4.171 和 4.172 是王钊所绘的林黛玉主题。在绘画风格方面，王钊的插画更加注重建筑及景观环境描绘，在元素选择和运用中具有明显的象征性，如在画面中间经常出现突兀的山石、湍急的水流、古柏、翠竹等。这些元素不像潇湘馆的景观元素那样固化，文本中也没有细节性的环境描写，显然，画家主要是根据主题、情节及性格需要来设计画面元素的。

图 4.171 "牡丹亭艳曲警芳心"以林黛玉为中心，刻画林黛玉走到梨香院外，听到戏班在排练牡丹亭的唱词，内心受到触动，联想自己身世而凄然落泪。该画中梨香院外的假山极有威势，树木枝繁叶茂，左侧是正在排练的芳官等人，右边是听曲惊心的林黛玉，坐在石头上暗自伤感。旁边开了一个月亮门，透出里面的空间，为观众展示了另一种空间。

图 4.172 "埋香冢飞燕泣残红"重点表现的不是花飞花谢的诗意，而是巨石、亭子、沁芳溪及花落水流红的意象。从画面看，巨石斜插入空，柳树低垂，在风中摇曳。石前两棵大树，枝繁叶茂。河边有一座房子，墙外水流湍急，环境氛围有些险峻。只有葱茏茂盛的树木和几只飞翔的燕子，

图 4.171 牡丹亭艳曲警芳心·王钊·清代　　图 4.172 埋香冢飞燕泣残红·王钊·清代

尚能感受到春天的些许信息。林黛玉被环境同化在一起，画面环境有一些凄冷，情景设计透露出一种神秘感，让读者感受到人与自然对比下的弱小。

下边4幅是《增评补图石头记》和《增评补像全图金玉缘》的插图。图4.173描绘了林黛玉肩扛画锄行走听曲的动态。周围树木茂盛，山石耸立。牡丹亭在高处，戏班在排练，吹弹唱曲。远处有围墙，墙上有月亮门，显示出院落里面的环境。图4.174的两组人物离得更近。与前一幅作品的显著差别有两处：一是林黛玉不再是负锄前行，而是坐在山石上哭泣。二是牡丹亭的比例被放大，亭内有优伶在吹笛。亭子刻画得较精细，对亭子的顶部及材质花纹等有细致刻画。亭子为飞檐，并装有门窗及窗帘，显得比一般亭子精致。亭子前有山石，石旁有树，隔开了唱曲的优伶及听曲的林黛玉。相同的是亭子的顶部卷棚，只不过一个是卷棚宝顶，另一个只有卷棚。

图4.175画面的环境在桃花子山后边，环境幽静，树木葱茏，花木繁盛。花树下林黛玉伤春落泪。山石后面是寻找林黛玉的贾宝玉，与前景中

图 4.173 牡丹亭艳曲警芳心（增评补图石头记）
图 4.174 牡丹亭艳曲警芳心（增评补像全图金玉缘）

图 4.175 埋香冢飞燕泣残红（增评补图石头记）
图 4.176 埋香冢飞燕泣残红（增评补像全图金玉缘）

的林黛玉形成呼应。图 4.176 的画面构图更加紧凑，主题更突出。前面是一株大树，林黛玉坐在树下垂泪，身边是山石花草，身后是流淌的河水，环境突出自然属性。树后是假山，假山后面是贾宝玉，正准备用衣服兜着落花向水里抛。

（二）以宝黛互动为主题的景观环境

贾宝玉与林黛玉的互动主要以读《西厢记》、葬花、诉肺腑为主线，逐步书写宝黛情感的成长历程。图 4.177 宝黛共读《西厢记》的地点在沁芳桥旁边的桃林里，凸显春季飞花、落红阵阵的审美意象。在这幅画中王钊更加注重园林元素。在画中画家设置了曲廊、雕栏、水榭等建筑元素。前景有芭蕉、花树等。中间两块巨石，石头旁边有棵桃树，旁边有石凳。宝玉在读《西厢记》，林黛玉肩扛花锄、锦囊，身姿袅娜，询问宝玉读什么书。从画面特征看突出了古典园林的精致。

图 4.178 和图 4.179 是补图系列宝黛共读《西厢记》的画面。图 4.178 画了小山，符合文中描写的特征。林黛玉在专心读《西厢记》，贾宝玉在探

上 图4.177 宝黛共读西厢记·王钊·清代
下左 图4.178 宝黛共读西厢记（增评补图石头记）
下右 图4.179 宝黛共读西厢记（增评补像全图金玉缘）

寻林黛玉看《西厢记》的感觉。他们背后是小山及假山石，把宝黛看书的画面与沁芳桥隔开，显示了宝黛看禁书的私密性。图4.179的作品人物更加单纯一些，人物关系与前一幅接近，只是人物在画面的比重更加突出。人物一坐一站。林黛玉站着，一只手扶着花锄，一边看《西厢记》。贾宝玉在急切问询林黛玉的印象。旁边有2棵桃树，一高一低。周围是石坡、石头及花草。远处是沁芳桥及河水等。从画面效果看，这两幅画重点突出木石元素，强调宝黛读《西厢记》的私密性以及环境的野逸性。

图4.180是孙温对林黛玉葬花的描绘。"黛玉葬花"是《红楼梦》中非常著名的审美主题。花是春天的符号，也是青春的祭品。花开幸福，世人爱慕。花落飞散，伤春落泪。贾宝玉和林黛玉都具有诗人气质，对自然生

图 4.180 林黛玉泣残红·孙温·清代　　图 4.181 宝黛共读《西厢记》·孙温·清代

物的花开花落非常敏感,易产生伤春悲秋的情绪。但伤心之余,他们对待落花的态度有些不一样。贾宝玉恐落花被人践踏变污,就把花捡起来用衣服兜起来撒在水里。但林黛玉认为把落花丢在河流中有不确定性,可能流到清洁的地方,也可能流到不清洁的地方。不如用锦囊把花收起来,找一块净地埋起来,这样就给了落花一个体面的结局。最终,贾宝玉很快认可林黛玉的观点,并与林黛玉一起葬花。图 4.180 的视野较宽阔,在送花神的日子里,大观园女儿都在欢欢乐乐地玩乐。只有林黛玉独自一人在小山后面扫花、葬花、哭泣,旁边有沁芳溪通过,岸边及院落旁边有很多花树,凸显泣残红及葬花的主题。

图 4.181 画面的主题是贾宝玉读《西厢记》和林黛玉葬花的画面。花园元素有桃林、沁芳桥、青山等。贾宝玉正聚精会神地坐在桃树下看书,旁边有沁芳溪流过。近处是沁芳桥、院落及红色曲栏,桥两头是青山。山后是大片桃林,林黛玉肩扛花锄和锦囊缓缓走来,画面唯美而感伤。画家把宝玉读《西厢记》和黛玉葬花并置在一起,整体表现了大观园诗意唯美的青春意象。

(三)以林黛玉与湘云为主题的景观环境

《红楼梦》第七十六回在文本书写中的象征意味非常强,暗示贾府自此由盛转衰。其实，自王熙凤病倒，贾探春代为理政开始，已经显示出贾府经济的后继不接，尤其是王夫人听信谗言下令抄检大观园的行动给大家一个明确的符号：贾府的内部乱象已经无法掩盖。

凹晶馆与凸碧山庄是一体的，是凸碧山庄的退步。在情节推进方面凸碧山庄赏月写了一种凄凉感，写出了贾府运势的前后差异，也通过对比写出了林黛玉对于自己身世的感触。凹晶馆联句与凸碧山庄赏月相呼应，通过联句诗意地透射出林黛玉与史湘云的结局。

图 182 的画面突出了山石元素，在凹晶馆旁边的平台上，有巨大的景观石。林黛玉和史湘云坐在石阶上联诗。周围树丛茂密，有云雾遮挡。石头后面是凹晶馆建筑的一角。画面没有描写寒塘和渡鹤，也没有显示明月和妙玉。图 4.183 的画面把凹晶馆安排在近处，凹镜馆为卷棚飞檐，馆外出廊，林黛玉与史湘云在廊上茶几旁联诗。近景有山石树木，廊边是水域，没有荷叶和仙鹤，对岸山石小径上显示出妙玉的身影。

从以上两幅画的设计来看，相同的是两幅画都是以黛、湘联诗为中心，凸显人物对话的情景。区别是前一幅更加聚焦黛、湘联诗，注重凹晶馆的山石元素，凸显画面的自然属性。后一幅更加强调环境的人文属性，突出凹晶馆的建筑元素，林黛玉和史湘云是坐在廊里面的小桌旁，凸显了大观园的精致。人物刻画也不只是关注林黛玉和史湘云，而且显示了月夜出行的妙玉，更加突出联诗的象征意义。

图 4.184 是孙温所描绘的凹晶馆联诗。该画的空间更大，刻画了凹晶馆的周围环境，以及林黛玉和史湘云在走廊里联句作诗。近处是凹晶馆的一角，从画面看凹晶馆主建筑并不大，但很精致，卷棚重檐，彩绘雕栏。栏杆边有山石及大株桂花树。周围是大片水域，水里有零散荷叶。一只仙鹤独立水塘，突出寒塘鹤影的意境。对岸是山石、竹林房舍等，并对应了凸碧山庄，也彰显了林黛玉的身份。水塘远处连接沁芳溪，蜿蜒流向远处。河岸边是大主山，隐约显出稻香村及蘅芜苑的院落。这也体现了孙温创作大观园的主题思路。

图 4.182 凹晶馆联诗悲寂寞（增评补图石头记）
图 4.183 凹晶馆联诗悲寂寞（增评补像全图金玉缘）
图 4.184 凹镜馆联诗悲寂寞·孙温·清代

（四）以薛宝钗为主题的景观环境

薛宝钗在大观园里室外活动最经典的符号是滴翠亭扑蝶一节。扑蝶的行为对于矜持守拙的薛宝钗来说是一个非常不同寻常的事件，该事件对于塑造薛宝钗性格有多重含义。其一，它是突破薛宝钗完美倾向的重要环节，审美的最高境界是完美，但完美却失去了上升的空间，因而缺乏可靠性，无法传达所谓"美人有陋"的审美意境。因此，审美的最佳境界是走向完美，所以滴翠亭事件一方面反映了薛宝钗处事机智、遇事自保的性格，特别是嫁祸林黛玉一事，一直被研究者诟病。另一方面也暴露了薛宝钗人性的不足，这些不足对于塑造薛宝钗的独特性格至关重要。

图 4.185 的作品凸显了薛宝钗扑蝶的美感，没有显示薛宝钗偷听被发现嫁祸林黛玉的情节。画家把薛宝钗扑蝶放在了前景中间，仔细刻画了薛宝钗扑蝶的姿态及动态美，突出了薛宝钗生命的活力和内在的欲望。画面对周围环境有精细的刻画，滴翠亭居中，攒顶重檐，四周有雕花门窗。旁边有拱桥、穿山游廊及柳树等，桥后面有月亮门，透出里面的景致。穿廊后面有假山石，远处有院墙。从画面塑造看，画家重点彰显宝钗扑蝶的美感及活力。

图 4.186 把滴翠亭和薛宝钗画在平行位置上，身往前行，头向后看，动

上左 图 4.185 滴翠杨妃戏彩蝶·王钏·清代
上右 图 4.186 滴翠杨妃戏彩蝶（增评补图石头记）
下左 图 4.187 滴翠杨妃戏彩蝶（增评补像全图金玉缘）
下右 图 4.188 滴翠亭杨妃戏彩蝶·孙温·清代

183

态优美。亭子不大，攒顶飞檐，顶子顶部有架空。有前廊和门窗，四周封闭。没有显示小红等人。近处山石兰草，右边是较大的树木。远处小河蜿蜒，小桥横跨，透出一种野趣。图4.187把宝钗扑蝶与误听结合在一起，人物在近景，亭子也在近景，画家重点描绘了亭子的结构、细节及周围的柳树、曲栏，强调环境的清幽。同时有意拉近了宝钗与滴翠亭的距离，为下一步的误听埋下伏笔，呼应文本书写的情节。

图4.188的孙温绘本没有刻意凸显宝钗扑蝶的情景，像略写黛玉葬花一样，把宝钗扑蝶放在了画面的边缘。只是隐约露出宝钗扑蝶的身影和滴翠亭的一角，而对前景中的白石小桥和柳树却有详细的描绘。

（五）以史湘云为主题的景观环境

史湘云在大观园众女儿里以性格直率、行为豁达、才情敏捷、擅诗词为特色。在大观园审美主题中，"湘云眠茵"与"黛玉葬花""宝钗扑蝶"齐名。图4.189"湘云眠茵"的背景是穿廊，穿廊上挂满藤萝。前面是巨石，石头旁边是芍药丛，芍药丛前面有石凳。史湘云酒喝高了，躺在石上睡着了，身上落满了芍药花，嘴里仍在说梦话。后面是赶来看望的贾宝玉及众姐妹，画面唯美而又有情趣。图4.190的画面背景没有了穿廊和垂花。中心是巨大的山石，石前有石凳，史湘云躺在石凳上，枕着花瓣睡觉。身后没有画贾宝玉及众姐妹，只远远地透出一个亭子。"湘云眠茵"在文本书写中有两层含义：其一是塑造了一个以史湘云为主体的独特审美典型，审美高度与"黛玉葬花""宝钗扑蝶"相抗衡。其二是一个伏笔，湘云眠石通湘云眠玉，暗喻后期史湘云与贾宝玉的某种关系。

图4.191孙温的"湘云眠茵"主要刻画史湘云醉卧及众人逗乐的画面，芍药及植物并不多。周围山石围绕，左右都有亭子。背景是沁芳溪，溪两岸是红色曲栏。远处是开阔地带，有院落树林。再远处是深山，与大自然相接。画面氛围欢快，活色生香，充满浪漫情调。

图4.192"因麒麟服白首双星"是史湘云的另一个主题，故事地点发生在怡红院附近。该画面很开阔，前面是蔷薇架，曲栏连廊，流水湍急。远处的月亮门透出深处的景物，并与留白浑然一体，延展了画面右上角的空

文本插画中的大观园园林意象 第四章

上左 图 4.189 湘云眠茵（增评补图石头记）
上右 图 4.190 湘云眠茵（增评补像全图金玉缘）
中 图 4.191 湘云眠茵 ·孙温 ·清代
下 图 4.192 因麒麟伏白首双星·王钊·清代

185

下左　图4.193 因麒麟伏白首双星（增评补图石头记）
下右　图4.194 因麒麟伏白首双星（增评补像全图金玉缘）

间，对构图较有帮助，使画面显得更加动静相宜，和谐美丽。

图4.193的画面设计为史湘云与翠缕在前景论阴阳，背后是山石，旁边有芭蕉、蔷薇架及花树、矮松等。石头后面有贾宝玉的身影，这显然是画家根据第八十回的情节添加的，呼应文意的伏脉。图4.194的画面集中在发现金麒麟的情节。翠缕弯腰捡金麒麟，史湘云站立观看，背后山石的后面，贾宝玉在行走。前景是山石大树木，远处有围墙，墙有门，透出沁芳溪及河岸栏杆。从画面构成看，创作思路兼顾绘画与文本之意。

（六）其他个人审美主题的景观环境

除了以上以金陵金钗人物为主题的插画作品外，以其他一些小人物为主体的活动画面元素对于研究大观园的园林构成特征也很有帮助。

图4.195"痴女儿遗帕惹相思"的画面呈S形向里面延伸。近景是相思中的小红伏在桌子上，脑子中的画面以云符号显示在画面深处。现实画面是在怡红院内，露出房子一角。房前山石花草、海棠芭蕉等葱茏茂盛。房子旁边是河岸，曲栏蜿蜒。梦境似乎是在怡红院，小红和贾芸在私聊。画

图 4.195 痴女儿遗帕惹相思·王钊·清代　　图 4.196 蜂腰桥设言传心事·王钊·清代

面中房舍精致，绿树掩映，蕉棠齐备，环境清幽秀美，具有经典园林建筑的特征。

从小红遗帕被贾芸捡到，到侍奉贾宝玉生病期间多次碰面，小红和贾芸之间暗生情愫，但彼此尚没有确定，直至蜂腰桥会面双方才笃定了各自情感。图 4.196"蜂腰桥设言传心事"以蜂腰桥为中心，左下角是穿廊石景，河两岸有栏杆。桥头是小红、坠儿与贾芸碰面的情形，背后柳枝摇曳。亭子游廊精致华美，山石高耸，绿树绕堤。中间河水穿过，依稀可见远处清理浮萍的小船。画面疏密有致，层次分明，气流远透，显示出画家园林造景的功底。

从王钊这两幅画的创意看，画家更加注重画面环境的品质感，每一幅作品的景观元素都很齐备，构图层次感强，主次分明。画面具有帝苑园林的风采，不管是对主要人物的主题环境，还是对次要人物的活动轨迹，都刻画得一丝不苟。从其画面构成看，大部分依据原文创作，有一些文本中没有实写的，则能够根据理解合理补写，保证作品的完整性及唯美性。

图 4.197 的画面突出了小红与贾芸会面的意义。前景是贾宝玉书房，贾芸在与茗烟谈遇见宝玉之事时，听见外面有女孩的声音。推窗见到了走来的小红。画面以建筑为中心，屋内的贾芸与外面的小红形成一种隔窗对话的意境。远处山石树木，云遮雾罩，表现较为概括。图 4.198 则凸显了小红相思的含义，与王钊的画意有些类似。近处是怡红院院落，没有显示小红

187

做梦的场景，只是用云雾符号引出梦境，贾芸在向小红作揖，求他传话给贾宝玉。对周围物景的描绘都较简略。

图 4.199 的画面用大块山石及树木挡住了蜂腰桥的大部分，只留下桥的出口处，显示中国画藏与露的微妙关系。贾芸从桥上走出，旁边是小红，在这里贾芸与小红相遇定情。旁边有亭子，顶子上方有宝顶。亭子周围是山石树木，大部分被云雾遮挡。人物被挤压在左下角，情境刻画比较精彩。图 4.200 的人物关系很清楚，从这两幅画看，都突出了设言传心事的韵味，只画了贾芸和小红两个人。该画用山石矮树挡住了部分桥体，贾芸与小红在贴身交谈。后面是月洞门，露出里边的景致及空间。远处是河岸和远山，岸边有栏杆。

"龄官画蔷"对于贾宝玉的成长有特殊含义。贾宝玉小时候的愿望是能够得到他喜欢的每一个女孩儿的眼泪，属于博爱阶段。自见识了龄官雨中痴画"蔷"字的场景，又在梨香院见到了贾蔷对龄官的照顾以及龄官对贾蔷的感情后，开始意识到人世间每一个人的情感都是各有定分的，一个人不管其身世多么显赫，才能多么优秀，都不可能得到所有女孩儿的钟情，各人有各人的情缘。

图 4.201 的画面有三个空间：最外面是河岸一角，玉石栏杆围绕。中间是蔷薇花障，留有月亮门，里面可见龄官在地上冒雨写画"蔷"字。贾宝玉站在蔷薇花架外向里看，其身后是两株梧桐树和山石花草。远处是花树掩映中的建筑及穿廊，树木茂盛，充满生机。整个画面虚实对比非常清楚，疏密也恰到好处。

鸳鸯晚上偶遇司棋幽会潘又安是绣春囊遗落大观园的原因，也是自王熙凤生病、贾探春理政后贾府管理问题的外露之一。根据文本书写，鸳鸯撞见司棋私会的地方在大门口角门处。图 4.202 的画面上司棋与潘又安正在山石后面私会。旁边有大株桂花树及松树，环境相对私密，又是晚上，符合私会的氛围。后面是走出的鸳鸯，她的后面是两层楼房。图 4.203 描绘的是司棋与潘又安因私会之事求鸳鸯的画面。周围有山石树丛，背后是琉璃瓦飞檐的两层建筑，空间留白较前一幅多一些。

"傻丫头误拾绣春囊"表面上是司棋与潘又安私会时不慎掉落绣春囊成

文本插画中的大观园园林意象 第四章

图4.197 痴女儿遗帕惹相思
（增评补图石头记）
图4.198 痴女儿遗帕惹相思
（增评补像全图金玉缘）
图4.199 蜂腰桥设言传心事
（增评补图石头记）
图4.200 蜂腰桥设言传心事
（增评补像全图金玉缘）
图4.201 龄宫划蔷痴及局外·王钊·
清代

189

《红楼梦》
大观园绘画及园林意象

上左　图 4.202 鸳鸯女无意遇鸳鸯（增评补图石头记）
上右　图 4.203 鸳鸯女无意遇鸳鸯（增评补像全图金玉良缘）
下左　图 4.204 傻丫头误拾绣春囊（增评补图石头记）
下右　图 4.205 傻丫头误拾绣春囊（增评补像全图金玉良缘）

190

了抄检大观园的导火索,实际上是以此揭露贾府、大观园的管理漏洞,也是贾府内部乱象的一个显示。自此引起大观园的巨变,以前充满诗情画意、无忧无虑的大观园情调已经逝去,接下去是大观园在内外矛盾的冲击之下逐步趋于败落。文本描写傻大姐捡绣春囊的地方是在大门附近的山石上,据上下文线索应该是司棋私会的地方。而邢夫人见到傻大姐的地方在大观园门口。图4.204作品画面的近处显示大门一角。门前有玉石雕花栏杆,指明会面的位置。邢夫人在树下盘问傻大姐。旁边有山石松树等。图4.205与前一幅相似,近处是大门的飞檐,中景是邢夫人与傻大姐,远处是芭蕉、石头及树丛,树林有云雾遮挡。

二、大观园重要群体活动的景观环境

(一)贾政游大观园

在补图系的版本中,对贾政游大观园的描绘以贾宝玉题对额为核心。图4.206聚焦于一个院落,院内有梧桐、芭蕉、松树等,建筑只露出一角,有穿廊连接。里面露出玉石牌坊的局部,其指向特征倾向于怡红院。图4.207的画面相对开阔一些,近处有亭子、山石、藤萝等,据文本描写的人

图4.206 大观园试才题对额(增评补图石头记)
图4.207 大观园试才题对额(增评补像全图金玉缘)

物情景及环境特征看倾向于蘅芜苑。

　　孙温借贾政验收大观园的回目，用 14 幅画面整体表现了大观园的概貌。其中 7 幅在前面章节中已经分析过，这里不再赘述。下面 5 幅都是以室外景观为主题，分别涉及大观园的几个主要景观。图 4.208 画面里的翠障在大观园大门里面，有遮景及曲径通幽之效。从文字描写及画面形象看，翠障为大观园正门里面的一个假山，有羊肠小径通向里面。假山内有石洞，有清溪穿过。假山的石材以白色石头为主，形状嶙峋奇特，千姿百态。山体石缝间长满藤萝或苔藓。该画以青绿为主调，山青水绿，间杂紫藤红树。山石崎峻，怪石穿空。中间有祥云遮断，深处可见大主山的山脉走向及远处群峰。除了近处的门楼一角及院墙显示出帝苑符号外，其余景观只是凸显了大观园的自然环境。图 4.209 的环境与翠障相接，是假山后面的一片开阔地。画面中贾政等人从翠障中走出，从小路走到山坳平坦处。只见这里中间有小河通过，河岸两边地势平坦，绿柳葱茏，花树灿烂。林木后面有一个院落，从绿柳围绕、桃树遍布的特征看，应该是怡红院的外围。远处没有显示别的建筑，只表现了远树及天空，保留了开阔的空间。

　　图 4.210 是蓼汀花溆。该处景观有两个特征：其一是长满芦苇和野草，有野趣；其二是有水韵，清流从旁边石洞涌出，水流湍急，水声悦耳。这一处景观也是孙温在贾政游大观园及贾元妃游大观园时唯一重复表现的景观，只不过换了角度，此处是以山景为主，另一幅是以水景为主。画面中心是一座小山，山顶建有亭子，周围种满鲜花。旁边是牡丹园、蔷薇架、大主山余脉等。河面上有小桥，贾政等人站在小桥两边讨论如何题名。前景左侧是一个小房舍，朱栏围绕，旁边伴有石景，再远处有红香圃花木、建筑及远山。

　　石港在蓼汀花溆附近，紧邻大主山，离朱栏板桥、蘅芜苑不远。里面有河流穿过，可通船。河水从这里流出后，水流也变得缓慢，河面逐渐变得开阔。图 4.211 的画面近处是贾政父子及众宾客在观景，身边是山石和芭蕉林。中景是石山，山中石港有湍急河水流出，然后回转流向开阔地带。河岸是大片柳林，柳树中间露出桃、杏林和屋舍以及淡淡的远山影子。

　　图 4.212 是贾政等人顺着门口山间小路走出的情形。外面是大门的门楼，这里与文本不同的是墙的上半部油漆改成了橘红色及橘黄色，这可能

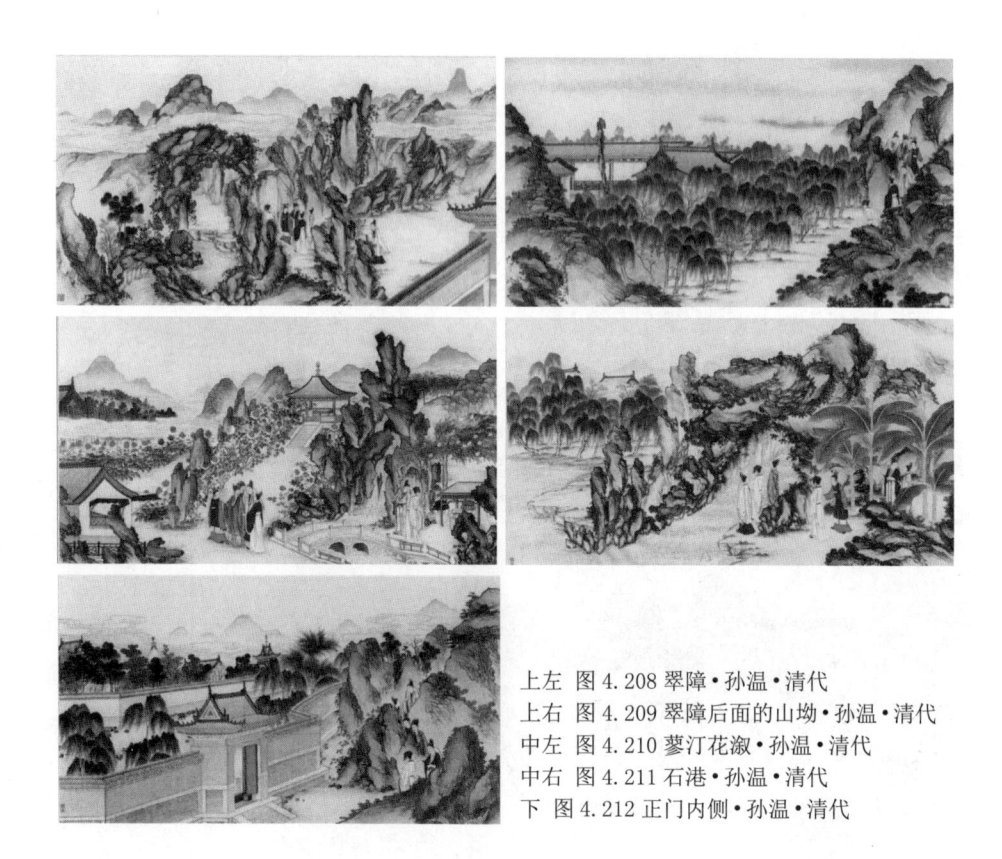

上左 图 4.208 翠障·孙温·清代
上右 图 4.209 翠障后面的山坳·孙温·清代
中左 图 4.210 蓼汀花溆·孙温·清代
中右 图 4.211 石港·孙温·清代
下 图 4.212 正门内侧·孙温·清代

一方面是为了凸显大观园的帝苑特征,另一方面也是为了与青山形成对比。门楼样式也有差距,不是筒瓦泥鳅脊,也没有五间宽。可能是画家为了画面需要改变了大门的结构。

(二)贾元春游大观园

贾元春省父母时召见贾政、贾宝玉是在大观园顾恩思义殿。下面两幅作品表现的是当时接见的场景。不同的是图 4.213 描绘的是元妃见贾宝玉的情形,画面以群体人物为主,建筑也只刻画了一层一角,房子旁边有松树遮挡。远处有月亮门,透出远处里面的空间。图 4.214 刻画的是元妃召见贾政等人的情形,近处有两棵大树,贾元妃坐在銮舆内召见众人。背景是顾恩思义殿,殿前挂有宫灯。画面上对房顶及屋檐的刻画较简略。

图 4.215 是贾元春坐船游蓼汀花溆的画面。与贾政游蓼汀花溆时的相似

《红楼梦》
大观园绘画及园林意象

上左 图 4.213 元妃省父母
（增评补图石头记）
上右 图 4.214 元妃省父母
（增评补像全图金玉缘）
下 图 4.215 贾元春游蓼汀花溆·孙温·清代

元素是柳树林、大主山及沁芳溪。不同的是这里是在沁芳溪上观景，以溪水两岸的景色刻画为主，岸边的白石栏杆刻画得很深入。同时，该作品加上了很多祝贺的元素，如灯笼、对联等，色调也突出红、绿元素。

（三）芦雪广联句

芦雪广联句是大观园集体活动的著名场面，更是大观园冬季审美意象的著名符号。芦雪广联句分4个场面：一是贾宝玉的个人视角；二是烤鹿肉、品尝鹿肉的场面；三是众人联句的画面；四是宝玉、宝琴祈红梅的画面。图4.216和图4.217是以贾宝玉视角下的"琉璃世界白雪红梅"。贾宝玉因为盼望着下雪作诗，一晚上都没有睡安稳。第二天一大早没吃饭就先跑到芦雪广附近查看，除了看到芦雪广有几个下人正在扫雪外，还关注到了白雪中的栊翠庵，特别是栊翠庵里正在盛开的红梅，呈现出琉璃世界白

194

图 4.216 琉璃世界白雪红梅
（增评补图石头记）
图 4.217 琉璃世界白雪红梅
（增评补像全图金玉缘）

雪红梅的盛景。图 4.216 聚焦芦雪广的院落，近处是芦雪广，四坡卷棚，两株松树。房顶、树木及附近芦苇丛上都落满了雪。院里有人在扫雪，贾宝玉在远处的高坡上向这边瞭望，其背后隐隐露出栊翠庵。图 4.217 的视野更广，贾宝玉站在近处的高坡上看雪景下的芦雪广，在白雪皑皑的雪景下，芦雪广更觉得与平时不同，特别是芦雪广的建筑、水塘及雪中的芦苇等在白雪衬托下更显得纯粹，充满野趣。远处山坡上的栊翠庵主建筑在白雪覆盖下显得巍峨，周围树木茂盛，红梅盛开，整个环境显得纯净独特，色彩出现红白、红绿之间强对比状态。

图 4.218 和图 4.219 "脂粉香娃割腥啖膻"描写大观园众人在芦雪广烤鹿肉的欢闹场面。在史湘云的撺掇下，贾宝玉向凤姐要了一块新鲜鹿肉，并命下人准备烤鹿肉的物件，带到芦雪广烤着吃。图 4.218 画面上的芦雪广是卷棚四坡，飞檐，雕花门窗。房子外面是芦苇、水塘及远处的山坡。房子里面是正在烤鹿肉的史湘云、贾宝玉、薛宝琴等人。图 4.219 的建筑表现的是亭子。亭子为圆形，上下两层，四周封闭。四周出廊，与外部有栏杆连接。亭子周围是芦苇塘。人物设计有两组，庵中是烤鹿肉的众人，外面是赶来的王熙凤等人。远处有梅树、山丘等，表现了芦雪广赏雪、品鹿肉的场景。

上左 图 4.218 脂粉香娃割腥啖膻
（增评补图石头记）
上右 图 4.219 脂粉香娃割腥啖膻
（增评补像全图金玉缘）
下左 图 4.220 芦雪亭争联即景诗
（增评补图石头记）
下右 图 4.221 芦雪亭争联即景诗
（增评补像全图金玉缘）

  图 4.220 和图 4.221 的主题是"芦雪亭争联即景诗"。两幅作品中芦雪亭的样式不尽相同。第一幅是四坡攒顶方亭，聚焦于芦雪亭的联句场面，并详细刻画了周围的山石、芦苇等，远处有小山丘，山上长满树木。第二幅是长方形亭子，两层结构，中间有云雾遮挡。以贾宝玉折红梅归来的画面为中心，刻画了贾宝玉与薛宝琴欣赏红梅花的情形。近处是芦苇丛，中间是聚集作诗的大观园众人。远处是芦苇塘及山坡，山坡上有高矮树丛。

  图 4.222 和图 4.223 是孙温的两幅作品。这两幅作品都是全景式描绘，以白色为主调。图 4.222 的画面基础是接近正面的芦雪广。从构成看，芦雪广依水岸地势建成，里面较宽敞，可以供大观园众人集会。芦雪广外围有围墙，围墙里面可以自由活动。芦雪广里面是芦苇塘，芦苇上落满了雪花。

图4.222 芦雪广烤鹿肉·
孙温·清代
图4.223 贾宝玉薛宝琴祈红梅·
孙温·清代

中景是一个四角方亭，上面有宝顶，背景是群山，一片银色世界。山坳里显示有建筑院落，周围有梅林围绕，应该是栊翠庵。

图4.223是以贾宝玉、薛宝琴祈红梅或宝琴立雪为主题。近处是众人簇拥的贾母，引导大家欣赏宝琴立雪的美。中景小山旁边是贾宝玉和薛宝琴怀抱红梅花的情形，身后是沁芳溪，中间有小桥，两边均有护栏。远处是寒林及栊翠庵，里面有数株红梅正在绽放。

（四）占旺相四美钓鱼

"四美钓鱼"是《红楼梦》第八十一回的主要情节，地点发生在藕香榭蓼汀花溆附近。此时的大观园已经大不如前，薛宝钗已经不住在蘅芜苑了，贾迎春出嫁了，紫菱洲附近也荒凉了很多，加上晴雯死了，芳官等出家了，这些都严重影响了贾宝玉的情绪。"四美钓鱼"是在贾宝玉的建议下以钓鱼看运势，结果四个女孩儿都钓着了，只有贾宝玉没有收获。图4.224画面的近处是贾宝玉和探春、邢岫烟、李纹、李绮等人，背后是景观石及杂树，旁边是侍奉的下人。前面是矮树丛，画面元素比较密集。图 4.225 以近景描绘为主。贾探春等 4 人平行倚杆钓鱼，她们后面是侍奉的下人，在整理钓鱼用的物品。背后是小山包，山上有大树，山后露出贾宝玉的身影，在偷听探春她们说话。栏杆刻画精细。栏杆外面是水面，近景是柳树，遮挡了部分水面，也拉开了画面的层次。

图 4.226 孙温绘的"四美钓鱼"对环境刻画很清晰。与前 2 幅不同的是该作品中的沁芳溪是纵深走向，自前到后贯穿画面。贾探春等人依次沿河岸钓鱼，旁边有三个小丫头在侍奉。贾宝玉躲在山石后边偷听，并伺机捣乱。周围有巨大的石景、柳树等。远处是开阔地带、树林及稻香村的院落。

上左 图 4.224 卢旺相四美钓鱼
（增评补图石头记）
上右 图 4.225 卢旺相四美钓鱼
（增评补像全图金玉缘）
下 图 4.226 四美钓鱼·孙温·清代

(五) 柳叶渚嗔莺叱燕

"柳叶渚嗔莺叱燕"事件是贾探春对大观园管理改革问题的显现之一。也是描绘柳叶渚环境的主要回目。图4.227的画面前景是几株大柳树，春燕妈正在追打春燕，后面是莺儿和藕官等。柳树背后是山石及沁芳溪，河上有小桥通向对岸。图4.228的追打场面在前景，春燕妈在怒骂春燕，夹带着抱怨莺儿，责怪她折柳条编花篮的行为。莺儿等3个人在劝解，背后有两棵柳树，一大一小，树下是山石花草。再向里是河岸，隐隐有小桥通向远处。

图4.229的画面非常开阔。近处中间有一座假山，左下角是山石矮树。中景是沁芳溪，近处有朱色栏杆，岸边种满柳树。黄金莹坐在石凳上编花篮，蕊官在观看。春燕和藕官在聊藕官前几天烧纸钱被春燕姑母发现的事情。河对岸有假山，秋爽斋及稻香村的院落。

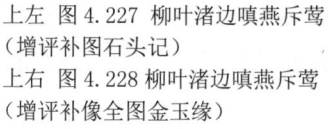

上左 图4.227 柳叶渚边嗔燕斥莺
（增评补图石头记）
上右 图4.228 柳叶渚边嗔燕斥莺
（增评补像全图金玉缘）
下 图4.229 柳叶渚边嗔燕斥莺·孙温·清代

图 4.230 大观园驱妖·孙温·清代

（六）大观园驱妖

图 4.230 是大观园被异化后的场面，先前风光明丽、充满诗情画意的魅力大观园已经见不到了，留在贾府的只是一个阴气袭人、充满恐惧的人间地狱，即使白天也无人敢进。在这样的情况下，贾赦、贾珍等人为了解除人们对大观园的恐惧感，导演了一次声势浩大的水陆道场驱妖，这不能不说是对贾府管理者的一种讽刺。

小　结

王钊现存的红楼梦插画有 64 幅，具有较高的艺术价值及园林参考价值。在绘画技巧方面，王钊善于运用白描技法表现情景人物，画风严谨细密，风格大气唯美。他的插画构图深得传统美学之韵，笔下的亭台楼榭、情景人物等栩栩如生。画面显得疏密有致、气韵贯通、格调清新、人境合一，显示出较高的表现能力。

这些插画中有 16 幅是关于大观园的。其对大观园的整体刻画，以及对众金钗别致小院的描绘非常精彩，具有独特的艺术特征，对中国古典园林研究有比较明显的研究价值。在其笔下的大观园，气势宏伟、地域辽阔，用绘画语言完美表现了曹雪芹文本书写的审美理想。建筑设计衔山邻水、布局严谨、曲径通幽，极尽文人园林之美。把园林灵秀之美与十二钗诗意栖息之境结合得非常完美，传达出一种天人合一、纤尘不飞、美轮美奂的人间福地印象。尤其是王钊与作者同样生活在清朝时期，同样对传统园林有着深厚的修养。因此，王钊的插画不仅与文本描写契合，而且具有明清时期古典园林的典型，他的每一幅插画，无论是以主要人物为主题的作品或是以次要人物为主题的作品都层次清楚、元素齐备，搭配合理、景观优美。从画面结构看，王钊的作品除了基本的叠石理水、雕梁画栋之外，在庭院设计中非常重视中国传统美学元素的运用。如在建筑方面，亭、台、楼、阁、榭、廊、庭、堂等样式齐全，每一处景观绘画除了注重主要景观的描绘外，还很重视景观元素的运用，如月亮门、雕花门窗、穿廊、曲栏植物造景等，利用这些元素拓展画面的里外空间，贯通画面气韵，改善画面对比节奏，优化疏密关系等。同时，对于山、石、河、水及树木花草的搭配也很合理，注重引、藏、曲、隐的审美意境，从而使其画面的主景及配景都别有情致，这和我国园林追求的移步换景、情景合一的韵味一致。因此，整体判断，王钊的绘画对研究大观园园林具有很高的园林价值。

本书回目插画研究选择了补图系版本的《增评补图石头记》和《增评补像全图金玉缘》为研究内容。之所以选择这两本插画，主要是基于三点：其一是这两本的传播量、在海内外的影响力。其二这两本的插画者多是专业画家，作品以情景环境描绘为主，作品的艺术表现具有一定高度。其三是这两本插画的创作思路切合回目主题表现，且创作年代离清朝较近，画家多有在清朝生活的经历，对传统园林的构成及审美意境有深刻理解。

从插画质量及价值看，《增评补图石头记》是石印版本，石印技术的成熟运用为书籍的大量印刷奠定了基础，同时也在一定程度上保证了插画的质量。从园林研究价值看，补图系《红楼梦》有大观园总图，每一个回目两幅画，共计240幅，覆盖了大观园几乎全部主要景观，包括中轴线建筑、别墅景观建筑及各类主题类景观等。创作思路是紧扣回目主题，线面结合，表现回目主题的人物故事情景，对景观环境的主体建筑、院落、山石、树木及花草等都有所涉及，注重景观环境的山水构成关系及空间特征，如在环境设计方面，加重了山石元素及组合关系，创造了丰富的园林景观符号。

整体分析，其对大观园山水构成、建筑样式、院落结构，以及具体的元素组合等进行了全面的探索。虽然因为当时的石印技术在表现细节方面有所欠缺，但在转化文本意象、还原大观园整体布局及主要景观、探索园林景观创作方面积累了丰富的经验。

《增评补像全图金玉缘》是木板插画，画面刻线清晰细腻，变化丰富，形象刻画生动，在插画篇幅、数量及质量方面与《增评补图石头记》相当。不同的是画家更重视人物及互动关系的描绘，对建筑、山石和树木的刻画也较深入。尤其是在主题景观创意及表现、人物形象特征、服饰及情景创意、建筑构成及细节表现等方面有突出价值。

孙温绘本的价值在于篇幅多、刻画精细。其对大观园的布局架构、山水关系、主题景观设计、主要建筑及辅助部分的还原和美化方面具有突出优势。同时，其对于人物形象、服饰的描绘也非常到位。虽然与前面提到画作的创作风格因画家不同而有所差异，但作为大观园园林意象的研究参考还是具有不可替代的研究价值。

不足之处是补图系《红楼梦》在宏观布局、空间关系及细节表现方面有所欠缺，而孙温的刻画又过于固化，从而限制了大观园的想象空间。

第五章 《红楼梦》系列绘画中的大观园人物艺术及环境特征

第一节 概 论

自1792年程甲本《红楼梦》面世以来,开创了《红楼梦》卷首绣像的版式。绣像经历程甲本系、双清馆系等长期演进后,篇幅逐渐增多。

程甲本系卷首绣像大致控制在24幅绣像之内,创作思路基本上是围绕神话大循环和贾府小结构。虽然绣像在排序、主题创意方面掺有成高二人的价值观,版画的刻绘技术也有限,表情有"刻板微笑"的嫌疑等问题,但其凝练审美主题、提炼艺术形象、表现大观园环境特征等方面具有明显价值。程伟元在创意和建构"程本系"《红楼梦》绣像时非常重视图像叙事的功能,兼顾文本和读者两种因素。首先,画家比较尊重文本审美理想的书写和表达,并以"宝玉历幻"为中轴线设计出二十四个绣像作为故事节点,完成神话结构的循环,实现从文本理想到图像审美的跨越。其次,其在语图互文、图文互补方面做得比较成功。运用情景人物的表现思路,并把时代文化与《红楼梦》主题结合,形成富有时代痕迹的24幅绣像,创造了较大的绣像效应,形成了"黛玉调鹦""宝钗绣鸳鸯""探春问政""湘云拾金麒麟""迎春不问累金凤""宝琴立雪""晴雯补裘"等多个审美主题,成为以后画家表现《红楼梦》的经典题材。

双清仙馆系的卷首绣像采用"花解语"的形式创构,同时改变了绣像的结构和顺序,与"程本系"呈现出较大的改变,具体表现在以下几方面。首先,由程本的"家庭轴线""比德传递""图像叙事"等模式改为以"爱情轴线""女性视角""小像呈现"的模式。篇幅增加到64幅,包括12正册系列、12副册、12又副册、12优伶等,完善了情感符号及序列。其中,爱情轴线表现以贾宝玉为轴心的情缘轴线,并以此作为人物排序的主要依据,有明显的去贾府化特征。如在人员构成方面,所选人物以年轻女性为主,在情感方面都是敢爱敢恨的角色。人物秩序第一个为警幻、第二个是宝玉，第三个是黛玉，第四个是宝钗，第五个是秦可卿。从这个排序看，家族观念、比德观念明显减弱，"木石前盟"与"金玉良缘"被置于核心位置，审美和情爱的权重被刻意凸显。一个明显的例子是秦可卿位置的变化。秦可卿虽被赋予"兼美"的称谓，在神界中又是警幻的妹妹，但在文本及"程本系"中的地位比较尴尬，虽然是十二钗正册人物，因为其由情而淫的形象，原著书写又过于简略，一直是一个饱受争议的角色。在双清仙馆系《红楼梦》的绣像设计中，秦可卿被放到了第五的位置，不仅超过了元、迎、探、惜四位贾府千金，而且也排在王熙凤、李纨前面。妙玉被排在第13位，排在副钗薛宝琴、邢岫烟之后。李纨被安排在14位，王熙凤被安排在第17位。正册人物之一的巧姐被安排在第23位。这些变化可以清楚地看出画家去"家族观念"的创作思路。女性视角主要体现在人员构成方面，64幅绣像仅贾宝玉一个是男性，其余63位全是女性，且以年轻女性为主，以未婚少女为核心，讴歌少女的天真、烂漫，给读者呈现出一个精彩绝伦的青春女性世界。

去"比德"化倾向从两方面体现：首先表现在钗黛位置的互换。"程本系"绣像的前后次序一般都是钗前黛后。该版本是黛前钗后，且配以灵芝仙草，喻指仙缘。宝钗则配以玉兰花，突出其稳重端庄，弱化了婚姻影射。其次，表现在对情爱的凸显，有意突出敢爱敢恨的真性情特征，一些明显与主流道德有冲突的人物如夏金桂、宝蟾等被拉进来，表现其"情爱观"的一种包容性，这也与文本中关于"大旨谈情"的主题相吻合。双清仙馆系《红楼梦》绣像一改前面绣像的情节性表现，人物创作减弱了图像叙事的力度，把人物从情节环境中剥离出来，采用象征性的白描手法，每一幅画都由原来的情景表现改为一人一花一题词，画面别致、单纯，人物表现精炼传神，突出了人物的形象性和符号性，图像学的特征明显。

"双清仙馆系"《红楼梦》绣像是在"程本系"广泛传播之后创作的。从创作主题凝练、人物形态设计、画面元素选择看，创作的主动性明显加强，其作品符号包含了明清以来文化的多重流行符号，如西厢记符号、花解语等。这些符号的融入为"双清仙馆系"的全面流行奠定了基础。同时，画家采用这种符号的植入或者置换，在绘画中添加了自身的价值观和审美观，迎合了读者市场的多面性。

"双清仙馆系"《红楼梦》绣像创作与《红楼梦》文本"为女儿写传""大旨写情"的主题相符，但画家的创作对文本表现的重构性也比较明显，突出了对纯真、率性等少女特征的描写。基于这种价值观，不仅是钗、黛位置互换，一些原来被鞭挞、嘲笑的小角色开始逐渐显露出来，如正写红楼梦十二伶人、突出刘姥姥、刻画夏金桂等，这些变化构成此次创作的独特之处。

"双清仙馆系"的64幅绣像结构设计完全摒弃了"程本系"排序的依据，选择以"情爱"为主线，按照人物性格特征、文化内涵以及在文本中的作用进行创作。第一幅画是警幻仙子，题词是"我是散相思的五瘟使"，以凌霄花相配。从画面设计及传达意蕴看，其"情爱"主线的意图非常明显。在这里，警幻仙子不再是宝玉的心灵导师，而是一个播撒情爱种子的女神，其职责与古希腊神话中的维纳斯有点接近。对应花为凌霄，凌霄在其象征意蕴中有慈母之爱的含义，同时，因为凌霄属于藤蔓植物，生长在夏季，如果有攀附物的话，可以向高处快速伸展，所以也有直上云霄之义。这些符号意蕴与警幻仙子的身份非常相符，身居离恨天、掌管人间风流韵事。宝玉的形象是十一二岁的男孩模样，头戴束发嵌宝紫金冠，汉服装扮，手拿书卷，神思温柔，题词为"俏东君与莺花做主"。

从审美价值方面，何萃认为"双清仙馆系"《红楼梦》绣像在创意和人物设计方面的改变源于其审美观的改变。在清朝末期，随着社会文化的发展，人们逐渐认识到人性本身的重要，一些崇尚自然、清新的审美风气开始在社会的各个层面显示出来。虽然"双清仙馆系"《红楼梦》绣像因为凤姐的泼醋而降低了她的排序，但在整体上还是符合了《红楼梦》"大旨传情""为女儿写传"的宗旨，突出了女儿的个性，或者是真性情，减弱了对封建道学的宣扬。特别是有一些小像的形貌特征与文本书写的审美意象非常适切，加上花解语式的配图与文字点题，使画面通俗易懂，形神鲜活，如"黛玉葬花""宝钗扑蝶""湘云眠茵"等，得到了社会的广泛认可，凸显了大观园园林人物独特的审美意象，升华了大观园园林美学的精神，取得了明显的文化价值和审美价值。

《红楼梦》热的持续走高，吸引了一大批知名画家参与《红楼梦》绘画创作，如清朝时期的改琦、费丹旭、王钊、汪忻、王墀等，其个人影响、作品影响均达到了较高的程度。焦秉贞、冷枚等宫廷画家虽然不是《红楼梦》插画的主要创作者，但也有零星的《红楼梦》作品传世。这些专业画家参与进来之后，为了发挥其创作优势，一般更倾向于创作独幅或者系列人物风情画。因为明清时期仕女画深受市场欢迎，《红楼梦》主题又适合于创作仕女画，所以，以《红楼梦》为主题的仕女画得到快速发展。同时，因为众多知名画家的参与，大大提高了《红楼梦》插画的艺术水平，从而使《红楼梦》插画的艺术价值上了一个新台阶。特别是改琦、费丹旭创作的《红楼梦》插画，在形象、审美、意境等方面均体现出很高的水平。他们在承继明清以来纤弱画风的基础上，对仕女画创作进行了大胆改进。他们创作的仕女画人物形象更加清瘦、纤细，闺怨、才学、诗化特征也更加明显，从而创造了著名的"改费模式"。这是一种独特的"病态"审美形象，该审美风格很受晚清时期文人的推崇。在清朝仕女画市场中，邹达怀认为："'改费'模式处于优势地位。"[1]这些现象充分说明了"病态美"在晚清时期的影响力，改、费的仕女画更是将清代仕女画"倚风娇无力"的柔弱之美推向高潮，对《红楼梦》插画创作，对清朝的工笔仕女画创作都产生深刻影响，其仕女画作品也因《红楼梦》主题而成为社会名流、艺术爱好者竞相收藏及品赏的对象。

从创作动力看，对于《红楼梦》画家而言，更多的是《红楼梦》情结，或者是情感，此种情感郁积在胸，不吐不快。因为出于对《红楼梦》审美形象的钟爱，他们自觉用图像重新书写《红楼梦》。这种书写根据特征可分为两类：其一为钟爱、珍重原著形象，也有能力精准表现原著形象，如改琦；其二为热爱《红楼梦》的审美意象，把《红楼梦》鲜活的审美形象唯美化、符号化，使其成为新的仕女符号，这种符号与原著意象有距离，但艺术语言较成熟，风格独特，如王墀、汪忻等。改、费之后，《红楼梦》系列绘画集中体现在以"十二金钗"为主的仕女画创作上。仕女画倾向于"才

---

[1] 邹达怀.论改琦、费丹旭对晚清浅绛彩瓷仕女画风格的影响[J].中国陶瓷，2012（4）:64.

学化"的发展方面,走向典型人物插画或者纯仕女画的风格,插画本身的情节性、叙述性逐渐减弱。

系统研究这一时期《红楼梦》仕女画的艺术语言,分析不同画家相似主题的创作作品的不同特征及表现方法;梳理红楼梦仕女画与社会文化、市场需求、审美趋势的关系,对全面研究《红楼梦》插画的发展趋势,探究《红楼梦》插画的艺术高度,透析插画创作的一般规律有一定意义。

第二节 "改费模式"中大观园人物的审美特征

改琦,字伯蕴,号曾有七芗、玉壶山人等,清末著名国画家。出身于官宦世家,到其父辈时虽然逐渐没落,依然还在官府中当差,家学出身较好。成年后生活在江浙、上海,居无定所,常常借住在朋友家里。其生活遭际和曹雪芹有点接近。改琦在视觉艺术方面比较有天赋,诗、书、画均比较擅长,尤其是其仕女画,深得当时社会权贵喜欢。时人将他比之于郑虔,有"三绝"之誉,与当时寓居杭州的画家钱杜(松壶)相伯仲。"得之者比诸仇、唐遗迹。"[1] 这显示出改琦绘画的艺术水平和文化价值。

费丹旭的"金陵十二钗"在清代《红楼梦》插画创作中有较大的影响力。作者采用纤细的线条描绘仕女面部的五官表情,并用淡彩渲染,显得清秀俊逸。衣纹线条刻画细腻,或洒脱飘逸,或挺拔有力,较好地表现了人物丝绸服饰的动感和质感。在画面布景时紧密结合文本书写,运用翠竹、梧桐、红梅、芭蕉等象征人物个性,物景姿态以及山石描绘都几乎达到炉火纯青的程度。在色彩设计方面,采用重彩与水色结合的方式渲染画面,塑造了具有广泛影响力的"金陵十二钗"系列工笔画。

一、改琦插画中的大观园女儿

改琦的《红楼梦图咏》是清朝时期最受社会认可、影响力最广泛的作

---

[1] 何延喆.清代仕女画家改琦生平考[J]故宫博物院院刊,1986(1):66.

品之一。《红楼梦图咏》最早由李光禄整理编辑，改琦插图，后经淮浦居士整理重编，于1879刊出。郑振铎认为该插画具有"改氏之风"[1]。该绘本有白描人物画50幅，其中女性人物画37幅，男性人物画12幅，卷首为石头，标注姓名有52人。十二钗正册及主要副册人物一般为一人一图，或者一主一仆，其他有多人一幅的情况。绘本作品与文本书写对应性比较好，从文本书写意象和意境入手，选择典型符号，突出画面个性特征。在表现人物形象时，能够发挥自己的审美理解和技法优势，大胆创构画面形象，在传达文本意象和发挥审美创造方面，找到了较好的平衡途径，较好地处理了文本审美理想与绘画审美理想关系。单幅作品仍然具有图像学的特征，以题画诗辅助说明绘画主题。

　　十二钗系列作为《红楼梦》文本书写的核心，是曹雪芹倾尽心力塑造的女性群体审美形象。在书写定位时，曹雪芹把书写聚焦于薄命司，体现出男性观照下对当时女性群体的同情。从贾宝玉的情感观也可以看出，贾宝玉幼年对于女孩子的爱是一种博爱性质，曾经希望得到身边所有女孩子的眼泪。因此，曹雪芹在书写十二钗群像之时，力争塑造出《红楼梦》女性的个性美、系列美。如十二钗正册、副册、又副册等。通过整体塑造，创造出男性文化规约下的闺阁审美空间以及众多个性独特的《红楼梦》女性形象。

　　从空间循环结构及内生活力分析，尽管在本文书写中的大观园呈现出一种规模宏大的审美气象，其内部也是设计严密，构造精奇。每一个主题庭院都是诗意小居，别有洞天，既能够自成一体，又能够与大环境构成和谐的整体，然而，不论是《红楼梦》文本中的意象建构，还是《红楼梦图咏》的图像书写的闺阁空间，其实都是呈现封闭状态的。这种封闭或者自闭状态，虽然暂时保证了其内部审美的理想状态，但也弱化了其自我造血的机能。所以，这种审美意象只能生活在大观园这种绝对理想的环境之下，如果一旦离开大观园，或者大观园的供给系统、自身结构出现了问题，必将出现难以为继的结局。

1　郑振铎.中国古代木刻画史略[M].上海：上海书店出版社，2006：203.

《红楼梦》文本书写中的人物形象，都是在具体空间符号以及形象符号基础上构建而立的。因此，在这个书写思路下，其文本书写中出现众多具有较高审美性的女性空间。首先，大观园是一个几乎封闭的女性空间，在这样一种乌托邦式的闺阁空间中，几乎每一种物象被赋予一种符号性，包括山水林木，园林建筑、花草鸟兽，甚至于色彩、光线、氛围、声音等都有被人化、性格化的痕迹。文学家善于通过各类象征、明喻或隐喻的方式来呈现清代闺中女子的精神诉说，画家则通过设计典型情节、场景、对话等剖析《红楼梦》女儿内心的各类微妙情感，展现女子在闺阁空间中的闺情、闺怨及闺阁女子的各式情态。根据大观园女儿的符号意义以及作品表现改琦插画中的大观园女儿可以分为以下几个序列。

（一）以钟情灵秀为序列的审美形象

曹雪芹撰写《红楼梦》的目的是写情，十二钗正册人物以"情"为代表的正册有林黛玉、史湘云、妙玉、秦可卿等，其中，秦可卿不住在大观园，去世很早，其人物艺术研究除了构成完整的12个审美序列之外，对大观园园林艺术研究基本没有价值。史湘云在大观园没有固定的居住场所，但作为十二钗正册人物之一，在大观园的集体活动如作诗、赋词以及其他群体集会中都非常活跃，她自己在大观园里的活动轨迹及参与这些集体活动的情景环境非常丰富，对研究大观园园林意象具有明显的研究价值。

副册和又副册人物以"情"为代表的有晴雯、尤三姐、龄官、芳官、鸳鸯、司棋等，这些人物尽管出身、修养、品貌不尽相同，表达和追求感情的方式也不一样，但都比较重情，敢于直视情感，珍惜自己情感的发生、发展，表达感情的方式也较为率性、直接，有一种敢为情死的果敢，构成了情感符号的连续序列。她们的活动大部分发生在大观园，她们在大观园的活动轨迹和活动的环境构成了对大观园的图像书写。

林黛玉作为《红楼梦》十二钗正册人物之首，自然是画家重点表现的对象。改琦在表现林黛玉时，没有选择传统意义上的《红楼梦》审美主题，而是把文本书写中的林黛玉意象与时代审美主题"风露清愁"结合在一起。为了突出林黛玉"娴静时如娇花照水，行动时似弱柳扶风"的审美特

图5.1 林黛玉·改琦·清代

征,画家选择表现行走中的林黛玉形象。为了突出林黛玉的高洁个性,画家选择竹子作为林黛玉画面的主要符号。静轩分析改琦的画时指出:"黛玉具有'风露清愁'的神态。"[1]就创意思路而言,改琦在创作林黛玉时,已经不再强调焚稿、葬花、弹琴等具有情节符号的场景,而是突出作品的绘画性和形象性,采用瞬间绘画形象传达林黛玉最典型的审美特征。图5.1画面中的林黛玉从潇湘馆竹间小径飘然而来,一只胳膊抬起,有擦泪之状,另一只手隐藏在袖子里,有拂风之态,身体呈现出舒展飘逸的形态,修眉上挑、泪眼迷离,满面愁绪,显示出无助少女孤寂、忧郁和落寞。深入分析林黛玉的面部设计,能够明显体现出画家匠心独运的特点。清代的审美趣味是,较瘦一点的流行鸭蛋脸,较丰满一点的流行瓜子脸。改琦笔下的林黛玉面部特征体现出一种综合性。张雯对于明清流行的仕女画造型的眉形总结为:"眉腰转弧,形似八字。"[2]但是看林黛玉的眉形,虽然也是美人眉,但因为脸型处理得比较圆润,并没有显得有苦相,很好地把握住了纤不伤雅、瘦不露骨的审美尺度,从而使林黛玉形象显示出一种清丽飘逸之美,准确表现出清末仕女画的娴雅贞静之态。从林黛玉画面的用线特征看,改琦运用高古游丝描表现林黛玉纤弱婀娜的身姿,起到了很好的造型作用,线条轻细、秀润、圆浑,内力充盈,动态、节奏、韵律优美,变化丰富,勾画承转自然流畅,如行云流水,在动静结合之中精彩地展现出林黛玉的身形及轻盈感,入木三分地刻画出林黛玉的性格及情绪特征。同时,从整体环境设计、符号应用看,画家也表现出深谙文本、敏锐捕捉典型符号的能力,虽然没有走经典主题的老路,

---

1 静轩.改琦:来自红楼梦时代的图像——改琦《红楼梦图咏》研究[J].红楼梦学刊,2006(6):287.
2 张雯.阳春白雪与下里巴人[J].中华文化画报,2009(6):22.

却能够兼顾形象的精、气、神、韵，成功塑造了林黛玉沉湎于自身情绪而又洁身自好的诗化气质，使画面自然流露出一种转瞬即逝的情态美感，创造出令专家和读者广泛称赞林黛玉经典形象。

改琦在艺术创作时，善于用图像书写典型情节、塑造典型氛围，将人物与典型环境充分结合，形神兼备地刻画人物的形貌特征与心理性格，从而塑造了迄今为止与原著最为贴近、被学者和观众都认可的林黛玉。改琦创作的"林黛玉"巧妙地运用了清愁的意蕴，把枫露改成了竹林曲径。把林黛玉设计为在潇湘馆竹林小径行走的动态，从而实现了文本意象与时代审美趣味的完美结合。将其与焦秉贞的"黛玉葬花"作品比较，可以看出虽然动态都是行走，但在改琦取意和表现时，把重点放在形神意境方面，用白描手法凸显林黛玉的弱柳扶风之态。唐建评价改琦的"林黛玉"："迎风洒泪的形象，似动似静。"[1]仿佛能看见林黛玉在千竿翠竹的掩映下飘然而来，脸上泪痕未干，眉间写满忧思，一个品性高洁、孤苦无依的林黛玉跃然纸上。

分析改琦所画的林黛玉艺术形象产生的原因，有两点需要注意：其一，经典符号的选取和重构。黛玉画面的元素不陌生，新颖的是元素的创新与组合。林黛玉行走时的身姿在《红楼梦》文本中经常提及，如"摇摇地走来（第八回）"。这些描写说明林黛玉身体弱，走路有风摆杨柳之姿。改琦在创意画面时，善于选取典型元素，组合典型环境表现人物的情绪、性格，营造意境。借助人、物、景的氛围书写文本意象，补足未尽之言，扩充阅读和欣赏空间。这是改琦与众不同的地方。其二，他不仅能够通识全书，而且能够对原著深度理解，并将文本形象与绘画形象结合起来，选择最佳的艺术表现形式。所以，改琦的林黛玉符号是鲜活而富有生命力的，也是独一无二的，因为在她的生命中注入了改琦平生的修养与情感，渗透了改琦的生命意识和审美自觉，她像一个艺术精灵一样，早已铭刻在读者的记忆中，并永远带着《红楼梦》大观园金钗人物的光环及愈久弥新的潇湘清韵活跃在红楼绘画的世界里。

---

[1] 唐建.也论改琦及其《红楼梦图咏》[J].红楼梦学刊，2014（4）：139

龄官首先在形象方面与林黛玉相似，其次是对情感的专一、执着、敏感和自爱等专情的表现形式也与林黛玉相似。图5.2"龄官画蔷"画的是龄官雨中在泥地画"蔷"字的画面，表现了龄官对贾蔷的情感及专一。周围环境主要显示了蔷薇架的结构以及周围的环境。

尤三姐曾经与尤二姐、贾珍等混在一处，名声受到玷污，并因此影响到她的爱情。尤三姐与尤二姐对待封建礼教的方式完全不同，一个委屈而死，一个是饮剑取义。改琦选择了一个较为中和的角度表现尤三姐。图5.3中尤三姐从里间托剑走出，表情哀伤却很坚定，有一种决定后的冷静和果断。人物行走的身形快而稳重，不失风度，把悲剧符号把控在一个唯美的尺度之内。画面中除了窗外春光之外，空无一物，这一点与惜春的室内陈设有点相似，表示外面世界的喧闹与尤三姐的内心已经没有联系，她走出来的时候已经想清楚，在这样的境况下，除了以死证其清白之外，她没有任何其他选择，这是她的个性以及时下环境所造成的。

史湘云是诗词才情出众的大观园正册人物，表现史湘云的主题一般都

图5.2 龄官画蔷·改琦·清代　　　图5.3 尤三姐·改琦·清代

是定位在其娇憨可爱的特征上。图5.4同样选择"醉眠芍药花"的主题来表现史湘云。该作品的人物表现及画面安排体现出画家的严谨态度和高超技术，图中的画面假山、芍药花丛的描画以及构图设计都与文本描述相契合。画面中史湘云头枕芍药花枕醉眠，一只胳膊垂下，露出半只戴着手环的手臂，扇子坠落于地上，枕边香气引来蜜蜂、蝴蝶飞舞。画面虽然仅用线勾勒，又用花丛遮挡了史湘云的身体，但是，画家运用了欲露先藏的布局方法，强化了中国画的画外之意，丰富了观赏者的想象力，突出了史湘云那种醉后的少女娇俏及可人的神态。这幅画无论是从图文互写的角度，还是从仕女画的角度看都是上乘之作，彰显了一种与林黛玉不同的、娇憨可爱的情感符号。从环境看，这幅画则局部表现了红香圃的山石花丛的分布情况，即有大片的芍药花，中间有小径通过，可以贴近赏花，花丛旁边有石板，可以休息。秦可卿在《红楼梦》中的书写中因情而亡，有滥情的倾向，在太虚幻境中是掌管痴情司的神使。从某个角度说她也是贾宝玉的情感导师。图5.5延续了"可卿春困"的主题，秦可卿坐在门外石头上，姿态慵懒，有春睡未醒之态。旁边是山石、花草及海棠树，有海棠春睡之意蕴，同时也暗示了其因情而困、因情而亡的生命意象。因为秦可卿虽是十二正

图5.4 湘云眠茵· 改琦 ·清代
图5.5 可卿春困· 改琦 ·清代
图5.6 香菱斗草· 改琦 ·清代

册人物之一，却没有与大观园产生交集，所以这里只叙述其身份符号。

香菱在《红楼梦》中是一位贯穿全书的角色。在大观园女儿中，她出场最早，出身也很好，然而平生遭际却最令人怜惜。对于香菱来说，一生最出彩的就是随薛宝钗在大观园生活的一段时光，和林黛玉学作诗，和众姊妹一起玩耍。图 5.6 香菱和几个小丫头斗草的画面反映了当时的风俗。这些画面反映了香菱的见识和娇憨。画面中香菱倚石而坐，手持一个并蒂兰花，突出了香菱优美的姿态和天真。周围是山石花草，画面疏朗，表现了大观园的天然之美。

芳官作为戏班出身的伶人之一，在大观园的女儿中代表的是一个特殊的群体。她模样俊俏，性格张扬。这有其少女天真烂漫的成分，也有其出身环境的问题，更重要的原因是贾宝玉喜欢她、宠她，从而造成她的任性、爱打扮、处处争强好胜的个性。图 5.7 画面中的芳官坐在床榻上若有所思。画家重点表现芳官的多情、美丽、情绪等，只是通过发饰、坐姿表情以及扇子等符号突出其出众的模样，而其面前的石头桌面及摆设、背后的月洞门，透出了院里的山石花草等，显示出怡红院的景观特点，以此显示芳官在怡红院的生活状态。

晴雯在文本书写中是一个貌美性烈的丫鬟，她聪明、能干、擅长女红，被贾宝玉视为红颜知己，却又保持一种冰清玉洁的关系。晴雯作为林黛玉的影射之一，身上有显著的大观园人物特征，做人做事都很纯粹、性格也很外显。"晴雯补裘"是《红楼梦》绘画的经典主题。以前的"晴雯补裘"一般要多画几个人以烘托气氛。图 5.8 则采用一人一像的方式表现晴雯补裘，突出了晴雯带病补裘的意义。画中的晴雯病弱、美丽，表现了古代闺阁女红图的氛围和美感。

图 5.9 的紫鹃小像刻画的是其端托盘行走的情景，身姿稳重，神情端庄，虽然是丫鬟身份，但却表现出较高的人格之美。配景是潇湘馆附近的竹石、小桥，气质姿态有林黛玉的影子。

图 5.10 的鸳鸯小像也是在行走，画面一棵大树，假山怪石，人物显得有些倔强、自重的特点，画面取意应该是夜里进大观园时，路过假山遇见司棋之前的情形。鸳鸯在中国文化里是代表爱情的符号，但《红楼梦》里

图5.7 芳官·改琦·清代　　图5.8 晴雯补裘·改琦·清代　　图5.9 紫鹃·改琦·清代

的鸳鸯却是被贾赦逼婚、发誓终身不嫁的女儿。

　　图5.11妙玉小像的画面更加简洁，主题为午夜参禅，一人一蒲团、一瓶一红梅，环境高雅洁净，门外熟睡的僧尼以及悬在头顶的圆月点出时间已近三更。整幅画用线极为简洁，线条细匀灵动，疏密有致，与妙玉孤僻洁净的性格特征吻合。

　　惜春是在后四十回与妙玉接触比较多的人，妙玉面冷心热，因此，修行难以为继。惜春年龄虽小，却心冷意冷，所以，不恋一丝红尘。图5.12的贾惜春仍然是作画主题，室内一人、一桌、一绣墩，旁边有两幅卷轴画，虽然窗外春山含翠，室内依然清冷洁净。惜春手执画笔，凝神静思。画如心声，悟画与悟禅有相通之处，犹如惜春的内心情感一样，只有平静如水，才能求得佛理。

　　从以上画面设计及情景配置看，画家改琦在塑造"以钟情灵秀"为序列的少女形象时，首先是选择适合人物角色的情态语言、情绪氛围。其中，情态语言主要以人物体态、面部情感表现为主。情绪氛围元素包括人物、景物、色调等，是一个整体意象。改琦创作的该类作品非常重视人物体态特征的刻画，面部情态则主要通过发式、眉形、眼神、口型的关系表达，对每一个角色都能做到形神俱似，让读者一看便知其身份、性格，最终实

图5.10 鸳鸯·改琦·清代　　图5.11 妙玉·改琦·清代　　图5.12 贾惜春·改琦·清代

现人景合一的艺术效果，显示其创作仕女画的能力和水平，如林黛玉的清丽飘逸、史湘云的娇憨可爱、芳官的娇俏情态等，都能充分体现出其人物个性特点。

在环境表现方面，林黛玉和史湘云小像画的是室外环境。林黛玉小像上的活动环境为竹林小径，有别于文本描写的枫露清愁，改琦把竹子的高风亮节与仕女的纤弱之美充分结合，塑造了独一无二的林黛玉形象，也赋予了潇湘馆竹林意象更加鲜活的形象和内涵。史湘云小像上的环境描绘与形态刻画把名士风流与中国仕女画的形式美相结合，改变并美化了史湘云醉卧的姿态，画出了别具一格的"湘云眠茵"。其他四幅作品是以室内活动为环境，创作思路以人物刻画为主，搭配活动环境的器物，器物的选择和背景具有明显的象征意义，如妙玉身后的梅花及花瓶、桌子上喝茶的杯子都显示其对槛外生活的眷恋。"晴雯补裘"的床围、屏风、桌椅以及蜡烛等搭配则显示晴雯带病深夜补衣的状态，而晴雯和亲自执烛的贾宝玉眼神的互动，则突出了晴雯补裘的情感。惜春作画和芳官的画面在背景上都开了窗子，露出外面的山石树木，但产生的心理感受却不尽相同。芳官的画面显示了女孩儿生活环境的道德桎梏和封闭性与少女内心自由情感的冲突。而惜春背后的山水自然则显示其对自然的喜爱、观察和描绘，这和她厌恶宁府环境的心态产生了对比。

从以上几个丫鬟小像的艺术效果来看，都能够依据人物性格，选择适合的主题，表现其典型特征，其姿态、表情、气质呈现出典型的仕女化倾向。画家没有强调其婢女的身份，而是突出其人物气质，强调审美表现，意在塑造让读者能够认可、交流和回味的女性审美形象。这也是曹雪芹文本书写的宗旨，有意弱化人与人之间的等级关系，突出各色各式的女性美。所以，在这些副册人物的设计上，画家依然坚持人美、景美、意境美的创作思路。

（二）以德贤端方为序列的少女群像

《红楼梦》大观园女儿中薛宝钗是唯一能够与林黛玉比肩的角色。与林黛玉的目下无尘相比，薛宝钗更加入世，更善于处理人事关系。在卷首绣像的各种序列中，关于薛宝钗绘画创作的主题多集中在家庭或德礼方面，有的是以其稳重为表现核心，有的是以其与宝玉的婚姻，即作为贾家媳妇为表现重点。

《红楼梦》文本中的"宝钗扑蝶"一节对全书结构有着重要影响。对其人品评价也极为关键，能够呈现出宝钗性格的多面性。文本中"宝钗扑蝶"的情节发生在四月二十六日芒种节。那天大观园的女儿们在一起送花神。迎春说，怎么不见林妹妹，难道还在睡懒觉不成。宝钗说，我去闹了她来。在去潇湘馆的路上，宝钗远远看见宝玉进去，知道其兄妹之间坐卧不避嫌，因恐不便，就转身回来，在滴翠亭前见到一对玉色蝴蝶在花丛飞舞，便想抓来玩耍。后无意听到小红的私房话，因担心对自己不利，就使了一个"金蝉脱壳"的计策，把可能之祸转嫁于林黛玉。这个情节有多重含义：其一，是宝钗性格之显露，平时事不关己不开口，藏拙装愚，关键时刻反应机敏，因此，薛宝钗总能使自己立于有利地位，这也是她能够赢得贾府信任，最终与宝玉成婚的原因之一。其二，有人分析这是薛宝钗本性的暴露，平时薛宝钗显得对林黛玉处处忍让，倍加关心，显示其宽厚善良，其实暗地里非常在意贾宝玉与林黛玉的关系，因为自从薛宝钗入宫选秀失败后，金玉良缘就成了薛家及薛宝钗必然的选择，因此，表面上她与林黛玉是好姐妹，私底下却是真情敌。基于这两点原因，"宝钗扑蝶"成为读者诟病薛宝钗的典型事件之一。当然，也有很多关于"宝钗扑蝶"的其他解释。首先，从绘画美学分析，"宝钗扑蝶"与"黛玉葬花"是红楼梦审美意象的两座高峰，双峰对峙，各取其妙。一个具有主动攫取、随机应变的现实价值观；一个表现出唯美伤感、洁身自好的诗化审美观。一个香艳美丽，极富情色想象；一个落寞凄婉，写尽闺阁幽怨。

图5.13"宝钗扑蝶"的画面符号性较强。身边的河水水流湍急、浪花涌动，似乎代表某种危险信息。薛宝钗已走到左下角，突然回身扑蝶，反映出宝钗遇事的机智和圆融。从画面语言看，画家对薛宝钗回身扑蝶的瞬间抓得非常准确，线条随身形动态而聚散，生动优美。宝钗在扑蝶时，神情似在聆听，眼神也似在观察，人物性格刻画细致入微。右上边露出滴翠亭一角，映射画外之音。同样是走的动作，薛宝钗是在开放的空间中行走，呈现出一种处处留心的自保心理；林黛玉则是在封闭的世界中徘徊，沉湎于自我情绪的宣泄之中，根本无暇顾及外界元素对自己的利害关系。

李纨早年守寡，当时的文化礼教断绝了其追求爱情的能力。导致她把全部感情投入到教子中去，这也限制了李纨的心理及行为，逐步陷入只关

图5.13 宝钗扑蝶・改琦・清代　图5.14 李纨・改琦・清代

注自我、不关注贾府兴衰的自私情感。图5.14的作品选择的主题是呵护，而不是以往的"教子"。从某一个角度说，这也正是文本书写的本质。李纨生存的动力就只有孩子，对待孩子更多的情感也是呵护。作为贾家荣国府的长孙媳，她没有机会如王熙凤那样管理大家族，也不具备扭转家运的能力，所以她的管理是局部参与，只负责管理大观园中姊妹的日常生活。画中的李纨站在篱笆门前，贾兰躲在李纨后边，旁边是山坡、小路，显示了稻香村的一些特征。

巧姐和妙玉一样，作为十二钗正册之一历来有争议，因为她在前八十回的分量实在太少，年龄又极小，但曹雪芹在金钗排序中的贾府优先以及小姐优先的原则使她成为十二金钗正册之一。同时也因为后四十回的残缺及补写的偏差造成了一些误读。图5.15巧姐独自坐在石桌前，身旁是一个农舍，身后是篱笆墙。从环境可以看出来这是逃难到刘姥姥家的贾巧姐，预示着贾巧姐虽出身于公侯之家，却耐得住贫寒的品德。

袭人作为宝钗的影射之一，性格温柔和顺，遇事沉着冷静，有"贤"袭人的美誉，在贾府管理者的心中是最放心放在宝玉房中的丫头。但是，熟知文本的人都知道，袭人也是文本明写中唯一与宝玉有性关系的丫鬟。图5.16的作品主题表面上是袭人做女红，实际上是在监视出现在贾宝玉身边的所有人，尤其是像林黛玉、晴雯的行动。画面前有芭蕉山石，树荫掩映，背后是卷起的床幔。袭人在垂花门前做针线，眼神神态似乎在倾听，这一点与宝钗小像有异曲同工之妙。就画面语言和表达来看，把袭人表面温和、内心精于算计、甘做王夫人内线的角色心理表现出来了。画面设计也比较有层次感，前密后疏，符合袭人的身份和心理。

从以德为主的画面设计看，画家善于采用符号化的配景辅助表现人物特征，注重通过体态语言及眼神刻画人物心理。如宝钗身边湍急的河水以及她回首扑蝶的姿态显示了薛宝钗极强的防御能力，凸显了薛宝钗处危不惊、随机应变的性格特征。李纨恪守妇道、一心教子，体现了李纨年轻守寡的德行及一个坚强母亲的终极追求。袭人对贾宝玉的全力呵护则表现了一个忠仆的耐心和心机。

图 5.15 巧姐·改琦·清代　　图 5.16 袭人·改琦·清代

（三）以精明理政为序列的女子群像

作为一个大厦即将倾覆前的管理者，王熙凤、贾探春等角色虽然参与程度各不相同，但都在贾府颓败的过程中扮演了管理者的角色。

贾元春是贾府倚仗的靠山，也是大观园存续的基础，但是，从文本看贾元春自己所处的环境也是危机重重，表面上身居高位，实际上困于宫廷争斗，以此可以想见贾府及大观园的命运。图 5.17 中的贾妃为了凸显皇家威势，没有表现省亲的喜庆，而是选择了贾元春的背影。画面中贾元春头戴凤冠，身穿官服，坐在圈椅中沉思。背景中一棵大树正枝繁叶茂，似乎是暗喻庞大的贾府表面上的繁花似锦。画面寓意让人感觉到贾妃的忧虑和担心，也感觉到贾妃的无力和疲惫。作为一个才学出众的宫廷管理者，贾妃对贾府的收支平衡不会没有察觉，但面对贾府的腐败和颓势她可能也无能为力。文本描述中贾妃是女官出身，性情率真，缺乏宫廷女人的心术和娇媚。因此，不仅贾府的事情她无力插手，即使是自身的处境也险象环生。画面中的贾妃凝视着眼前的榴花繁盛，若有所思，似乎是在思考自身的处境、贾府的未来，显示了一个引领者的忧虑和责任。

图 5.18 作品中的王熙凤的创意与通常的画有较大的不同。改琦选择

图 5.17 贾元春·改琦·清代　　图 5.18 王熙凤·改琦·清代

了"粉面含春威不露"的意境。王熙凤手端茶杯，端坐榻上，表情有些复杂，似乎在盘算，也似乎有些灰心。王熙凤作为贾府的实际管理者，对贾家势败负有不可推卸的责任。有研究资料指出，王熙凤的贪婪、好面子加上一些关系处理不当加速了贾府败落的进程。其实，贾府的败落势在必然，原因包括贾府在朝廷的失势、四大家族的没落，以及贾府子弟的不成器等，这些都是无法改变的现实，因此，把贾府败落归结于王熙凤一人显然是不合理的。

贾探春作为贾府女儿中最机敏干练的一位，以聪明、理性、善于管理著名。关于探春主题的刻画以理政、结社居多。图 5.19 作品中的探春突出了一个"问"的意象，有"桐阴寻诗"的意蕴。贾探春精明能干，具有很强的管理才能，但人并不庸俗，喜欢书法、写诗，因而不失清雅，能够在百事烦乱之中结社写诗，显示了她的文化修养及审美情趣。画面布景、构图、用线和刻画都比较到位，与人物角色的性格和审美风格比较适配。

平儿是王熙凤的陪嫁丫鬟，更是王熙凤管理中的得力干将。王熙凤管理风格强势，雷厉风行，然而凡事维护贾府体面，因此，贾府的入不敷出有她的一份责任。特别是其高压手段容易导致结怨太深。平儿作为王熙凤

图 5.19 探春问政·改琦·清代　　图 5.20 平儿理妆·改琦·清代

的心腹，深知王熙凤的管理问题，她本身又聪明温和，擅平衡之术，因此，在柔性管理方面见长，在明里暗里帮助王熙凤处理了不少的管理问题。图5.20"平儿理妆"是王熙凤因贾琏寻欢误会平儿而打了平儿，贾宝玉为了安慰平儿，力邀平儿到怡红院梳妆，因此，平儿梳妆的环境是在怡红院内，其背景也是怡红院的建筑及景观元素。

从以上管理参与者的画面创意以及主题表现看，画家着重表现的是主人公的心理。整体构图都是有聚有散，密处玲珑有致，空处大胆留白，画面设计大开大合，气韵贯通，显示出管理者的胸中沟壑及个性特征。作为管理者，这几个人物从神情、动态及画面气氛看，均有一些落寞感。

（五）改琦《红楼梦》绘画的审美价值

综观《红楼梦图咏》对红楼梦女子的表现，画家改琦善于将环境意象、人物个体意象充分结合，巧妙设计、精心构思，采用典型环境、典型符号以及典型情节塑造典型人物，合理整合画面中适合烘托人物性格的元素，塑造契合人物原型、贴近主题需求的审美形象。改琦依靠自身的专业素养以及接近的情感体验，准确捕捉和表现了《红楼梦》中女性的情感世界以及审美群像，结合清末审美文化需求，成功再现了清朝末年女性空间的封闭、寂寞和愁绪。

在绘画技巧和审美传达方面，画家表现出高超的写形传神能力，其运用中国画以线造型的能力尤其突出。静轩认为改琦的《红楼梦图咏》"具有较高的艺术水平"。[1]唐建根据《红楼梦图咏》的用线特征指出：改琦的仕女画作品具有"纤弱雅致的病态意趣之美"。[2]这种审美趣味与《红楼梦》文本书写比较一致，体现出清朝末年文人的群体性的审美趣味。

从改琦的画学渊源分析，改琦的仕女画受明朝仕女画风的影响较明显。静轩认为改琦的仕女画"充满了秀润飘逸的清致气韵"。[3]从笔者的研究看，改琦的其他仕女画的主要特征与唐寅、仇英的渊源比较明显，但就《红楼梦图咏》的审美表现看，改琦体现出较强的时代性和针对性。在清末众多的红楼梦画家中，改琦在个人修养、审美意识、书画技巧方面比较有优势。他谙熟时代审美风格及审美需求。尤其是他的身世、生活经历与曹雪芹比较接近，对《红楼梦》本文理解透彻，所以，他创作的《红楼梦》人物插图才能够既得文本之妙，又有时代之风。张雯在系统研究改琦的《红楼梦》人物画后指出，其具有"精神实质的理解深度"[4]。依此看来，《红楼梦图咏》的成功之处更多的是源于改琦对《红楼梦》文本主题和审美世界的深度理解、高古游丝描的熟练运用、对时代审美文化的精准把握，以及与作者生活体验的感同身受等几方面。有了这些元素的支撑，改琦才能在表现《红楼梦》人物特征时举重若轻、游刃有余，准确表达《红楼梦》人物的形神气韵。

改琦的《红楼梦》人物画强调审美格调与时代审美的结合，着重对主题人物品、学、才、情的表现，适度把握闺阁幽怨与审美尺度的关系，使人物画的格调趋向于适合品鉴、赏玩、悬挂、收藏等功能性消费，大大提高了《红楼梦》人物画的市场影响力，对后世《红楼梦》书本的刊行以及《红楼梦》插画的创作均有一定影响。洪振快认为改琦的《红楼梦》人物画

---

[1] 静轩.改琦：来自红楼梦时代的图像——改琦《红楼梦图咏》研究[J].红楼梦学刊，2006（6）：284.
[2] 唐建.也论改琦及其《红楼梦图咏》[J].红楼梦学刊，2014（4）：135.
[3] 静轩.改琦：来自红楼梦时代的图像——改琦《红楼梦图咏》研究[J].红楼梦学刊，2006（6）：287.
[4] 张雯.阳春白雪与下里巴人[J].中华文化画报，2009(6)：23.

"构图简练、色彩淡雅"。[1] 从以上评论看，改琦的艺术实践对于今天的绘画创作依然有借鉴意义。

总结改琦的《红楼梦图咏》的审美特征，可以概括为以下几点：（1）图像描绘与文本书写衔接紧密，画面形、神、意、境俱佳。改琦以贴近曹雪芹生活轨迹之体验，熟读文本书写之要义，清朝著名仕女画家之功力，倾尽心力绘制的《红楼梦图咏》，能够抓住原著主要人物的神韵气质，以绘画语言出神入化地表现出来。作品的审美形象与文本书写的审美意象高度契合。画家善于运用景物符号衬托主体人物情绪，烘托画面氛围，人物形象也因与物景、环境相配而更加立体、丰满。其紧贴原著情节的插图形象极富艺术感染力，用绘画形象精准诠释了原著所传达出的审美理想，成为图文互写创作的典范。（2）结合清代的绘画审美文化，人物衣饰用线细腻清润，用笔老道，无赘笔，人物情容略带哀秋愁意，不落轻浮俗艳。仕女衣饰素雅，不作繁复装饰，浅绛设色，形象静中见动，有顾盼多愁之貌，创作出纤弱妩媚、摇曳生姿的改琦仕女画风格，也是公认最成功的大观园人物系列之一。

二、费丹旭笔下的大观园闺中丽人

（一）黛钗清韵

林黛玉与薛宝钗作为大观园女儿的顶端人物，其双美对峙的审美意象是众多画家欣赏和重点表现的议题。

林黛玉主题是《红楼梦》插画的核心内容。在林黛玉主题中，根据画家的理解、审美及情感又分出"黛玉葬花""黛玉调鹦""潇湘馆春困"等若干个主题。

"黛玉葬花"是经典主题，表现形式内容比较多样。林黛玉经常被设计成坐在山石之上哭泣，贾宝玉在山石之后偷看，形成一个诗意化、情趣化的画面。有一些画家还运用象征符号设计画面元素，突出山石的险峻、河水的湍急以及飞花的凄美等，以此强化林黛玉造香冢、啼残红的逻辑支持。

---

1 静轩.改琦：来自红楼梦时代的图像——改琦《红楼梦图咏》研究[J].红楼梦学刊，2006（6）：292.

如果是卷首绣像，该主题一般选取以林黛玉肩扛花锄、锦囊行走的画面，突出林黛玉身材的婀娜多姿，以及弱柳扶风的姿态，旁边配以山石、花木、飞花等，画意以突出人物为主。

　　由于受到周围压力，加上对宝玉情感的迷茫，林黛玉把对自己生命的忧虑转移到感春、伤春方面。林黛玉因怜惜落花，担心落花随水逐流，飘落到肮脏的地方。因此用锦囊收取落花，设香冢用净土埋葬，体现了林黛玉高洁、自重的心理。在漫天落花的景象之中，林黛玉吟诗送花，伤感落泪。"黛玉葬花"也因此成为《红楼梦》最美的诗化意境之一，成为林黛玉及其诗化符号的化身。在众多关于"黛玉葬花"的独立插画中，图 5.21 费丹旭的"黛玉葬花"是图式感比较强的作品。画面中的林黛玉右手扶锄而立，身形单薄、娇弱无力。左手指尖掐着一朵石榴花，成兰花指状，手形优美。在这里，画家专门设计为石榴花，与贾元春的判词及象征花卉重合，是有一定的暗示的，即暗示贾府的败落。黛玉的发型也不像其他人画的黛玉那样梳成高髻，而只是向后拢起，发饰简单。服饰色彩是淡绿衣衫，月白裙，颜色素雅。面容俏丽，神情抑郁，愁绪满腹。看其情态好似正在低吟葬花词，倾泻少女伤春、惜春的伤感之情。周围枯树数株，残花点点，一池清水，写尽黛玉葬花的凄美之意。这种图式的符号性很强，既表现出清末时期纤弱、病态的审美意象，又契合林黛玉的书写意象，纤弱而孤高自许，目下无尘，因此，成为著名的黛玉葬花符号。

　　"宝钗扑蝶"是《红楼梦》中薛宝钗的经典主题。作为反映薛宝钗典型心理的一个画面，其神态、表情设计具有动态美、擅机变等特征。宝钗扑蝶的动态设计有正面扑蝶、回身扑蝶、追扑蝴蝶、执扇窃听等。薛宝钗在文本描写中是一个稳重冷静的姑娘，扑蝶是其流露少女本性的一个情节，也是曹雪芹比较少见的直接揭示薛宝钗心机的环节。其实，追溯文本书写或者中国人物画，蝴蝶是一个含义丰富的符号。例如，"庄周梦蝶"，反映了一种逍遥游的观念。一般人认为，清醒时庄周是庄周、蝴蝶是蝴蝶，只有在梦里，才会产生不知庄周是蝴蝶或是蝴蝶是庄周的境界。但是在庄周看来，这其实是一样的，是一个境界的两个阶段。这里，蝴蝶成为哲学符号，成为人类实现自由的梦想。又如在著名的梁祝故事中，梁山伯与祝英台生不能结为夫妻，死后化作一对蝴蝶，双飞双栖。这里蝴蝶成为自由爱情的符号。在文学中，扑蝶成为一种描写欲望的符号。《金瓶梅》中有潘金莲扑蝶的描述，仇英的《汉宫春晓》中也有扑蝶的描绘，这些描述都是关于欲望的描写，为了自己的一时之欢，捕捉一个美丽的生命，是一种利己主义的表现。宝钗扑蝶是对其内在生命力、欲望的描写，更是对利己价值观的揭示。好风凭借力，送我上青云，这是宝钗的追求；事不关己不开口，这是宝钗的为人；做事唯恐不能面面俱到，这是宝钗的风格。所以，结合这一些，"宝钗扑蝶"的含义就非常清楚。这和"黛玉葬花"刚好形成反衬。林黛玉以花自比，怜花入泥，特用锦囊收花，用净土掩埋。这种怜物自洁的情怀，以及洒脱自由的生命状态是薛宝钗无法比拟的。

图5.22"宝钗扑蝶"在意境方面追求清幽和从容。该画没有显示滴翠亭，茂盛的柳树占有四分之一画面。柳树用小写意勾出，清墨淡彩罩染，画面非常清雅。曲栏、蝴蝶，大面积空白显示画面的空间。薛宝钗正在蹑手蹑脚准备扑蝶，衣带随风飘动，动态优美而不失稳重，显得胸有成竹。

薛宝钗的做人原则是事不关己不开口，绝对不会去主动偷听，或去主动揽事儿。但其自我保护意识，或者说防备能力却极强，很多事情都能做到提早预判或防备，如"珍重芳姿昼掩门""守拙装愚"等行为都是这种心理的外在反映。从画意看，画家对宝钗心机的刻画不是滴翠亭、窃听等符号，而是直接通过对其扑蝶时的细节、机敏等显示其遇事的快速反应能力和耐性。

图 5.21 黛玉葬花·费丹旭·清代　　图 5.22 宝钗扑蝶·费丹旭·清代

从前八十回行文、暗示以及脂批的提示等判断，薛宝钗最终是与贾宝玉结婚了，但什么时段结婚，或者是不是在"调包计"下的"黛死钗嫁"都有很大的争议。因为从判词看，林黛玉的死是泪干而死，当贾母去世后，林黛玉在贾府的处境发生了很大的变化，贾宝玉因政务去海疆杳无信息，导致林黛玉日夜啼哭、落泪，这些因素极大耗损了林黛玉羸弱的生命力，最终泪尽夭亡。薛宝钗的结局更多是倾向于林黛玉先死，薛宝钗后嫁的情节。这样的人设脉络更加符合薛宝钗追求女德、修养齐备，既暗藏心机又能够伺机而动的性格特征，也更加符合薛宝钗在前八十回的为人。

（二）别具一格的"四春"形象

图5.23的元春创意源于才选凤藻宫的描述，这在元春主题中是比较独特的。画面中贾元春的造型有点像仙姑一类人物，体型高挑丰满，双手持朝板款款前行，服饰雍容华贵，色彩清雅柔和，衣带飘动，神情端庄，容貌美丽，彰显了贾元春的大观园守护神的身份。身边一棵老树，枝叶繁茂，四周雕栏围绕，看似尊贵，只是树干里边已腐朽，给人一种隐忧。作为在十二金钗排位第三的贾元春，其他的主题表现总有点不尽如人意。一般多是表现其疲惫、忧愁感，以象征性符号表现的居多，很少有正面表现的。如双清仙馆系插画以正面表现元春，题名为一个仕女班头，有点通俗话本的语言特点。费丹旭的贾元春形象从作品主题设意、环境设计到人物刻画都是在浓墨重彩地表现元春的雍容华贵以及才德品貌，这才算得上是对贾元春的正面描绘，与贾元春在十二金钗中的排位相符。

图5.24的"迎春理妆"是一个仕女画创作的传统主题。在以往的独立插画中多把理妆的焦点定位在女孩子梳妆时的优美体态、漂亮的面容和唯美的环境等方面。关于贾迎春的图像书写一般集中在"读太上感应篇""不问累金凤"等情节，采用梳妆主题的不太多。贾迎春和贾元春一样是在金钗研究中比较容易被忽视的一位。贾迎春的优点被黛、钗、探、湘的光环所遮挡，不太能够引起画家的兴趣。从文本描述看，贾迎春虽然反应慢、性格懦弱，但是在女人无才便是德的清朝时期，一个漂亮、安静、喜欢读书、下棋又不惹是生非的女孩子其实是很讨人喜欢的。费丹旭的表现视点

图 5.23 元春才选凤藻宫・费丹旭・清代　　图 5.24 迎春理妆・费丹旭・清代

定位于迎春的温柔秀美，选择了理妆这个主题，这样就较符合贾迎春十二金钗的身份。图 5.24 "迎春理妆"的画面很雅致，在小轩窗桐阴下，贾迎春临窗理妆，姿态优美稳重。室内光线明亮，墙上挂一幅水墨山水。前面雕栏围绕，两个巨大的山石夹着小写意桐树，绘画性较强。色彩和用墨都很通透，格调高雅，与迎春深入浅出、敦厚低调的为人比较相符。

贾探春的主题以捷才、管理、精干、远嫁等为表现节点。图 5.25 费丹旭选择的是江月乡愁主题。远嫁后的贾探春离家乡山高路远，回家已经是一种奢望。图 5.25 的画面突出思乡主题。费丹旭采取象征的手法表现探春与家乡恋恋不舍的情感。江清月明，巨石枯树，孤鹤单飞，都预示贾探春清明节远嫁的主题。画面中贾探春衣衫单薄独自在江边行走，与鹤凄厉的叫声形成呼应，让人闻之心碎。该画人物的刻画形神俱丰，乡愁意味浓厚。表现水面的波纹及月色很见功夫，画面意境幽远，富有诗意性的感伤。

贾惜春的自闭与修禅幻化为潜心绘画。图 5.26 "惜春作画"的画面表现出一种幽冷、沉寂的意境，巨石、老树、绣房轩窗，惜春坐在桌前苦思冥想，体貌情态体现出一种浓浓的愁绪，表面上是困于对大观园行乐图的创作思路，实际上是困于自身的生存环境，流露出对红尘的厌恶感。

（三）情缘因果的映像

在《红楼梦》中"飞鸟各投林"的歌词中，作者强调了《红楼梦》的结局：为官富贵的家业凋零、金银散尽，对别人有恩的死里逃生，对别人无情的也会遭到报应。欠泪的泪已尽，欠命的命已还，最终只留下白茫茫的

图 5.25 探春远嫁・费丹旭・清代　　图 5.26 惜春作画・费丹旭・清代

大地。显示了作者的价值观：世上诸事，有果必有因。下面 6 幅作品里都或多或少影射了这种因果报应。

　　图 5.27 "湘云眠茵"是传统主题。费丹旭的"湘云眠茵"贴合文本。画面中湘云用手绢包着花瓣作枕头在石板上枕着睡觉，扇子掉落在一旁。周围长满芍药花，再远处是山石、树木。树后面是沁芳溪，岸边有朱色围栏。史湘云醉卧的姿态并不是传统的春睡图的横卧样式，姿态突出了少女感和生动性。史湘云的出身与林黛玉相似，但其性情豪爽，心胸豁达，因而不像林黛玉那样敏感，易伤感。但这种性格在当时推崇女德的环境下有所缺失。"湘云眠茵"发生于大观园内构成了一幅活力四射的美丽图画，但如果发生在外面的世界就会被另当别论。这也是暗示了史湘云未来可能出现的结局。

　　图 5.28 "秦可卿在太虚幻境"与其他传统的秦可卿主题有很大的不同。淡化了秦可卿的风月符号，而是把秦可卿刻画成在闺阁空间里托腮沉思的仕女形象。该画的环境是在秦可卿的闺房，从月洞门里看到秦可卿房间的轻软床帏，桌子上摆着一本打开的书，还有一摞包着的书。外面是景观石，以及斜出的数枝海棠。该画突出了秦可卿的内心活动，具有"可卿春睡"的韵味。秦可卿代替警幻仙子成为太虚幻境引领使者。在《红楼梦》第五回"贾宝玉梦游太虚幻境"一节中，在警幻仙子的安排下，太虚幻境的秦可卿与贾宝玉有云雨之实，因此有些学者也提出"可卿坐石"的议题，暗指秦可卿是贾宝玉的情感导师。但这些符号因为只是暗写，尚存争议，因

229

《红楼梦》大观园绘画及园林意象

图5.27 湘云眠茵·费丹旭·清代　　图5.28 秦可卿在太虚环境·费丹旭·清代

此只能通过画外之言来表现。

图5.29"凤姐踏雪"选取的是王熙凤失势之后，扫雪发现宝玉的情节。画中的凤姐衣服单薄，眼望雪中的枯枝，清冷孤单。在《红楼梦》第五回的判词中，有凤姐被休的暗示。费丹旭以此为脉络完成这幅画，象征着他对书中关于凤姐的伏笔的认可。从作品艺术语言看，该画的小写意笔法非常娴熟，画家采用小笔触刻画风中枯树的主干小枝，用笔灵动，虚实有致，用墨通透，层次清晰，表现出很高的国画造型能力。

图5.30"李纨读书"的设计环境有些独特。画面中有数块巨石，石头背后有两株老梅，梅枝上缠绕着一些古藤。李纨坐在石头旁边读书，没有贾兰的身影。画面布景也比较简洁，大面积为白色，影射李纨青春守寡、心如死灰的枯燥环境。这个主题有别于传统的"李纨教子"的风格，弱化了母亲、孀居等符号，突出了李纨的才学、美丽等元素。

刘姥姥在红楼梦的出场带有一些喜剧味道，表面看来，她只是一个被贾府众人捉弄、嘲笑的对象，但实际上其在《红楼梦》书写中的位置，是一个相当于贾母一样见证贾府兴衰的总纲式人物，其在文本中所占有的分量与贾母基本相当。所以，前八十回的刘姥姥的出现只是序曲，其真正的作用是在贾府被抄家之后。贾府败落之后其后代四处流散，贾巧姐被舅舅及哥哥卖掉。刘姥姥听说后，不顾自己年迈，四处寻找，最终变卖家产，救巧姐出火坑，这是她的正写文字。图5.31"巧姐避祸刘姥姥"的画中小院只露出一个侧门，贾巧姐怯怯地站在门口，让人能够联想起她刚刚经受

图 5.29 凤姐踏雪·费丹旭·清代　　图 5.30 李纨读书·费丹旭·清代

过的伤害。外面一条小路，两棵柳树，还有禾苗，表示这是农家，这里是贾巧姐的归宿。因为王熙凤的一次救济，换来贾巧姐后半生的平安，这对于四处流散的贾府后人来说，也算是一种不错的归宿。

图 5.32"妙玉品茶"的主题创构与传统的妙玉主题不尽相同。费丹旭"妙玉品茶"的创意与李纨读书有点相似，画家设计妙玉坐在小窗内，桌前一壶茶，两部书。妙玉淡色服饰、戴头巾，并没有看书，而是背对着桌子打坐，神情优雅，略带寂寞。从书的厚度可以看出来，这可能是经书或者其他大部头书，显示出妙玉的博学。窗外有老梅两株，只有枝干，没有叶子，表明是在冬季，承托出妙玉生命的清高和孤寂。树下数丛野竹枝繁叶茂，更加显示出环境的幽静和高雅。从这幅画的设计看，为了达到仕女化、扩大悬挂空间的目的，在确定绘画风格及元素时，有意识地突出仕女的知性、文雅、美丽特征，去掉或者减弱了如寡妇、母亲、尼姑等和仕女不太合拍的元素，因此，仕女画创作的特征非常明显。

（四）费丹旭《红楼梦》插画的审美价值

整体评价，费丹旭的金陵十二钗绘画非常有特点。画家采用没骨画法表现了十二金钗，画面创意与人物的审美表现达到了很高的水平。作品把文学意趣与审美形象结合，仕女画的格式与《红楼梦》十二金钗的意象充分结合，色彩清淡高雅，用笔自由活泼，用线飘逸流畅。人物形象既"清新俊秀"，又富有书卷气，带有天然的"病态美"。从人物造型看，"费派"

231

图5.31 巧姐避祸刘姥姥 ·费丹旭· 清代　　图5.32 妙玉品茶 ·费丹旭· 清代

《红楼梦》的十二金钗的脸型呈现瓜子脸、樱桃小口、削肩柳腰的审美风格。这种风格也是清朝中后期文人、士大夫对女性的理想审美。有一些画家整体评价该系列工笔画选题倾向审美化，情感也倾向唯美化表现，所以塑造出一个个主题唯美、姿态优雅、品位高端的知性丽人形象，赋予人物以大观园人物独有的审美气质，成功塑造了大观园系列人物形象，其作品深得画家和消费者的好评。

三、"改费模式"及其影响

（一）改费模式

改琦、费丹旭作为清代文人画家的代表，在仕女画创作、红楼梦人物插画创作中形成了鲜明的绘画风格。其创作的清丽柔弱的仕女形象，清新典雅的绘画风格，幽怨凄美的审美意境，得到了同行和观众的高度肯定。

"改费模式"是指清代画家改琦、费丹旭的工笔仕女画创作风格。其创作风格追求诗化、唯美画风，人物造型柔弱、纤细、呈现出一种独特的病态美，在晚清工笔仕女画坛有较大影响，被学者称作"改费模式"。

（二）"改费模式"的影响

"改费模式"的绘画风格融合形象与意境于一体，充满文化气息，画面富有新意，人物秀美飘逸，衣褶勾线行笔流畅灵动，深得清朝时期文人的喜爱,认为其绘画风格"香艳中更饶妍雅之致,颇极自然"。[1]也有一些批评意见,认为他们的绘画风格过于柔弱,表现女子尚可,表现男性就有些力不从心。

　　从文化的角度审视,"改费模式"仕女画风格的形成是清朝末期文人的审美风尚和社会审美心理的集中反映。在同期其他画家的作品中,包括焦秉贞、冷枚、金延标等的作品,都有这类风格元素存在,只是"改费模式"的风格更为典型。清朝时期,文人画家多郁郁不得志,喜欢写诗作画,以诗喻志或以画抒怀。这类文人式的柔弱和自怜心理与仕女画中的一些形象非常接近。有一些甚至专门采用"拟女化"的方式进行创作,窥小见大,躲避迫害。这种绘画形式成为清末文人画的主流,基本上代表了当时的社会风气,反映出那个时代的政治、文化氛围。

　　改琦的《红楼梦》插画与费丹旭的相比,更加注重线条,喜欢采用刚柔并济的线刻画仕女人物,尤其喜欢高古游丝描。其绘画用线讲究精细、均匀、流畅、细致,一气呵成的审美效果。从绘画语言看,改琦的仕女人物画,与唐寅、仇英有一定渊源,但在风格方面更加细腻、柔美,画意充满诗性的感伤和忧郁。费丹旭比较注重格调、色彩,绘画的书写意味较强,画面富有清韵。"文人画追求禅意或禅境。"[2]改费这种纤细柔弱、具有病态美的仕女画的风格,对清朝中晚期的仕女画创作影响很大。观众喜欢、出版商认可,吸引很多画家向该风格靠拢,从而促使清代阴柔羸弱仕女画风的形成。费丹旭注重书写,把书写和勾线两种艺术语言完美结合,创造出风格独特的费氏风格。改、费艺术语言自成一体,其作品风格在清朝独树一帜,影响远播,对同时代及后世的《红楼梦》插画创作产生了积极的影响。

1　黄涌泉.费丹旭：中国历代画家大观·清[M].上海：上海人民美术出版社,1998：453.
2　张康夫.宋代艺术缂丝设色的审美特征及嬗变[J].纺织学报,2016(6)：64.

第三节　王墀大观园园林人物审美特征

王墀，号芸阶，字菊农等，江阴人，清末著名书画家。其作品有唐代仕女画之风，被时人誉为："得周昉神理。"[1] 又有人谓之："善人物传神。"[2] 其创作的《增刻红楼梦图咏》为第一个石印本《红楼梦》绘本。这一点被阿英的研究确证："石印本最早的是《增刻红楼梦图咏》。"[3] 因此，该绘本无论是对于《红楼梦》插画，还是对于石版印刷发展，都具有明显的史学价值。

从插画的角度分析，王墀《增刻红楼梦图咏》的画面构图简洁，虚实关系清楚，主体人物突出。在国画技法方面，王墀对人物、景物的刻画都较传神，特别是人物画的造型意识比较好。画家善于把控画中人物的体态、神态，用线熟练、精确，疏密合理，笔力遒劲，富有艺术表现力。在设计画面时，画家受明清时期"花解语"的时风影响，采用植物、花卉的性格特征影射画中人物的人格和性格特点。如每一幅画中，一般是人和花卉植物山石相对应，采用花卉或植物的符号含义进行暗喻或者明喻，借物言志，以花喻人，情隐于景，实景虚情，凸显人物的身份和气质，绘画语言较成熟，需细品方得画中真谛。

晴为黛影，因此晴雯被王夫人驱赶夭亡对贾宝玉的影响非常大，甚至整体上影响了贾宝玉以后的精气神。贾宝玉祭晴雯的芙蓉诔实质上是为祭林黛玉而写的诔文。在图5.33的作品中画家选择了贾宝玉祭晴雯的画面。为了表达自己对晴雯的思念，贾宝玉专门令人打扫出一间静室，用新鲜果蔬作为祭品，焚香祭拜。窗外是山石海棠，有两个丫鬟在窗外边看边窃窃私语。

图5.34的作品中的林黛玉形象形神俱佳。画家从构图设计、服饰设计、符号元素以及形神气质等方面精心刻画林黛玉。首先，画面设计采用典型性配景，翠竹象征林黛玉的骨气，与画面中的笔墨纸砚对应，喻示林黛玉的书香身份与文人气节。其次，用鹦鹉象征林黛玉的情趣、活力，没有女

1　王墀.王墀增刻红楼梦图咏[M].上海：上海书店出版社，2006：110.
2　洪振快.红楼梦古画录[M].北京：人民文学出版社，2007:264.
3　阿英.漫谈红楼梦的插图和画册——纪念曹雪芹逝世二百周年[J].文物，1963（6）：03.

图 5.33 贾宝玉·王墀·清代
图 5.34 林黛玉·王墀·清代

道学的刻板。再次，用线条准确描绘林黛玉的形神，画中的林黛玉身形消瘦、优美、忧伤，"轻蹙蛾眉淡抹愁，思量辗转绕指柔"[1]，呈现出清末文人画仕女图的典型特征。在技法运用方面，王墀用笔用线精确生动，力道十足，服饰刻画虚实相生，衣带有扶风之感。闺阁空间只设一桌，宝鼎和书籍，空间意象冷清、洁净、高雅，彰显林黛玉生命意象的特征。

图5.35 薛宝钗的画面受补图系《红楼梦》插画的影响较明显。室内景致设计也较为简单，周围只有一张桌子，一把圆凳。窗台上放有牡丹花插瓶。窗外显示山石花木。薛宝钗自己独立于画面中间，服饰相对简朴，神情也有些落寞，暗示其婚后生活的不幸。

图5.36 画面上的贾元春与改琦创作的贾元春在创意方面有些相似，贾元春面前是书桌，摆放着笔墨纸砚等物品，象征元春的性格和喜好。窗户外边有山石、芭蕉及花树。她侧身向里边的窗户坐着，身体有些发福，神情疲惫，充满了忧虑。从贾妃的疲惫、忧虑等能够读出贾府的危机及命数。

图5.37 "探春理政"。该画与其他作品不一样，没有选择她与李纨一起理政的场面，而是选择她一个人在家看账本的情况。画面前面是山石、松树、芭蕉和盆景花树等。小轩窗内探春坐在桌前思考，桌边是伺候的丫鬟。

图5.38 "湘云眠茵"。从该图的创作思路看，王墀把花园改成了室内

---

[1] 孙晓娜.艺术辩证法视角下的《红楼梦》绣像插图研究[J].红楼梦研究，2016（2）:237.

《红楼梦》大观园绘画及园林意象

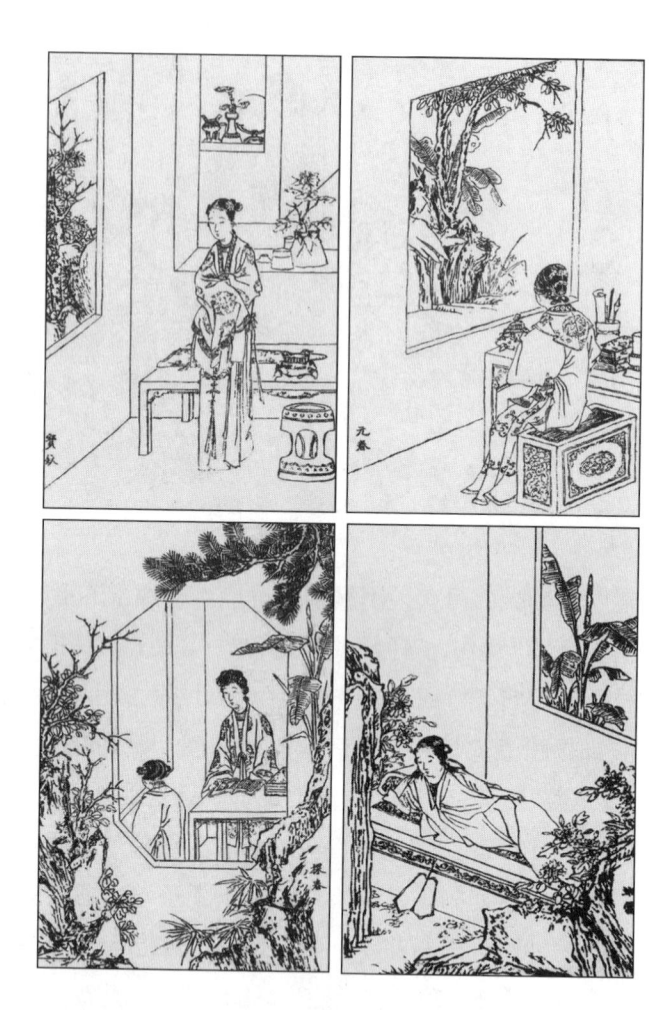

上左 图 5.35 薛宝钗·王墀·清代
上右 图 5.36 贾元春·王墀·清代
下左 图 5.37 贾探春·王墀·清代
下右 图 5.38 史湘云·王墀·清代

景,把山石换成了墙,这样,不仅画面中的潇洒精神及情趣减弱了,而且史湘云的动作情态也变得有些俗气。同时,人物的形态、表情比较模式化,服饰有些过于成熟化,流于世俗化的创作风格。

图5.39妙玉的画面与林黛玉小像的特征有些相似,妙玉的坐姿和气质有仕女画的特征,文弱、清丽、体形消瘦,有清代美人的典型特征。净瓶中插的梅花与窗外的红梅相呼应,寓示妙玉的性格和情感,表示冰冷世界中生命仍然保留有其原有的美丽、温度和萌动。

5.40迎春的画面是桐阴读书的画面。因为累金凤的事儿绣橘与迎春乳母的儿媳争吵,并向迎春请示要回累金凤。迎春懦弱、怕惹事,只管读书

图 5.39 妙玉·王墀·清代　　图 5.40 迎春·王墀·清代

不管。画面环境是迎春住处，贾迎春坐在桐树下读《道德经》，前面是汇报的绣橘，树下为大石、山石花草等。

图 5.41 "惜春作画"。画家选择一主一仆的形式，惜春站在桌前提笔思考，面前是桌子、摊开的画纸及笔筒，桌子前面放着一个圆凳。入画在前面侍奉，手里拿着卷轴。背景墙上开一大窗，露出窗外的山石、树木等，同时，也贯通了画面前后的气韵。

图 5.42 画中的王熙凤戴着暖帽，着装也较朴素，描绘的是在生病休养中的王熙凤，因此没有凤姐弄权的风采。房间设施也简单，王熙凤身后的桌子上摆着日常用具，梅花插瓶，后面是穿衣镜，上面挂有装饰画。侧墙和后墙各开有一扇窗子，一方一圆，透出屋外的风景。树枝上没有叶子及花朵，因此应该是深秋或者冬天的景象。

图 4.43 贾巧姐的画面很独特，只描绘了一半，另半边留白。贾巧姐年龄尚小，靠着桌子站立，头扭向里面。桌子上仅摆着一个简陋的花瓶，一只杯子。后墙有窗户，露出院里的景致。从房内设施看，应该是贾巧姐逃难到刘姥姥家里的环境。

图 5.44 李纨的创意比较生活化。年幼的贾兰因怕人躲在李纨后边，双手扯开了李纨的纯色的外衣，露出里面的绣花衣服，带有一定的暗示意义，

237

《红楼梦》大观园绘画及园林意象

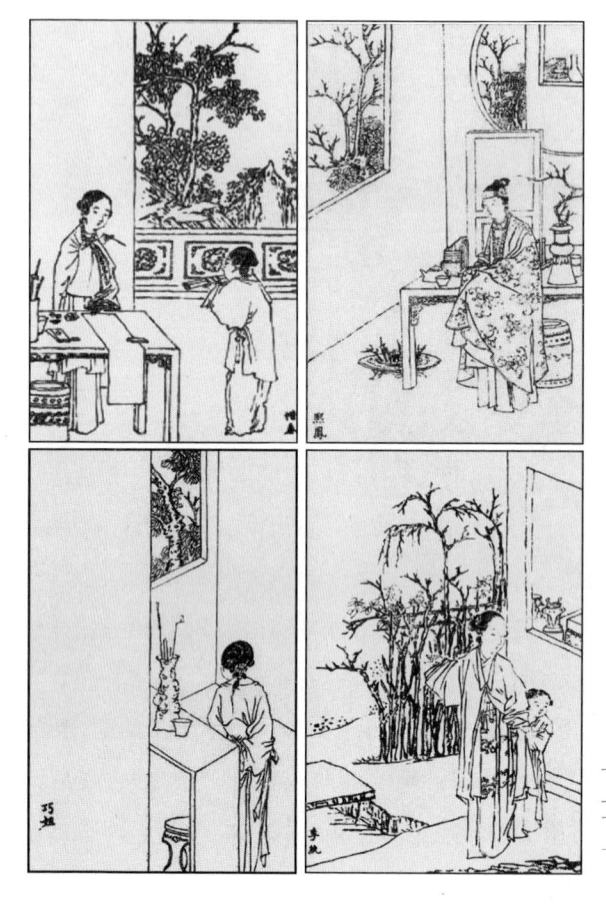

上左 图5.41 惜春·王墀·清代
上右 图5.42 王熙凤·王墀·清代
下左 图5.43 巧姐·王墀·清代
下右 图5.44 李纨·王墀·清代

与背景中枯树新枝相呼应。该画面生动地表现了李纨母子相依为命的境况，也暗示出李纨年轻守寡的艰辛，年轻的生命体在封建礼教无情缠裹下的无奈和挣扎。

图5.45秦可卿画面的前面是一大株海棠树，秦可卿春睡刚起坐在石凳上，神情慵懒，背后是桌子，桌子上摆着书本和花瓶，桌子后面是里间。房子旁边是外面的山石花草。这里秦可卿春睡后的慵懒有些影射她的私生活隐况。

图5.46晴雯，重点表现了闺阁女红图的美感。该画较之其他画幅要别致一些，采用圆形构图，布局严谨，没有废笔。晴雯的形象、气质及周围器物均显示了晴雯怡红院"副小姐"的身份。画家对其病中补裘的形态刻

画较到位，突出了当时女子晚上做针线的美感，也契合了清代主流社会对闺阁女子的要求。

图5.47的画面主题为斗草游戏，但环境却不在室外，而是室内，香菱和小丫头坐在石凳上斗草玩。背景是装饰精美的墙面，后面也开有一窗户，显示出大叶芭蕉，强调了仕女画的特点。

图5.48的画面选择小红因遗帕而相思的状态。小红坐在前景石桌前深思，桌子上放着化妆盒及一些用具。小红背后是芭蕉山石。

图5.49袭人。袭人的优点是对贾宝玉贴心温柔，擅女红。描绘袭人坐在门前做针线的情形。室内装饰简洁，只有桌子上放着针线框及瓶花等。背景深处是庭院景致，体现了王墀工笔仕女画的特征。

薛宝琴是大观园里完美的符号，以此衬托林黛玉和薛宝钗的"美人有陋"。在中国美学观念中，审美的最佳境界是趋于完美的状态，因为这里有美的境界以及上升的空间。因此，为了凸显黛、钗形象的生动性，作者特设计了薛宝琴这一角色。同时，作者也通过贾母对薛宝琴的态度对比了薛宝钗在贾府，特别是在贾母心目中的真实位置，印证了贾母对"金玉良缘"的态度。薛宝琴最美的主题在大观园里的白雪红梅，也指明了薛宝琴在薛

左 图5.45 秦可卿·王墀·清代
中 图5.46 晴雯·王墀·清代
右 图5.47 香菱·王墀·清代

《红楼梦》
大观园绘画及园林意象

上左　图 5.48　小红·王墀·清代
上中　图 5.49　袭人·王墀·清代
上右　图 5.50　薛宝琴·王墀·清代
下左　图 5.51　鸳鸯·王墀·清代
下中　图 5.52　莺儿·王墀·清代
下右　图 5.53　司棋·王墀·清代

240

家是出类拔萃的。图 5.50 描写了薛宝琴祈红梅的主题。薛宝琴身穿凫靥裘走在雪地里，并没有抱红梅，红梅由丫鬟抱着。从画面设计看，画家没有完全按照文本描绘，为了突出薛宝琴的审美，这里把原本和薛宝琴一起走的贾宝玉去掉了，换成了丫鬟。她们背后是栊翠庵的梅林。美丽的薛宝琴身穿金碧辉煌的凫靥裘走在洁白的雪地里，形成了非常著名的"雪艳图"。

图 5.51 画中的鸳鸯一个人走在林中小路上，从画意看，是在大观园的大门口处，周围是山石林木，隐射她下一步撞见司棋幽会的情节。

图 5.52 作品中的莺儿正坐在柳叶渚边石头上用柳枝编花篮，旁边是石桌，背后是大树及雕花栏杆。莺儿对面从服饰看应该是春燕。

图 5.53 的画面有人约黄昏后的韵味。司棋身着盛装正在搔首弄姿，周围环境山石嶙峋、树木茂盛，应该是大观园大门的内侧，司棋正在做着与潘又安约会的准备。

整体看来，王墀作为一个画家，在创作《增刻红楼梦图咏》时，兼顾了《红楼梦》文本意象、仕女画审美、绘画市场三方面的需要，作品特征呈现出显著的清末仕女画的审美特征。

该书绘制红楼梦人物图 120 幅。虽然篇幅众多，但构思传形、画工布局都比较有章法，技法纯熟，笔法老练多变，因此赢得了"巾帼须眉皆能神似"[1]之赞誉。另外一个特征是该系列插画的元素或者构图与改琦的《红楼梦图咏》有些类似，可能这也是为什么称作《增刻红楼梦图咏》的原因。如王熙凤一画的动态与构图，秦可卿的动态和构图与红楼梦（三家评本）插图的相似度较高。

从单幅作品看，王墀的作品笔墨技巧老道，画面意境出现明显文人化的倾向，绘画性较强。画家运用烘云托月、借物言志的方式表现主题人物的性格、情绪及气质，提升了作品的艺术效果。王墀的插画艺术对《红楼梦》插画是一种补充，以环境、仕女画、符号化创作丰满了《红楼梦》插画创作的内容。同时，王墀《红楼梦》插画对后来的红画创作者也有明显的影响，这说明王墀《红楼梦》插画艺术的水平和影响力。

1　王墀.王墀增刻红楼梦图咏[M].上海：上海书店出版社，2006：110．

第四节　汪忻的系列《红楼梦》粉本人物画

汪忻的《红楼梦》粉本人物画共12幅。画家选择《红楼梦》经典主题，采用工笔淡彩形式，精致表现了《红楼梦》的12个经典景观。

图5.54"潇湘馆春困"着重表现了潇湘馆的内庭环境。画中的建筑呈纵深分布，房舍精致，出廊，雕梁画栋。近处厢房的窗户是红木窗棂，浅色窗纱。屋顶为筒瓦，没有显示屋脊等元素。内外装饰廊前有三棵树，树下有兰草。近景林黛玉午睡刚起，在边伸懒腰边说戏词，不想被贾宝玉站在窗前偷听到了。在人物形象方面，汪忻善于用工笔淡彩表现人物，线条流畅，表现力强，主体人物形貌准确，动态自然，人物关系呼应性强，表情准确生动。用色温润淡雅，色调唯美。

图5.55"羞拢麝香串"是宝黛钗同框的画面。贾元春在发给大观园众姐妹的礼物中，唯独把红麝香串发给了贾宝玉和薛宝钗。这种符号的含义薛宝钗自然心知肚明，林黛玉冰雪聪明当然也知道其中含义，因此，当宝玉要把红麝香串给林黛玉戴时，林黛玉称福小命薄，承受不起。贾宝玉年龄小，性格纯厚，尚不明白。因此在贾母房中见薛宝钗时便要看宝钗戴在袖子里的红麝香串，不想薛宝钗却因此出了丑，因为胖一时取不下来。这里边有几层含义：一是凸显宝钗对金玉良缘的重视。虽然在表面上尽力隐藏，实际上时刻都在策划和行动，因此，当她发现贾元春所赐礼物只有她与贾宝玉一样时，自然明白其含义，所以便立马把红麝串戴在手上。二是这里是从贾宝玉眼中写宝钗的胖，特别是在以纤弱为美的时代，被欲嫁之人亲口说自己有点胖，且比作杨贵妃，自然令薛宝钗恼羞成怒。三是隐含的描写，薛宝钗所带的红麝香串可能原不是宝钗的，而是黛玉的。后来，在王夫人的游说下给了宝钗，所以宝钗戴着有些小，当然这只是一种可能。画家生动表现了三个人的情景关系。薛宝钗身着橘色上衣，白色裙子，体态微丰，正在侧身从手臂上取红麝串。贾宝玉身穿雅灰色袍服，头端珠冠，正在望着薛宝钗雪白的胳膊出神。林黛玉在门口偷看，手里拿着手帕，准备用手帕惊醒发呆的贾宝玉。贾宝玉的天真俊秀、薛宝钗的雍容羞涩、林

图 5.54 潇湘馆春困发幽情 · 汪忻 · 清代　　图 5.55 薛宝钗羞笼红麝串 · 汪忻 · 清代

黛玉的灵透娇俏等都刻画得非常到位，与文本书写的意象契合度较高，画面色调清雅，充满情趣，体现出较高的审美格调。

图 5.56 "薛宝钗绣鸳鸯"是为后文的二宝婚姻埋的伏笔。同时，贾宝玉梦中的话代表了其内心对林黛玉的真实情感，也让薛宝钗彻底看清了贾宝玉对"木石姻缘"的态度。画面的前面是石头花草，有一对仙鹤在休息，正面为主房，红木雕花窗棂，浅色窗纸，隐约透出里面正在睡觉的贾宝玉和在床边为针线的薛宝钗。右边是前廊，红木栏杆，栏杆旁边是石头竹子。林黛玉和史湘云在外面，从窗外向里面看。这样一内一外，一做一看，形成了画面的情趣中心。

图 5.57 "栊翠庵品茶"是全书仅有一次展示妙玉的少女性格、生活品位的情节，作者借妙玉主动邀请薛宝钗和林黛玉喝私房茶的情节生动表现了妙玉对品茶及器皿的见识。作者通过妙玉与林黛玉的对话突出了妙玉争强好胜的性格，而通过妙玉与贾宝玉的对话则不仅表现了妙玉对俗世器物的敏感，而且也微妙地表现了妙玉对贾宝玉的暧昧情感，如平时远离世俗的妙玉给林黛玉讲如何收梅花上的雪制作烹茶用的水，利用喝茶的机会与贾宝玉开玩笑，不顾自己有洁癖，竟然当着黛、钗的面用自己的绿玉斗请贾宝玉喝茶等，都说明了妙玉的俗缘未尽。画面中林黛玉、薛宝钗、妙玉三人围坐在栊翠庵的里间品茶清谈。林黛玉着淡蓝色上衣，月白裙子，侧身坐在主位的雕花木椅上。薛宝钗着淡黄色上衣，嫩黄撒花裙子坐在蒲团

图5.56 绣鸳鸯梦兆绛芸轩 •汪忻• 清代　　图5.57 栊翠庵品茗• 汪忻 清代

上。妙玉身穿道姑服饰，坐在圆凳上。其中，林黛玉的形象在脸型、五官、气质方面都刻画得比较好，与改琦画的林黛玉神韵相通。图中没有画贾宝玉，凸显仕女主题。房间陈设疏朗大气。靠墙是妙玉打坐的禅床，禅床紧靠白墙，墙上设有圆窗，露出院内的太湖石及花草。画面设计环境清幽、简洁，衬托出妙玉的高洁品性及审美风格。

图5.58"晴雯撕扇"生动表现了当时闺阁少女人难得的青春气息，从形态到声音等都极具画面感，同时也表明了贾宝玉对待侍女的态度，传递了贾宝玉的器物观和审美观。画家把"晴雯撕扇"的位置设置在一个开放的空间，近处是大的山石和芭蕉，后面是芦苇、河岸，岸边有两棵蒲葵，远处是小山坡。中景是贾宝玉和晴雯，贾宝玉给晴雯一把新扇子让她继续撕，晴雯一边撕扇，一边扭身推脱笑道："今儿我也累了，明天再撕吧。"画面中晴雯撕扇时的娇俏和可爱、贾宝玉的稚气和推波助澜都表现得很好。

诗社活动是大观园诗意生活的标识活动之一，这都得益于贾探春的建议。贾探春生性务实，精明，通笔墨，擅管理。从她主动提出结诗社可以看出，其对大观园诸人性格爱好的了解。结社写诗既有助于增强自身的诗词修养，更重要的是她知道林黛玉、薛宝钗均有咏絮之才，贾宝玉喜欢。这体现了贾探春对大观园生活问题的洞察，通过结社作诗丰富了大观园的生活情趣，从而透射出了贾探春的精明之处。图5.59"秋爽斋结社"的环境是在秋爽斋，画面前面是芭蕉，中间三棵大株梧桐树，凸显清雅之气。中景是雕花栏杆，栏杆旁边放着一张桌子。贾探春等人在桌子前构思作诗。

图 5.58 撕扇子作千金一笑·汪忻·清代　　图 5.59 秋爽斋偶结海棠社·汪忻·清代

从形象设计及互动关系看，众人思考时的形态各异。林黛玉坐在前景托腮构思诗意，贾宝玉担心她超时提醒她。这时贾探春已经写好了，贾宝玉还没想好，又担心林黛玉，显示对她对林黛玉的关心。桌子前是李纨、贾探春和贾迎春。远处的薛宝钗正在修改诗稿。

图 5.60 表现了宝琴祈红梅的传统主题。该作品紧紧贴合文本描述。薛宝琴站在远处的山坡上等人，背后有仆人抱着一枝红梅走来。近景是暖香坞的围墙，墙上开有一门，众人正在掀帘子请贾母出来。贾母问远处山坡上是谁？众人说是薛宝琴。贾母边说，你们看，她这么漂亮的人，再配上这么漂亮的一件衣服像什么？众人也附和说真是一幅仇英的艳雪图。围墙旁边是两棵松树，有石板桥通向远处的山坡。这也说明暖香坞与芦雪广、栊翠庵的距离不远。

图 5.61 "怡红院夜宴"是一个大观园聚乐场面，人员众多，同时也借抽花签写出了几个主要人物将来的运势，因此，场面较热闹。从画面看，众人分两个部分。前面是圆桌，贾宝玉、林黛玉、薛宝钗等围坐在这里。薛宝钗在抽花签。贾宝玉站着在看，林黛玉坐在贾宝玉左边，黛玉旁边是香菱和探春。右边是李纨、史湘云等人。炕上还有一席，芳官和另外一个丫头在划拳。整体看来，人物姿态各异，形象生动，彼此之间呼应关系明显，色彩清丽，艺术效果突出。房间没有刻画其他器物，突出人物主题。

晴雯的针线活是大观园众女儿里最好的，从某种意义上说，女红是晴

245

图5.60 琉璃世界白雪红梅 ·汪忻·清代　　图5.61 寿怡红裙房开夜宴 ·汪忻·清代

雯能在大观园里立足的基础。晴雯带病补裘既体现了她对贾宝玉的一片真情，也增加了晴雯这一角色的艺术厚度，从而强化了晴雯在全书中的分量，因为女红是当时评判一个女子优劣的重要标准之一。图5.62深入刻画了贾宝玉房间的室内环境。右下角是矮茶几，上有烛台、木质香盒等，旁边两个矮凳。左上角以俯视角度表现了当时的柜子。除了外部装饰华美外，画面还精细刻画了室内暖阁的结构。从结构看，暖阁装饰类似黄花梨木材质，上边还有一个放书的地方。从文本描写看，这里是贾宝玉私藏禁书的地方。中间是晴雯的寝床。从作品描绘看，床的四周有木质雕花顶子床，床上围着丝质床围。晴雯头戴围巾，带病缝补雀金裘。旁边是端着烛台的麝月。贾宝玉坐在下面的圆凳上，眼里时刻关注晴雯的身体情况。

　　在《红楼梦》文本中，放风筝是放晦气，因此大观园有放风筝的习俗。文本描写群钗放风筝的文字是在七十回。这时的大观园已经出现了很多问题，因为王熙凤生病，贾探春协管大观园，因而发生了很多不顺心的事儿。特别是尤二姐刚被折磨而死，因此大观园的诗情画意及欢乐气氛减淡了很多。这时林黛玉因为作了"桃花行"而引起大观园重新起诗社的兴致。之后又因史湘云偶尔填词而一起作"柳絮词"。刚填完词，因为见一个大风筝落在潇湘馆外面的树上，引起了大家放风筝的兴趣。图5.63的画面强调自然属性。在这里没有出现人文建筑，只精细刻画了沁芳溪的河滩。近处是树丛，树丛后为放风筝的众女儿和贾宝玉。贾宝玉、林黛玉、薛宝钗、贾探春、薛宝琴、李纨等为正面，其他仆人在帮助放风筝。远处是小山包、河滩，有较大片的空地，可以供大家放风筝。从画面风格看，既突出了仕女画的审美特征，也表现了大观园的自然神韵。

"凹晶馆联句"是《红楼梦》的一个经典主题，是贾府由盛转衰的典型符号，也是点出林黛玉和史湘云归宿的关键节点。林黛玉与史湘云无法忍受贾府落寞的气氛，来到凹晶馆联句赏月。在联句即将到达高潮时，惊起一只孤鹤。史湘云以此得到灵感，吟出"寒塘渡鹤影"的佳句，林黛玉经过苦思方吟出"冷月葬花魂"的诗句，不想这两句诗便成了她们两个人的谶语。这时妙玉从山石后转出来，夸赞好诗，引她们两个到栊翠庵喝茶，并亲自一气呵成续完该诗。图5.64作品的近处是凹晶馆外的长廊，四周是白石栏杆。馆外有一棵大的桂花树。凹晶馆平时就人少，此时在中秋月色笼罩之下，更显得清幽安静，月明影疏。林黛玉和史湘云身着淡雅服饰坐在水边联句，旁边一只白鹤飞起，飞向远方，画面意象很切题，象征意味非常明显。

上左 图5.62 勇晴雯病补雀金裘·汪忻·清代　　上右 图5.63 群钗放风筝·汪忻·清代
下左 图5.64 寒塘渡鹤影·汪忻·清代　　　　下右 图5.65 双玉听琴·汪忻·清代

"双玉听琴"是《红楼梦》后四十回中的情节,该情节暗示了林黛玉的命运,同时,也是引起"妙玉走火入魔"的原因之一。图5.65"双玉听琴"的兴趣点有两处:第一个兴趣点是远处正在弹琴的林黛玉,她被潇湘馆的粉墙挡住了一部分。第二个兴趣点是近处有一棵大松树,树下有景观石和矮石,贾宝玉和妙玉坐在松树下听琴。他俩前面是潇湘馆的小门,里面露出竹林,突出潇湘馆的景观特点。从这幅画的创意看,其明显把文本意象和中国画的审美融合了,把古画中的松风琴音用在了"双玉听琴"的画面中。

汪忻的《红楼梦》系列粉本是最早独立于文本的插画。其12幅作品涵盖了大观园活动的主要审美主题。整体分析,其作品有如下几个特点:(1)画家采用情景人物的思路创作作品,不仅根据文本表述精细刻画了人物的形神服饰,而且还深入描绘了人物活动的周围环境,如对怡红院的室内布局、家具、器物的描绘都非常契合文本,对建筑门窗的结构材质、外部装饰等有细致描绘,对潇湘馆、怡红院、栊翠庵等均有深入的刻画。(2)完美表现了建筑的内外环境,对建筑与庭院、庭院与外部景观方面的处理堪称范例。如"白雪红梅""秋爽斋结社""双玉听琴""凹晶馆联句"等画面在人文建筑与自然环境方面处理得较好。(3)突出了大观园的自然美。画家在创作时充分考虑了大观园的自然美属性,在处理建筑与自然元素的比例、结构及组合时有意识地强化了自然元素的比重,凸显了石、林、花、草的符号特征,如山石花草、蕉棠兰竹、梧桐老梅等。如"放风筝""红麝串""晴雯撕扇""海棠诗社"等画面均有此特征。特别是"群钗放风筝"一画,完全摈弃了人文元素,用自然元素表现画面,体现了画家对大观园自然属性的推崇,也充分显示了画家对文人仕女画的偏爱。(4)准确表现了大观园人物的年龄特征,凸显了大观园人物活动的青春意象。整体看来这12幅作品中人物的年龄都控制在少女、少男时代,尤其是贾宝玉的年龄特征,更是显出一种孩童般的天真和可爱。同时,对于女性人物的描绘,也没有按传统仕女画的模式,或者清朝时期流行的赢弱形象刻画,而是相对比较圆润,突出女孩儿的活力和美丽,如林黛玉、香菱、贾探春的形象,在形貌神态方面都塑造得非常成功。

从技法看,汪忻的画有如下三个特征:(1)线造型特征。王忻用线造型的能力比较突出。其作品用线能够根据结构虚实变化而变化，做到准确、生动、充满情感，富于表现力。通过线的粗细、浓淡、长短、曲直、繁简、虚实、疏密、轻重、枯润等变化来达到丰富造型的作用。从造型功能看，汪忻画的线主要包括轮廓线、结构线、装饰线三方面。其中轮廓线主要界定人物的身形、体态、动作等；结构线则是根据人或物的运动特点，区分和把握人和物的结构关系、结构变化、空间变化等，与轮廓线一起完成动静、俯仰、转折等动态造型。借助线的轻重缓急、浓淡干湿等微妙变化来勾画人和物的外貌神态、体态语言、服饰搭配等，尤其是对于人物神情的刻画，线能够起到点睛丰神的作用。（2）色彩特征。在色彩实现方面，汪忻作品用色的符号性很明显，如林黛玉的青白色系、薛宝钗的绯白色系、贾探春的红白色系等，色调运用倾向于淡雅温润的风格，无论是在单个人物造型，还是在群体刻画，都能够很好地把握画面的色彩关系，形成雅致的色调，产生圆润柔美的艺术效果。（3）善于表现人物关系。王忻的 12 幅作品以组合人物为主，两个互动人物的有 4 幅，3 人组合的有 4 幅，其他 4 幅是多人。无论是两人对应，还是 3 人呼应，多人互动都处理得非常合理，井然有序，显示出画家对塑造群体人物的卓越能力。

第五节　雍容富丽的大观园园林人物意象

《红楼梦》绘画创作和市场的趋热，吸引了一大批知名画家参与《红楼梦》绘画创作，这些作品虽然多是系列作品或者独幅创作，但都是根据《红楼梦》的文本意象创作而成的，具备插画的艺术特征。同时，因为这些都是专业画家，其创作理念类、创作方法以及作品艺术语言对于《红楼梦》插画创作具有指导意义。

一、焦秉贞

焦秉贞作为宫廷画家，其作品的审美特征自然体现出明丽、富贵的宫廷审美风格。作品人物描绘工细、深入，色彩明亮鲜艳，环境描绘一丝不苟。图 5.66 中女子坐在闺房，书桌上方有书画、透过小窗可以看到数枝竹叶，房间内陈设古朴雅致。人物神态娴静稳重，从五官的形状、结构关系看，没有明显的透视错误，应该是受到一些西画的熏陶。女子的双手正在朝一个古瓶中插茶花和梅花，手的姿态优雅，氛围略显落寞。人物的比例、形貌特征、色彩特征具有明朝时期仕女画的痕迹，造型比较准确，体现出画家较为深厚的造型能力。

图 5.67 中的仕女开脸已经呈现"倒三角"样式，五官刻画出现八字弯眉、掉梢眼、樱唇，愁容开始明显，身形较明代的仕女更加消瘦，纤细，柔弱无骨，呈现出"病态美"的特色。用色大多比较明艳、单纯，女性服色以红、白、鹅黄为主，鲜亮明丽。

图 5.68 是焦秉贞画的"黛玉葬花"。该画在设计方面采用山水画或者行乐图的图式设计，景大人小。林黛玉肩扛花锄、锦囊，囊中露出鲜花，在沁芳桥上款款而行。黛玉形象服饰精致，身形窈窕，容貌秀丽，面带愁容，无"脂粉华靡之气"，现"静女悠闲之态"。与其说是黛玉葬花，不如说是

左　图 5.66 赏花仕女图・焦秉贞・清代・故宫博物院
中　图 5.67 梧桐树下・焦秉贞・清代・故宫博物院
下　图 5.68 黛玉葬花・焦秉贞・清代・故宫博物院

采芝图。前景假山之后，站着宝玉。宝玉的服色没有选取怡红公子的红色。选取了一个墨绿掐花的外衣，与黛玉上衣的颜色呼应，又和前景山石的色调统一，仅有头冠上的红缨以及画面情景可以判定这是宝玉。画面没有过多地突出粉色，而是强调较为清冷的春景氛围，孤立的山石、几株桃花、黄褐色的色调、空落的画面，给人一种寂寞哀伤的氛围。

从画面意境看，该画强调的是宝玉眼中的黛玉葬花，是初春季节略感伤春的氛围。同一个画家创作的三幅画，在风格上有很大的不同。这说明主题和时代审美对绘画的影响力，技法只是创作的一方面，最重要的是画家的创作观念、情感倾向及创作目的。在清代以"弱"为美的审美趋同下，画家的创作自然会应时而变，宫廷画家也不例外。这种不求形似求神似的审美行为，是清朝仕女画审美风格形成的内因之一。

二、冷枚

冷枚，字吉臣，清朝宫廷著名画家，今山东人。生平历经康、雍、乾隆三代，与焦秉贞有师承关系。清代胡敬所著《国朝院画录》一书中说冷枚为"焦秉贞弟子"。[1] 冷枚曾参与《康熙南巡图》创作，受到康熙嘉奖。冷枚作品的风格工整细致，色调和谐、雅致，人物相貌清丽，在清朝宫廷画及人物画中有较大的影响力。

图 5.69 是冷枚的绢本设色工笔仕女画。画中女子一身淡青色衣裙，左手托腮、左手肘支在右臂上，右手拿书，斜趴在书桌上静思。两腿一跪一立，静中有动，裙旁边蹲着一只小狗，正在回首张望。作者在设计动态时，有意强化女性身材的玲珑和高挑，细致入微地描绘人物的服饰，突出女性的身姿绰约及人格的高雅。画家采用以平缓细匀的笔触刻画五官、表情，着重表现女子的书卷气及惆怅心理。人物面部感觉较圆润，作者采用淡墨勾勒五官，淡墨细笔描绘眉毛，眉形状若新月，色淡秀美，双眸微睁，表情倦怠，有一种淡淡的清愁从双眼之中流露出来，楚楚动人。

图 5.70 的"莲生贵子图"实际上是母子图的创意表现，其动态、母子

---

[1] 聂崇正.清宫廷画家冷枚其人其作品[J].中国国家博物院院刊，2014（8）：66.

图 5.69 春闺倦读图·冷枚·清代·天津博物馆
图 5.70 莲生贵子图·冷枚·清代·清华大学美术学院藏

互动情节都以突出母子关系为目的。只见母亲手中拿着一枝荷花和玉米，和小孩子在嬉戏。莲花代表连绵不断的寓意，玉米象征多子。因为画的是室外，所以该画着重强调了衣服的线条及面料的细节，服饰颜色淡雅稳重，但刻画非常细致，面料感真实自然。小孩子红衣、白裤，头发束以棕角，神情欢悦。从以上两幅作品看，冷枚的作品与焦秉贞的作品还是有一些相似之处的，如"莲生贵子图"中人物的脸型与焦秉贞"耕织图"中人物的脸型比较相似，他们在上色时都试图利用色彩的浓淡来显示面部的光影关系，说明他们都在一定程度上受到西方绘画的光影观念的影响。所画仕女画人物的风格呈现出工丽妍雅的审美风格。在技法运用方面笔墨洁净，润色秀雅，体现出清朝宫廷仕女画的审美特征。

冷枚的作品中，与《红楼梦》相关的画有 20 幅，但目前这个绘本的真实性还在商榷中，所以本案不作过多评论。另有两幅"黛玉葬花"的工笔绘画。其中，图 5.71 直接命名为"黛玉葬花"，图 5.72 画的是黛玉葬花的

图 5.71 黛玉葬花·冷枚·清代

图 5.72 仕女图·冷枚·清代

形象，画名为仕女画。图 5.71 的"黛玉葬花"按照景大人小的方式设计，画幅与焦秉贞的差不多，但创意有较大差别。焦秉贞的画是突出高远转折的变化，画面的花是藏起来的，或隐藏在山后，或被其他景物遮挡，只露出稀疏几枝，因此，画面显得有些荒凉。而冷枚的"黛玉葬花"画面则强调平原、桃林，表现初春的冷清。在人物动态设计方面，焦秉贞的黛玉时在行走、突出林黛玉的姿色气质、婀娜身姿，虽有愁容，却并没有啼状，整体还是控制在一个美的范畴内。冷枚的黛玉设计则突出林黛玉的自怨自艾，哭泣，怯弱不胜。色调控制得比较好，满纸桃花却不艳俗，色彩丰富而又统一。两幅画比较，一方面显示出两个人之间传承与创新的师承关系，另一方面也反映出画家本身对绘画主题进行二次创作甚至重构的痕迹。图5.72 的仕女画应该是一个非常有意味的情况，看主题应是黛玉葬花，题目却是仕女画。但根据画面特征看，可能是画家在创作之初是以黛玉葬花的主题塑造，在创作的过程中发现画中形象较之文本黛玉形象差距有些明显，

253

但该画的神态、表情又处理得较为满意，后期便朝仕女画的方向改进，包括服饰、表情等都作了改动，所以，就形成一幅比较有意味的作品。

焦秉贞、冷枚的仕女画风格与《红楼梦》插画家改琦、费丹旭的作品相比较，在作品创意、色彩设计以及人物造型方面都有较明显的差异。如同样是"黛玉葬花"的主题，对于林黛玉的审美表现，焦秉贞强调的是一种视觉、动感的美，画面取景较大，突出宫廷画的工细艳丽，人物、景色刻画均比较深入，比较注重对服饰细节的描绘。改琦、费丹旭的绘画则注重意境、淡雅，更加突出人物，文人化仕女的感觉更强，强调绘画与文本意境的充分结合，凸显意境、诗意之美，人物刻画更加简约。当然，在画面色调、绘画元素的取舍、主体人物塑造方面还是有一些相似的地方，这体现出画家对文本的尊重，或者是对读者的尊重。

清朝仕女画在"改费模式"的影响下，其柔弱画风逐渐趋向于理想化、典型化的极致，形成所谓"春入眉心两点愁"的病态美人形象。在审美风格方面崇尚淡雅清秀之容，幽娴贞静之态。究其原因，源于国势趋弱，特别是汉族知识分子，常有报国无门之叹，久而久之，便会产生自怜之态。女性的纤弱之美首先在心理上不会给知识男性造成压迫感，在审美心理上不会流于世俗欲望，使"男性能够在想象中获得身份的认同。"[1]技法方面讲究用线的技巧、力度及承转变化，并形成清朝文人仕女画的典型风格。这类"风露清愁"审美心理与清代文人及文人画家的自怜心理一脉相承，透射出清代文人自重、自赏而又心有不甘的落寞情感。从绘画形象及审美实现看，其艺术语言趋于模式化，"强调一种审美的理想"。[2]从创作体验和情感看，这是一种群体情感的整体显现，是时代情感记忆在艺术语言中的反映。正如英国艺术理论家大卫·贝斯特所说："艺术可以使情感体验更完整。"[3]这类情感是推动绘画创作更加成熟的内生力量之一。

《红楼梦》系列绘画的形式以工笔白描、淡彩、重彩为主，主要由知名画家完成，在《红楼梦》插画中是绘画性、艺术性最高的作品群。

---

1 黄小峰.王熙凤的眉毛——仕女画一题[J].书画世界，2006, 15(1), 64-67.
2 吕敏.男性审美视角下的明清仕女画[J].艺术研究，2007（4）: 61
3 [英] 大卫·贝斯特.艺术·情感·理性[M].李惠斌等译.北京：工人出版社，1988:257.

小 结

　　清代中期以来，才学化、情趣化、纤弱化的仕女画风格受到市场的青睐，引领仕女画创作向诗化倾向发展。《红楼梦》的审美理想及大观园女儿形象符合这种审美趋势，因此，受到当时画家的普遍欢迎。以改琦、费丹旭、王墀、汪忻为代表的文人画家，根据自己对《红楼梦》的深刻理解，结合时代审美创作了一批优秀的作品。如改琦创造的林黛玉形象，因形神意俱佳受到画界和学者的高度认可。费丹旭则以女子才学题材诗化唯美地表现了十二金钗作品，取得较大的社会反响，成为"改费模式"的代表之一。王墀的《红楼梦》仕女插画清新雅致，别具一格，是清朝末年红楼梦绘画创作的代表之一。汪忻的手绘粉本紧扣文本主题，善于表现室内外环境描写，以人物形象、心理及互动情景为核心，以人物活动的情景描绘为保障，精彩表现了大观园的12个审美主题的人物形象及景观构成，对于《红楼梦》大观园的主题创作有显著参考价值。以上4位画家以深厚的传统画学修养及与曹雪芹贴近的生活及情感经历投入创作，分别塑造出经典的《红楼梦》大观园园林人物形象。这些形象虽然各不相同，却都带有明显的大观园人物气质，在文化和审美上与文本人物契合，凸显出审美的意象化和多样化特点。特别是在形象塑造和审美实现方面，达到了很高的层次，这些审美主题或者经典形象直到现在仍然闪耀着艺术的光辉。

　　在清朝文人中对纤弱之美的喜好逐渐成为主流。其原因有三：首先，汉族为官者的他者心理，形成一种逐渐弱化的自我暗示。清朝建立以后，在以满族为核心的清王朝统治下，清朝汉族知识分子普遍有一种心理落差。已经为官的文人为了生计不得不苟且为官，心里却感觉到压抑。因为做官文人的存在感在减弱，依附感增强，心中抑郁之气累积，其自我认知、为人处世也逐渐内敛，造就一种类似自怨自艾的女性气质，审美趣味逐渐倾向于阴柔之美，以纤弱、柔美、诗化等为主要表征的审美意象逐渐成为他们欣赏和把玩的对象。其次，在野文人自我价值的困惑，形成一种落寞感伤的自怜心理。没有为官的文人对自己的前程感到悲观，受明清戏剧的影响，青年男性的文弱形象及顾影自怜感觉的心理普遍存在。在生命价值弱化的背景下，年轻文人一方面放任自己，在情色消费的娱乐中寻找慰藉，另一方面手无缚鸡之力，既感慨生命的脆弱，又感叹生不逢时，以"多病多愁身"给自己心理暗示，为自己不入仕途、沉湎于情色寻找依据。久而久之，其心理弱化便成为一种群体自觉，一种潜在的女性气质便在其性格深处滋生。"仕女形象的柔弱可以使观者感受自身的强大"。[1]再次，清朝很多文人兼画家的艺术家，如改琦、费丹旭等，其情感体验与生活经历与曹雪芹比较相似。因此，非常认同《红楼梦》文本书写的审美意境及审美形象。他们真心喜欢纤弱的女性美，因此，创作出的仕女画自然也呈现出"娇花弱柳"的审美特征。在他们的带动下，清朝逐渐形成了"阴柔为美弱为用"的审美思想。这种源自男性逐渐弱化的心理需求，使文人开始迷恋文学、戏剧中所表现的柔弱女性，成为痴迷的阅读者。当这种角色用仕女画的形式表现出来后，文人读者的这种迷恋逐渐移情到仕女画艺术上来。以至于购买仕女画、欣赏仕女画、清谈仕女的审美成为一种社会文化时尚。仕女画，尤其是从文学、戏剧文本意象中创作出来的仕女形象，细弱清秀，柳眉细眼，长颈削肩，温柔娴静，富有闺阁幽怨之气和弱柳缠绵之风成为书生、文人甚至达官贵人书房案头赏玩的必备之物。需要注意的是，曹雪芹《红楼梦》文本书写中的柔弱形象是外表柔弱、内在坚韧、有道家之风，这是大观园人物的基本特征，如果失去这一点，其人物形象就失去了大观园人物的精气神。

系列工笔绘画中的《红楼梦》大观园园林人物意象人景同诉的成果，代表清朝《红楼梦》大观园人物创作的现状和水平。随着文化环境的逐渐宽松，当代《红楼梦》系列工笔绘画基本摆脱了图像书写的限制，把绘画拉回到绘画本体的轨道上来，画家能够根据自己的创作需要大胆创构画面，提高绘画的艺术性和意味性，强化绘画的节奏和韵味，从而提高了《红楼梦》大观园园林人物形象的审美价值。

---

1 何延喆.改琦评传[M].天津：天津人民美术出版社，1998：66

第六章
《红楼梦》大观园园林意象的应用价值

《红楼梦》大观园的园林价值目前以文笔园林意象、绘画园林意象以及实体园林意象三种形式表现出来。其中，文笔园林意象以文字描写、心理想象的形式表现出来，并随着文化语境及审美趣味的变化而变化，占据园林意象审美的最高点。绘画园林以具体景观为表现节点，共同构成《红楼梦》大观园的绘画园林意象，使大观园意象视觉化、艺术化。这一形式，尽管是依据原著意象创作，但因为每一个人的审美、接受及心理活动不一样，所以添加了艺术家的审美价值及联想意象，使得绘画园林意象与文笔园林意象有所不同。实体园林意象是对以上两种意象的综合，是整合运用文学艺术符号形象、绘画园林艺术形象和园林审美意象进行实操的过程。从风景园林学视角观照《红楼梦》大观园的园林应用价值，发现大观园园林意象的三种形式既呈现出一体化的意象特征，又表现出各自的意象优势。

第一节 园林创构价值

一、宏观建构

（一）花园叙事，三足鼎立

大观园是《红楼梦》叙事的重中之重。曹雪芹在《红楼梦》中创构大观园时力争塑造了一个庞大的文化场，凸显大观园雄浑厚重的文化张力。首先，曹雪芹把大观园的故事放置于古今、天地、神人的全域环境下叙事。大荒山、太虚幻境及大观园分别占据创世、空间和人间的三个端点，互为支撑。在《红楼梦》文本意象之中三者权重相当，整合大观园之实、太虚幻境之虚、大荒山之远共同构成了大观园的整体园林意象。但在实际书写中，大观园是绝对中心，作者用大观园的绝世之美观照太虚幻境的光彩照人，用宝玉的石性串联大荒山的恒定。玉性代表由自然属性向人文属性转化的痕迹，从而构建了大观园庞大而缜密的园林文化意象。该意象在时间维度方面，其溯源人类始点，与女娲炼石补天勾连。在意象的空间维度方面，其直达九天之外，与太虚幻境相通。在意象的现实维度方面，其融合帝苑与文人园林之长，吸收南北园林之精华。在意象的心理维度方面，其注重园林元素的情感表达，景观情调能够与居者、读者心意相通，从而使大观园在宏大结构与细节表现方面实现了高度统一。

（二）纵轴寻根溯源

曹雪芹创构《红楼梦》大观园在纵轴方面力达创世之初。宝玉的真身是华夏母神女娲锻造的补天石，高经十二丈，方经二十四丈。后经受天地之精华通了人性，经多次历劫转世幻化为晶莹宝玉，随神瑛侍者落草人间，由贾宝玉出生时口含而出，并由此带出大荒山、青埂峰，流露出原始花园的印记。

因石头或者玉都是静止的，没有运动的机能。因此，曹雪芹设计了僧、道二仙纵横串联，贯通各个时间维度。这样的设计使大观园跳脱局域文化的桎梏，直接与华夏文化母体整体衔接，足以显示出文化的宏大和厚重。

（三）横轴无限扩张

在横轴方面大观园是太虚幻境在人间的投射，而且两者之间始终保持着某种交流。不仅贾宝玉可以梦游太虚幻境，绛珠草生魂也可以，加上僧、道二仙作为传递者，以某种方式把大观园与太虚幻境联系在一起。太虚幻境是天上的大观园，大观园是人间的太虚幻境。这样就把人间大观园的现实空间与九天之外的太虚幻境链接在一起，现实空间因此得以无限放大。这些虚实对比方法对实体园林的空间创意和设计很有价值。因为无论规模多么宏大的园林，其空间终究是有限的。如何创新空间设计思路，优化空间造景技术，拓展园林空间，包括现实空间、虚拟空间等，从而达到以小见大、以少胜多的效果，这是一个常遇常新的问题。大观园以实托虚、以虚观实的方法值得思考和借鉴。

（四）心理轴向指向人类集体记忆

在心理轴向方面，人类心底深处封存着从远古带来的某些集体记忆，即潜意识中的本欲。在本欲驱动之下，人类首先体现出求生、趋乐的本能。随着生存条件的改善，人类的意识也在变化，逐步由趋乐转为"尚美"，追求美乐一体。在文学作品或者绘画作品中，最早出现并被人类传颂的是"乐园文化"，后来"花园"的概念逐渐凸显并驻留在每一个人的心中，成为人类潜意识里的心理隐象。

曹雪芹的《红楼梦》大观园园林意象用诗化语言呈现了"花园"的鲜活意象，触及了人类潜意识中的乐园意象，让人类又看到了冰封在心底的"原始花园"。读者在阅读体验过程中会自觉用自己的想象让潜藏的那个花园立起来，参与和重塑大观园意象，形成自己的大观园格式塔意象。这些意象与个人情感交织在一起，积淀成为一种大观园情结，并以各种艺术形式迸发出来。此时，个人的花园情结与他人的花园情结融合转化成为集体意识中的乐园畅想，变成一个时代的审美理想和集体记忆。

乐与美是园林创意的一个核心。现代人在高强度、快节奏的压力下，需要在一些特定的环境下释放压力。美是风景园林的基础，而园林之美需要采用园林造景技术，合理利用自然环境条件创造美的意象，达到虽是人工，宛如天然的效果。人类从原野走向城市，记忆深处还是存在着浓厚的"自然"情结。因此，园林设计师如何运用智慧、技术为人工园林创造出优美、个性的自然意蕴，塑造出能与人类心灵互通的灵性环境，是园林创意不可回避且不懈追求的问题。曹雪芹以《红楼梦》大观园园林意象为设计者作了很好的示范。

二、文化切入

（一）"石头"视角，彰显"无我"之境

《红楼梦》别名《石头记》，是"补天石"的所见所经历的真实记录，显示出一种第三者视角。这样就很自然地把"我"的个人情绪、情感、好恶剔除出去，以一种平和、自然、有序的状态将故事展现给读者，同时也使故事能够从虚幻的表象之中凸显出真实性、客观性，彰显文化的厚重感。应用到园林设计方面，就是设计师能够跳出"有我之境"，以一种客观的、理性的视角判断园林作品与自然、人类、审美及意境的关系，去掉"我"

的羁绊，澄怀味象、返璞归真，塑造出清新自然的园林景观。

（二）为女儿立传，凸显母神情结

园林审美与自然审美的本质差别是有无"人化"痕迹，或者"人化"程度的高低。当自然风光的人化程度达到一定程度时，就会由自然属性转化为人文属性。园林经过长期发展以后，自然会体现出丰富的人文情怀。

在清代以前的近两千年里，中国的女性一直只是被压抑的符号。无论是在文学作品中，还是在戏剧作品中，女性都带有明显的附属性质。曹雪芹创构的《红楼梦》大观园盛景把女性作为中心，以表现女性之美为其撰写目标。大观园所塑造出来的园林之美，凸显典型的女性气质。贾宝玉是女娲锻造补天石所幻化而成的，从形貌气质上都透射出母神女娲的痕迹。大观园搬照太虚幻境内庭描写，突出明艳、纯净、诗化、感伤等女性气质，并通过景观主题、建筑样式、庭院配景、室内摆设的详细描写，传达出不同性格的女性情感。这是园林"人化"高度发展后的生动体现，启示设计师在进行园林设计时，应更加突出情感、气质、氛围和个性等一些与情感相关的元素，更加注重设计细节。

（三）以"幻情"写"世情"，巧用象征

《红楼梦》大观园的园林书写巧于在幻笔和实写之间周旋，有一些现实之中不能明写的就用幻笔写出来，用幻境、幻象映射实际经验。当觉得一些现实环境不够纯净之时，作者就把幻境中的符号移栽过来，如贾宝玉的幻境所见与大观园的影像有一些是重合的。艺术是相通的，这种"一石二鸟、隔山打石"的方法在园林设计之中也可以应用。园林设计中的自然元素如山、水、石、植物等，人文元素如建筑元素中的亭、台、楼、阁、廊、桥、栏等，室内陈设以及各类工艺品等，都具有自身的文化、性格及情感特征。巧妙利用这些被"人化"的设计元素是风景园林设计表现的一个重要方面。

（四）兼容"石性"与"玉性"，探讨人性之本

石性属于自然性质，具有恒定、稳固、质朴的特点，无喜无悲，如通灵之前的补天石。"玉性"是石性的"人化"，在各式"人欲"的熏陶之下，

石性逐渐减弱，玉性凸显，原来粗糙、质朴、笨重的补天石幻化成晶莹剔透的宝玉，经历了人间的悲欢离合之后，具备了人类的情感能力，也失去了内心的纯净和平和。

人性之欲与生俱来，人之欲求永无止境，所以人会感觉到心累。风景园林设计的一个主要功能就是采用专业方法人为造景，在有限的人造环境中凸显自然之美，创建无为之境，从而为在此居住者或来此观赏的人们提供怡情养心的机会。

三、多元整合

《红楼梦》大观园的园林意象综合了天上、人间、东西、南北的诸多园林意象，充分展示了曹雪芹胸中自有大沟壑的能力：采用补天石、太虚幻境等符号把古往今来、天上人间、悲欢离合等整合成一个大观园，创造出融合天仙宝境、人间富贵与文化根脉于一体的大观园园林意象，并在时间和空间方面创造出能够自由伸缩的多重维度，显示出其驾驭文化创意的卓越能力。

（一）天仙宝镜

《红楼梦》大观园作为太虚幻境的人间镜射有几个突出的特点：（1）明艳纯净。太虚幻境处于九天之外，呈现出一个内闭的环境结构，因此，无论是自然环境还是人文环境都体现出干净单纯、纤尘不染的特点。投射到人间之后是太虚幻境内庭的无限放大，依然保持了这种特征，因此，曹雪芹在刻画大观园的环境之美时也沿用了这种风格。园内主要景观及建筑的色彩、色调极力维持明丽鲜艳的特征，以此与太虚幻境对照，也彰显大观园干净靓丽的花园意象。（2）闺阁气质。太虚幻境的美显示出一种诗化感伤的女性美，反映在园林意象方面就是强调色彩的明艳、短暂，突出了春光易逝的惜春情结。警幻仙子之歌、十二支红楼梦曲、酒与茶的名字等都突出了这一点。体现在大观园中表现为，除了贾宝玉这个"绛洞花主"外，外男一律不准擅入；除了李纨作为引导入住、成年女仆做杂务外，其他已婚女性一般也不能入住。这样就保证了大观园以青春少女为主的女性审美风格。曹雪芹采用花园叙事的方式刻画大观园女儿的天真烂漫和灵动美丽，较好地契合了花园的女性气质。(3)诗意栖息。太虚幻境给人的意象是优雅、闲适、平静,感觉不到时间的流逝,也感觉不到大喜、大悲的情绪波动,这是"以人观神"视角下的表象。为了贴合这种慢节奏的优雅,曹雪芹在书写大观园故事时采用四季叙事策略,淡化时间及年龄概念,用四季意象,特别是"花意象"的变化诉说大观园人物的悲欢离合,使故事氛围始终维持在一种优雅闲适的氛围下,即便是感伤,也保持了一种优雅的风度,产生了很好的效果。

(二)帝苑规制

《红楼梦》大观园作为贵妃省亲别墅园林,尽管贾府为了避免过度张扬,并没有临街设置大门。但是在园林规制方面还是严格按照皇家园林风范设置的。这充分体现在园林的规模、规格等,包括在中轴线上的建筑规制,如省亲牌坊、大门、嘉荫堂、顾恩思义殿、大观楼等,还包括与中轴线建筑相应的叠山、理水,都充分体现出帝苑的恢宏大气。在贵妃休息区,则以名石、名木以及各类奇珍异宝体现皇家的贵气和身份。除此之外,在文化方面则在主要景观及休息区留出空白匾额,让贵妃题词,显示出作者思考的缜密性,不仅硬件设施配备符合帝苑规范,在文化、秩序、举止方面也与皇家规制相匹配。

(三)文人园林

古典文人园林在明清时期官宦人家的庭院里是常见的。其面积可大可小,追求自然、精致、舒适的园林感觉。进到里面可行、可观、可静、可思。在诸事烦扰的外部世界之外,给自身留出一方净地养心怡情,不失为一种策略。文人园林的优点是文化、审美及韵味。因为这些人一般文化修养都比较高,园林属于自家庭院的一部分,所以在设计园林时会更加精细、巧妙,叠山理水也更加讲究。大观园在主要景观设计及庭院环境设计中,大量采用了文人园林的方法,所有建筑、景观都是因地设景、个性规划。当然,有一些是根据园林结构需要设置的,也有个别只是为了书写故事而存在。

《红楼梦》大观园的文人园林特征主要体现为以下几点:(1)依山傍

水，移步换景。大观园里的水景配置借鉴南方园林的居多，在庞大的园林区域内并没有出现湖、海等大的水体，更多的是追求山环水绕、亭榭楼台、小桥溪水。（2）崇尚曲径通幽、翠竹修舍，传递出一种文人风骨。如潇湘馆，面积不大，却处处体现出一种精致优雅，散发出主人的文化身份和审美风度，从而起到了以小见大，以少胜多的艺术效果。（3）其他方面，如景观名称、匾额题词、色彩设计等都体现出一种文化气息，传达出明清古典园林的文脉和审美趣味。

四、三位一体

《红楼梦》大观园将太虚幻境的纤细飘逸之美、皇家园林的恢宏大气之美与文人园林的书香清雅之美涵育化为大观园园林审美意象，包括整体园林意象、人景一体的庭院意象、园林人物意象，熔铸成为园林意象的理想符号。其中，整体园林意象代表最高的审美理想。大观园四周闭合、内庭广大，明丽洁净、诗画一体，是贾宝玉诗意生存的理想，也是人类共同的精神家园。其人居建筑以潇湘馆、蘅芜苑、秋爽斋、栊翠庵等为代表，分别代表了中国文人园林的居住理想和审美。庭院虽小，却依山傍水、环境清幽、房舍精致，体现以小见大、以雅为尚的传统庭院审美。园林人物以十二金钗为代表的审美意象被赋予大观园特有的洒脱秀逸与审美风骨，成为文艺美学中一座难以逾越的审美高峰，也是明清以来汉族知识分子的审美追求。在大观园外柔内刚、纤弱灵秀的人物意象里仿佛能够看到中国文人淡淡的背影，体现出独一无二的审美价值。从形象学分析，大观园精神、大观园器物与大观园人物三者不可分割，缺一不可。三者异形同构，共同诠释了大观园审美意象。没有十二金钗的大观园和失去大观园气质的十二金钗都不再成为大观园园林意象，因为他们失去了大观园审美意象的内在精神，这是大观园园林人物意象所呈现出来的独特价值。

（一）整体园林意象

《红楼梦》大观园回目插画利用篇幅数量的优势全面地展示了大观园园林审美意象。首先，回目插画因契合每章回目创作而成，画面设计与文本书写一致。其次，画家在以视觉表现文本意象时，采用人景同诉的方式塑造园林意象，构图景大人小，强调画面的象征性和符号性，突出景观、环境及人物配景，对经典主题和环境有精到的刻画。如果将回目插画的景观节点串联起来，基本上能够理出大观园园林意象的概貌。其中，王钊的回目插画用白描精心描画出大观园的整体图画，画中的大观园显得体量庞大、结构丰富、主次分明，疏密有致、气韵贯通，亭台楼榭、情景人物等栩栩如生，人景合一，和谐圆融，显示出很高的园林素养和研究价值。同时，他对园林结构、建筑、植物、堆山理水等也有细致的描绘。从他的回目插画中可以读出中国古典园林的设计意识、设计方法、审美情趣等，体会中国明清园林设计文化和精神。大观园回目插画的石印刊本更加注重大观园的环境刻画，篇幅众多，串联全部画面可以勾勒出大观园的整体意象，只是失于细节，对于具体园林形象的刻画较为概略。

（二）庭院建筑意象

王钊、王墀、改琦、费丹旭等对大观园主要人居景观如潇湘馆、怡红院等有多重视角的精心刻画，立体呈现出大观园的人居建筑意象。画家采用以小见大的表现手法，如精心刻画庭院或者房间一角，仔细表现院落结构、层次、虚实关系等，其他部分延伸到画面之外，由观众自己联想完成，其笔下的园林意象清晰、精致，塑造出众多形神意境俱佳的园林景观。从绘画表现看，大观园人居建筑皆因人而设，人景一体，突出个人风格。如潇湘馆与林黛玉，蘅芜苑与薛宝钗，秋爽斋与贾探春等，处所和人物意象已经不可分割，或者说处所和主人的符号性质意境趋同化。画家通过人景同诉的表现方法塑造了具有强烈人格化特征的人居景观，这些精致优美的诗意小筑，是传统人文园林美学的体现，也是中国古典人居思想的物化。

（三）大观园园林人物意象

《红楼梦》大观园园林人物意象是其园林审美的核心和灵魂，十二金钗及其他大观园女儿的审美意象代表了大观园文化最鲜活、感染力最强的审美元素。如改琦的林黛玉形象，因为高度契合大观园潇湘馆的审美气质受到高度认可。费丹旭以才情主题、诗化表现了十二金钗人物的独特美感，取得广泛影响。

第二节　园林规划及布局

一、私家园林、帝苑规制

现实中大观园的规制是省亲别墅，但贾府出于中庸之道以及遵照元妃嘱咐，在两府之间空地以及会芳园原址上开建，不在临街设大门，大门面向贾府内宅，以显低调，这样就使大观园具备了私家园林的性质。

同时，大观园的形式是省亲别墅，一切都要维护皇家规范，所以，在设置园林规模及规格时，一切都要按照皇家帝苑规制建构。纸面上大观园周长三里半，按实际描写却要大得多。因此，无论大观园的面积、叠山理水的土石方比例，山石、水体结构及规模都符合甚至超过一般皇家花园的规模。建筑方面兼顾规制与文脉两方面的特长：中轴线建筑及景观设置大气恢宏，主体建筑巍峨雄浑，山水映照，楼台高耸，凸显皇家威势。周边建筑依山傍水、幽静雅致，既各具特色，又相互关照，互为一体，彰显文人园林的秀、静、雅、美等典型特征。

二、主、配景格局

（一）山景配置

据曾宝泉的复原图所示，大观园堆山在中轴线上有大主山，此外还有东西两侧、门口等大小假山十多个。其中大主山与大观楼、顾恩思义殿、蘅芜苑相搭，凸显大气稳重。门口假山翠障，高耸秀美，有导引之功，起遮景之用。东侧假山自怡红院起向后园延伸。设计景观以佛道区为主，以栊翠庵为代表，绵延至东北角沁芳闸处。西侧假山为潇湘馆、秋爽斋等配景，以黛玉葬花、红香圃为代表。中间假山以凸碧山庄为代表，从而形成主次分明、延绵不断的山势印象。

（二）水景配置

大观园水体从东北角活水引入，经沁芳闸调节引向西南，至藕香榭分流西南和东南，至东南角怡红院穿墙而出。水体设计及配景追求蜿蜒曲折、清幽灵动之美，没有太大的水体。基本上以溪、河、池、塘、瀑等形式出现。配景突出沁芳水韵和亭台楼榭意象之美，如沁芳亭及三桥所构成的景观，有水、亭、桥、栏杆、石等景观元素，可近观赏玩、又可远眺大主山、省亲别墅以及其他景观。滴翠亭处于水面之上，有曲桥与陆地相连，翠柳、花圃相映成趣，有专为宝钗扑蝶而设的嫌疑。潇湘馆和怡红院都突出清溪绕院的韵致。只不过潇湘馆是小溪穿墙进入院内又盘旋而出，灵动而精致。怡红院的清溪是从门前经过，宽有七八尺，与两处的风格、品格搭配都很和谐。大的水域有池、塘等，如藕香榭、紫菱洲、芦雪广、荇叶渚等，分别配有相应的景观植物。

（三）人居景观配置

人居景观配置以怡红院为代表的富贵闲适和金钗们所居庭院的个性小筑为主，每一处都根据主人的审美、性格、情感设置相关主题，搭配相关配景，并以色彩、情调等辅助烘托建筑审美主题。如怡红院的海棠、蔷薇及室内装饰，潇湘馆的翠竹清溪、粉墙黛瓦，蘅芜苑的院落外有石景遮挡、里有芬芳香料等都较好地配合主景的风格。在人居景观配置中，主配景和谐彰又凸显性情之美的以"三玉"住所为代表。略有显摆之意的有秋爽斋，刻意显示大、阔、真，其实是在掩饰一种内心的自卑。刻意藏的有蘅芜苑和暖香坞。蘅芜苑藏得过于明显遭到贾母的修正。暖香坞是以躲的意象见之于世，代表惜春的自保心理。大观园略显突兀的建筑是稻香村，在鲜艳明净的青春意象之下，稻香村略显尴尬，正如让李纨评判大观园青春洋溢的诗作一样。

（四）非人居景观配置

非人居景观的设置遵循几个原则：（1）因人设景。如以十二金钗为主设置沁芳系列景观。以林黛玉为主设置牡丹亭、葬花的山坡、赏月联句的凹晶馆等，以薛宝钗为主设置滴翠亭、绣鸳鸯等。以史湘云为主的红香圃、白海棠。以妙玉为主设置的梅花、翠柏等。（2）因事设景。贾府举家赏月的凸碧山庄，揭示薛宝钗性格的滴翠亭，透露黛玉、湘云命数的凹晶馆，显示贾府势败的海棠花，显示大观园势败的山洞等。（3）以季配景。如代表春天意象的桃花、梨花，代表夏季的大叶芭蕉、梧桐，代表秋天的菊花、柳絮、残荷，代表冬季意象的芦雪、红梅等。以上这些配景有作者对园林认识的体现，也有书写塑造的需要。

三、抑、扬景运用

大观园在书写景观时有抑有扬。首先，抑富贵，扬文脉。如大观园不临街设大门，大门口假山遮挡，设置稻香村等，采用这些抑景手法，避免大观园显得过于奢华而招来嫉恨，也使园林的富贵之美不至于太过直白。扬文脉主要体现在园林的规划及各个精致院落的规划和设计，通过主题鲜明的建筑及庭院配景，包括室内所设几案桌椅及文房四宝、名人字画、别具特色的楹联等，都切合主人审美，使每一处都尽量做到贵而不靡，雅而有致。其次，抑人为雕琢，扬自然之美。园林的最高境界是"虽是人工，宛若天开"。在大观园的写景、造景之中，可以凸显自然清新，针砭矫揉造作。如对"三玉"居所的植物刻画，彰显其主人青春少年的情感气质，对湘云醉眠芍药园的刻画则显示作者对青春之美绽放的欣赏。强调每一处建筑景观皆就地设计，突出环境的自然特征。抑人为雕琢，如对蘅芜苑、稻香村的针砭等。（3）抑浊扬清。大观园书写时时刻刻都突出女儿的清净之美，如刻意凸显水意象、花意象。大观园的景观之中有三分之二的景观名都与水或花相关，水体突出清、动、韵等几个特征，花突出水灵、鲜艳、飘零等。显示出作者对于"清净"之美的追求和向往。相反对于浑浊、丑恶的意象则刻意避免。《红楼梦》中发生的丑恶的事件一般不是发生在大观园之内，以此保持大观园的清净之美。

四、实、虚景结合

大观园广泛采用实、虚景结合的方式刻画园林意象，特别是大观园绘画作品，经常采用以实带虚、以小见大的方式描绘园林景观。（1）实写现实空间，带出虚拟空间。如实写大观园，以贾宝玉的梦中意象透露太虚幻境。贾宝玉梦游太虚幻境、甄士隐梦中偶遇宝玉、贾天祥正照风月宝鉴都是以实带虚，而林黛玉噩梦、可卿依石、湘云眠石等则是以虚写实。这样在有限的现实环境之外又开辟了无限的虚拟环境。(2)实写一角,带出全景。在文本书写及绘画中,经常出现实写一点,带出全面的方式。如对潇湘馆、怡红院的刻画,经常仔细刻画一角,然后把构图延伸至画外,代表庭院空间向外的延伸。太虚幻境的刻画也是如此,精细刻画群乐场面,然后通过月洞门、院门、穿廊等把空间引向深处,起到以实托虚的作用。(3)实写人居景观、虚写自然景观。大观园书写的重点是塑造群体审美形象,环境是作为辅助刻画人物性格、情感而存在的。所以,与刻画人物性格紧密相连的景观描写、刻画都比较完整、精细,与刻画人物性格不太紧密的景观都采用略写。与主要人物性格、审美紧密相关的都是实写,反之,则略写。

第三节　造景思路与手法

一、人景一体,彰显人格

　　大观园的设置及园林意象的细节刻画都是为了塑造十二金钗的群体审美形象而存在的。所以,从大观园整体意象塑造到分类景观的设计和塑造都是以凸显人物形象为目的。如大观园的整体意象之所以选择封闭、明净、感伤的风格,就是为了烘托大观园女儿整体幻灭的悲剧氛围。形象越美,其遭到毁灭的张力和影响力就越强烈。所以作者把太虚幻境的纯净感伤意象移植给大观园,塑造出明艳空灵的园林之美,这种美的意象纤弱而易碎,短暂而易逝,所以时刻牵动着读者内心的神经。具体到每一个审美形象也是这样,如潇湘馆的意象设计、庭院结构、周边配景及元素构成就是为了塑造林黛玉敏感、多愁而纤弱的诗化形象。怡红院的主题建筑、房屋结构及庭院配景也是为了突出贾宝玉历幻逐乐的性格情感特征。同样道理,栊翠庵寒冬绽放的红梅,蘅芜苑的大石遮挡、院内香果,秋爽斋的阔朗及院中的芭蕉和梧桐等,都是其主人性格的写照。除此之外,非人居的景观也是为了刻画人物形象、书写大观园故事而存在的。如蜂腰桥、荼蘼架、蔷薇园等。这些景观因为与特定的事件、特定的人联系在一起，构成了故事发展的节点，所以作者采用了详写的方式，赋予其与主人相应的气质特征。

二、衔山环水，因地造景

大观园的建造宗旨除了中轴线建筑之外，其他别墅类建筑均采用因地制宜、依势而建的思路。其一，能够就地取材，合理运用，不至于造成铺张浪费。其二，能够保持景观的自然清新的审美特征，避免人工雕琢太过而破坏自然美。首先，大观园堆山之时几乎考虑到每一处主要庭院的位置，力图实现近水临山的筑院目的。在主要别墅庭院之中，潇湘馆近水临山、蘅芜苑近山邻水、怡红院与山水都很接近，先水后山。栊翠庵居山望水。贾府三春的秋爽斋、蓼风轩、藕香榭皆临水而居。相对而言，秋爽斋山、水距离平衡，代表探春理性而有决断的个性；蓼风轩和藕香榭附近则聚水成池，与陆地、山石都有较远距离，以此显示其主人躲世情、避是非的个性。因地造景的典型是潇湘馆、凸碧山庄、凹晶馆等。潇湘馆的院落不是方形，而是五边形，比别人多了一个角，院中建筑、室内设施也是合地打造，不浪费任何空间。虽然面积不大，因为是贵妃第一个临幸之所，所以格外突出精巧、清雅之美，所以，在风格上没有一味追求贵气，而是通过翠竹清溪、曲径通幽以及精巧、清雅的审美格调彰显身份，凸显修养，因而得到贵妃、贾政及众人的好评，当然，作者也以此显示林黛玉的气节和性格之美。凸碧山庄是较少实写的山景之一。因为涉及贾府举家赏月，凸显团聚气氛，并以清冷气氛以及贾母的不甘心、落泪来暗示贾府不可逆转的没落，所以特意设计在高处，以赏山月为主，前面有宽大的平台，能够容纳众人。月光之下，乐音越过水面飘然而至，才能显出清冷伤感之韵味，触动贾母的伤感之情。凹晶馆是凸碧山庄的退部，因为近水、低洼，所以只依势而建几间矮小房舍，周设栏杆，水中有荷，水鸟等，于是成为赏水月的绝佳地方，这也是因地设景的妙处。芦雪广是水上建筑，四周皆有窗，开窗即可钓鱼。同样是近水建筑，芦雪广却是专门为赏冬景而设置的景观。屋顶的茅草、屋里的暖炕、周围的芦苇，临近的栊翠庵，都是为芦雪广联句、薛宝琴折红梅而设，显示出曹雪芹因人设景、因地造景的高超手法。

三、以小见大，空间远透

以小见大是大观园塑造景观空间的常见手法。最典型的意象是大如雀卵的晶莹宝玉是巨大补天石的幻化、大观园是太虚幻境内庭的无限放大、贾宝玉零碎的梦中影像透出太虚幻境的真相，这些都是以小见大、窥一斑而知全豹的手法，采用此法可以达到以点带面、以实透虚的效果。

沁芳亭及三桥是以小见大的景观建筑之一。沁芳亭虽不大，却处于中轴线建筑的前端，向前可见翠障、曲径通幽之境，向后可眺望顾恩思义殿、大观楼等，西面连接金钗居住区，东面连接怡红院、呼应栊翠庵。在园林布局方面，沁芳亭是全园的水路交通枢纽。在文化意象方面，沁芳亭映射大观园的性质及宿命，从而显示出其在大观园中的重要性。滴翠亭及蘅芜苑的设计是以小事见本质、以局部带全体的例证。宝钗忘形之下的扑蝶与栽赃黛玉的行为打破了她以往完美的形象，透出其关键时期自保、决断而无情的性格。蘅芜苑居山而建，周围有爬山廊与后山相接，带出薛宝钗背有靠山，以及山中有高士的虚拟空间。怡红院室内结构的迷幻、墙外的花障、清溪阻路、园后之山都以点状信息透露出或实或虚的节点和空间，引导读者理解和捕捉其主人生存的轨迹。潇湘馆的湘妃竹、细而窄的绕园清溪，隐约的竹间小径都与林黛玉的生命意象、情感甚至宿命有联系，读者从中可以思绪远透，探索和回味潇湘韵致。湘云眠石更是一个隐象或者隐喻，暗示湘云眠玉，呼应金麒麟白首双星的结局。

大观园的园林价值由文本书写带出，经过绘画的塑造和延伸，为实体园林实践提供了素材和思路。其中，文本中的创园思路、宏大的格局观、文化切入及整合的手法，是园林设计创意学习和研究的经典内容。绘画园林的布局、形象、联想以及某一些细节刻画是园林设计创意的优质资源。实体园林的开拓和创建为风景园林实践提供了可以借鉴的思路和案例。如果能够运用专业思维不懈审视和考察这些资料，将会为设计创意带来源源不断的惊喜。

第七章 结语

《红楼梦》大观园主题绘画历经三种体制、多种文化语境，参与画家众多，积累作品数量庞大，240余年来持续发展，且至今热度不减。出现这种插画史上罕见的文化景观，除了《红楼梦》的名著效应之外，创作者的情感和审美认同也发挥了关键的作用。在这些专业画家中，有品高自洁的独行者，也有圆融机变的随视者，既体现了个体审美经验，也表达了时代审美文化的脉动。"白描写形神、福彩有情致、意趣显时风。"[1] 他们的作品累积是绘画、设计及园林艺术研究的重要资料，也是中国近现代审美文化发展与变迁的缩影。

本研究分绘画艺术和绘画园林艺术两部分，分别总结如下。

一、《红楼梦》绘画的艺术特征

《红楼梦》插画的主题、图式经过长期表现和打磨，已经得到观众的高度认可，固化为经典的红楼梦审美符号。这些审美符号是画家审美理想的实现形式，也是《红楼梦》文本审美理想的固化，更是社会审美对红楼梦审美意象认可的结果。整体分析《红楼梦》插画作品，其呈现出以下几个特征。

（一）审美理想决定了《红楼梦》插画的品格

《红楼梦》文本的人物形象，代表着曹雪芹的审美理想，也是封建王朝一般文人的审美理想。这种审美理想与不同阶层的欣赏者和绘画创作者碰撞后，会产生不同的审美认知和感受，从而衍生出新的审美理想。虽然审美理想在被视觉化的过程中，会受到画家情感、文化、审美和市场的约束和冲突，但因为对审美的共同认可而决定了红楼梦插画的品格和高度。这首先表现在曹雪芹对女性的尊重和欣赏。他采取以女性为主体的写作角度，

---

[1] 张康夫.妙手匠心绘雅园——《红楼梦》大观园插画的审美意趣[N].光明日报，2024-11-10（9）.

塑造出我国审美史上独一无二的十二金钗整体审美意象。更为难得的是，该审美理想得到了大家的广泛认可、接受和心理完善，形成自我的十二金钗整体审美意象，即格式塔整体审美意象。尽管每人的理解不尽相同，其格式塔整体审美意象也有所差异，但有一点是相似，甚至相同的，这就是每一个"红迷"心中的审美理想已经转化成其倍加呵护的、认为是最美的女性审美形象，这种审美形象永远高于现实，永远令人心生爱怜，并在读者的心里常驻常新。有时读者自己可能也会奇怪，为什么会有这种现象。如果这种审美理想受到外界元素的干扰甚至冲击，读者会不自觉地去寻找各种理由来维护自己的审美理想。从审美接受看，这种审美理想自然会形成每一位《红楼梦》绘画接受者的审美观，成为其判断和接受《红楼梦》插画艺术的限定条件。因此，画家固然可以放任自己的创作欲望，但是读者或者市场在《红楼梦》审美理想的引领已经形成对《红楼梦》人物的理想定位，这种定位会自觉排斥对红楼梦的庸俗化、艳情化。因此，不管参与《红楼梦》插画创作的画家有什么样的创作目的、《红楼梦》插画的审美形象怎么变化，其审美理想的引领和约束力永远存在，包括文本审美理想、创作主体的审美理想、受众的审美理想。而且，这种文本的约束力不仅表现在文本的字面约束，更重要的是这种约束力已经深入到每一个读者的内心。画家可以孤芳自赏，观众也有权忠实于自己的感觉，最终受到读者认可的肯定是与文本审美意象贴近度高、包容性强、富于艺术审美的插画作品，这是《红楼梦》插画艺术与其他文本插画的本质区别，也是其能够保持长期繁荣的根本原因之一。

（二）审美理想与现实决定了《红楼梦》插画的诗化倾向

首先，《红楼梦》文本书写的诗化表现决定了插画的诗化倾向。曹雪芹在撰写《红楼梦》时，有几个原因促使他运用虚写，甚至运用幻笔手法呈现审美理想，塑造审美理想。其一，《红楼梦》的主体结构是绛珠仙子还泪报恩，神话大结构的大荒山、太虚幻境以及作为太虚幻境的人间镜像的大观园，都具有虚幻性，十二金钗也是出自太虚幻境，这样的主体结构决定了曹雪芹的写作方式。在这样的思路之下，曹雪芹笔下的众女儿形象大多是虚写,诗化描绘,犹如水中之月一样朦胧,与读者保持一定距离,既美不胜收,又不可近处赏玩。其二,曹雪芹撰写《红楼梦》历经十年,批阅数十次,至死尚未完稿。《红楼梦》的主体形象都是其儿时的青春记忆,尤其像林黛玉那样的早夭的少女,他基本上是靠记忆来完成的,这样就注定其采用虚写方法。其三,是大众对诗意形象的高度认可。因为朦胧美,所以大众心中欣赏的形象也是朦胧的,这样就为读者提供了参与审美创造的机会,每个人都可以尽情想象书中人物的形貌特征。这就是林黛玉千人千面形象形成的原因。

这样就给《红楼梦》插画的审美实现带来了难题。如果想要精绘插画形象,文本中没有足够的材料支撑,因为对很多主要人物作者根本就没有形貌细节刻画。而且观众也不认可。观众心中的红楼梦人物形象基本上都是虚幻的、诗意的。这种意象虽然并不清晰,却给审美接受带来了很大问题。因此,大多数画家都是根据文本诗意形象创作插画诗意人物形象,突出诗意空间,彰显朦胧之美。这也是《红楼梦》插画向诗化发展的重要原因。

(三)《红楼梦》插画审美实现的特征及嬗变

1. 回目插画的审美实现

《红楼梦》回目插画主要是在石印技术普及之后开始流行的,因为篇幅众多,与《红楼梦》文本120回对应的240幅回目插画在木刻雕版时代有点难以实现。彩印技术的发展,为回目插画带来了较多的机会。回目插画因为出现在每一章的前面,有点题和串联作用,因此,构思时多以切合文本审美意象为主创思路。差别在于早期受刻绘技术限制,景大人小,强调画面的象征性和符号性,突出意境和氛围,图像书写或者图文互补的作用明显,审美实现程度相对较低。晚期随着彩印技术的成熟和知名画家的参与,使回目插画创作由情节画向人物画转化,因此,绘画性显著提高。在审美实现方面,比较突出的是借助绘画幅量及绘画技术的双重提高强化了对整体审美意象的表现力度,对典型主题和环境的刻画,审美实现的程度较高,人物形象表现也有所提高,产生了一些经典主题和经典人物形象。这时的回目插画与绘本有些交叉,既有回目插画的功能,又具有绘本创作的一些特征。

2. 绘本的审美实现

从文本到绘本是一个浓缩和视觉提炼的过程，也是文本审美意象与时代审美意象结合的视觉呈现。清末仕女画流行，才学化、情趣化仕女画受到市场的青睐，因此《红楼梦》绘本多以仕女画的形式呈现，如改琦的《红楼梦图咏》、王墀的《增刻红楼梦图咏》等，画面突出人物小像，情景交融，彰显格调，文人画意味明显。这些绘画注重诗画结合，比较切合文本形象，如改琦创造的林黛玉形象，受到画界和学者的一致好评，虽然只是白描画，审美实现的程度却非常高。新文化运动以来，外来文化的渗透和本体文化的发展，使得文化的规约性减弱，绘画技法逐渐成熟和多样化，因此，绘本的内容和形式也在变化和丰富，有一些绘本明显受到西画的影响。此时绘本的刻画能力、艺术语言都有显著提高，绘画种类也从黑白线描扩展到彩墨、工写结合。根据绘本发行的目标群体不同，其审美理想与审美实现程度也有所差异。

《红楼梦》绘本与早期《红楼梦》插图主要的区别在于弱化情节性的图像书写，强化典型性的艺术形象塑造。不论是清朝的传统中国画画家，还是接受西方审美文化的近现代画家，在进行《红楼梦》插画创作时，都比较注重对瞬间审美意象的艺术创造。他们在已有《红楼梦》绘画主题的基础上，完善经典主题，开发新的审美主题，在他们的共同努力下，众多的《红楼梦》经典审美主题被完美表现出来，成为众所周知的《红楼梦》绘画符号。

3.《红楼梦》仕女画的审美实现

从《红楼梦》插画的再造性上来说，插画的艺术之韵首先在于创作者从文字到画面的层面转换中获得的真实而清晰的整体审美意象，即格式塔整体审美意象，然后在于画家根据文本意象、插画需求、技法材料等进行整合创意，实现审美意象的形象化，将自身的审美理想与文本的审美理想、时代的审美理想融合在一起。李啸非认为："插图之韵是从包括文本与文本作者的意象世界发端，由插图作者提供智慧表达的精神延续与良性变异，是精神的表达形式的连续性衍生。"[1] 这是插画创作的基本途径。独立插画与其他《红楼梦》插画最大的不同是基本上摆脱了图像书写的限制，把插画拉回到绘画本体的轨道上来，画家能够根据自己的创作需要大胆创构画面，提高插画的艺术性和意味性，强化插画的节奏和韵味，实现自己的审美理想。作为独立插画的典型代表，《红楼梦》仕女画一开始就因为其才学化、品格化、唯美化而受到社会的广泛认可，在创作、收藏和品评方面表现出长盛不衰的态势。清朝时期以改、费为代表文人仕女画家和以焦、冷为代表的宫廷仕女画家开了《红楼梦》仕女画的先河，创造出以"潇湘清愁"为标志的诗化审美形象，实现《红楼梦》仕女画在创作和收藏方面持续走高的良好局面。

（四）红楼梦插画的艺术价值

《红楼梦》插画发展至今，历经清朝、中华民国、中华人民共和国三个历史阶段，在多种文化语境下延续发展，参与画家众多，特别是以改琦、费丹旭、王墀、王钊为代表的著名画家，他们的绘画创作实践及作品，对提高红楼梦绘画的创作水平起到了明显的引领作用，也使是《红楼梦》插画极具研究价值。这在中国绘画史，甚至世界绘画史上都是不多见的。

首先，插画是以视觉符号或者图像书写的形式对《红楼梦》审美意象的固化，更是对《红楼梦》审美空间的扩充。插画的图像书写功能有对文本叙述修补和扩充的意义。书籍插画对文本书写的补叙、插叙和扩叙的现象非常普遍，有一些画家借插画创作甚至对原著进行重构。

其次，《红楼梦》插画具有较强的审美创造价值。插图的审美实现不仅源于插图作者的精神主体，还须从文学创作主体的文学艺术精神中挖掘。[2] 郑振铎认为：《红楼梦》插画以图像、景观、人物及意境等元素使阅读者驻停、欣赏、思考，明显扩大了读者的理解空间，增强了阅读的愉悦感，改变了纯文本直线型的阅读规律，用图像符号及书写功能塑造了深入人心的《红楼梦》女性审美意象，创造了蔚为壮观的《红楼梦》审美效应。[3]

---

1 李啸非.插图之润——贯穿诗、文、画的一律[D].北京：中央美术学院，2006：9.
2 李啸非.插图之润——贯穿诗、文、画的一律[D]. 北京：中央美术学院.2006:9.
3 郑振铎.插图之话//郑振铎全集，第14卷[M].济南：花山文艺出版社，1998：3.

金宏炜认为：从这个角度分析，《红楼梦》插画无论是早期绣像、还是现在的独幅插画，都存在艺术塑造的能力，差别在于早期绘画技法、绘画工具有限，又鉴于书商限制，艺术塑造的功能偏弱，图像书写功能被彰显。[1]随着文化环境的开放，绘画技法材料的发展，特别是专业画家的加盟，《红楼梦》插画的艺术塑造功能被凸显出来，从而大大促进了《红楼梦》插画艺术的发展，创作产生了一大批优秀的《红楼梦》插画作品。在当代创作语境中，文化的约束减弱，技法和材料又在飞速发展，如何借鉴新理念、新技法、新材料发展《红楼梦》绘画艺术，是需要社会和学术共同重视的问题。[2]

二、《红楼梦》绘画中的园林艺术特征

（一）绘画园林的特征

绘画艺术以图像、艺术、文字等元素视觉性地表现文本书写的园林意象，绘画园林是文本园林的深化和延伸，用艺术的思维和形式把虚拟的"文学园林"转化为"视觉园林"。在《红楼梦》园林绘画作品中，蕴藏着曹雪芹卓越的园林思想、明清古典园林文化以及丰富的造景手法，同时也包含着几代艺术家对园林艺术的理解、表现和创造，体现出丰富的园林研究价值。一方面，绘画园林以文本园林为参照，尽力贴合和表现文本园林的视觉意象，另一方面，绘画园林又有修补、添加和完善功能，优秀的画家能够在准确理解大观园文本意象的基础上，用艺术的联想、感知和技术使文本园林更加立体、美化、赏心悦目。品读绘画园林作品，能够发现丰富的传统园林设计元素，一些刻画精细的绘画意象甚至可以作为园林设计的案例进行分析和借鉴。但同时，绘画园林也因为艺术联想而使文本园林意象多了一些假想，从而显得太过理想而不真实。

（二）大观园园林意象的文化价值

《红楼梦》大观园是人类诗意栖息意象的一个巅峰之作。文本书写中

---

1 金宏炜.文学插图的审美价值[J].文艺争鸣，1982(2)：79.
2 张康夫.设计创新体系中的"机制性"构建及其链接关系研究——以花色设计新产品开发为研究平台[J].科技管理研究，2009（5）：38.

的大观园与大荒山、太虚幻境权重相当，整合大观园之实、太虚幻境之虚、大荒山之远共同构成了大观园的整体文化意象。时间维度，溯源人类始点，与女娲炼石补天勾连；空间维度，达九天之外，与太虚幻境相通；现实维度，是贵妃省亲别墅，融皇家园林与文人园林于一体。在审美气质方面，呈现封闭、诗化、女性化的气质，是太虚幻境在人间的投射；在心理映射方面，是人类从"乐园"走向"花园"的心理隐象。曹雪芹用诗化语言呈现了大观园的整体意象，却让读者触及了冰封在心底的"原始花园"，激活了人类潜意识中的乐园意象。因此，读者在阅读体验过程中会自觉用自己的想象让潜藏的那个花园立起来，参与和重塑大观园意象，形成大观园的格式塔意象，并积淀成为大观园情结以各种艺术形式迸发出来，汇集成蔚为壮观的大观园审美文化。此时，个人的花园情结与他人的花园情结融合转化成为集体意识中的乐园畅想，变成一个时代的审美理想和集体记忆。

（三）大观园园林意象的审美价值

《红楼梦》大观园绘画已经积累数代，由于名家参与，大众喜欢，其艺术呈现出持续繁荣之势。这些丰富而精妙的绘画作品，不仅是中国画研究的重点内容，而且也蕴藏着丰富的园林审美文化，是风景园林学研究的主要资料之一。从宏观角度审视，这体现出近两百年来中国绘画审美观念的发展态势，同时也是中国清代以来园林意象审美发展与嬗变的图像呈现，反映着园林发展的一般规律。从微观角度分析，这些作品承载着每一个画派、画家的审美观念和创作经验，并以图像、绘画的角度使大观园的审美意象立体起来。在《红楼梦》大观园绘画中，包含着丰富的优秀的传统园林设计元素，如园林审美观念、筑园思路、园林布局、造景方法、意境营造、审美品位等。这为园林设计提供了一种新的思路，或者一种文化给养，如果运用得好，能够为园林文化设计及实践提供切实帮助。

参考文献

1. 专著

曹雪芹, 高鹗.参照增评补像全图金玉缘[M].北京：北京图书馆出版社，2002，卷首页.

改琦.改琦红楼梦人物图册[M].杭州：西泠印社出版社，2007(04)1-48.

曹雪芹.红楼梦三家评本[M].上海：上海古籍出版社，1988：1-20.

阿英.《红楼梦》绣像集[M].上海：上海出版公司，1955：1-38.

阿英.阿英美术论文集[M].北京：人民美术出版社，1982：1-53.

阿英.小说四谈[M].上海：上海古籍出版社，1981：118-140.

阿英.杨柳青《红楼梦》年画集[M].天津：天津美术出版社，1963：4-32.

本雅明.文学史与文学学//经验与贫乏[M].天津：百花文艺出版社，1999：250-262.

曹雪芹, 高鹗.新镌全部绣像红楼梦(程甲本)[M].北京：北京书目文献出版社，1992：1-24.

陈传席.中国绘画美学史[M].北京：人民美术出版社，2012：549-560.

陈平原.看图说画[M].上海：三联书店，2003：2-12.

高居瀚.气势撼人：十七世纪中国绘画中的自然与风格[M].上海：三联书店，2009：37-49.

中国国家图书馆文献缩微复制中心.古本红楼梦插图绘画集成(六卷本)[M].北京：北京问津出版社，2001：1-80.

关华山.《红楼梦》中的建筑和园林[M].天津百花文艺出版社，2008：1-121.

何延喆. 改琦评传[M]. 天津：天津人民美术出版社，1998：69-112.

洪振快.红楼梦古画录[M].北京：人民文学出版社，2007：264-276.

黄云浩.图解红楼梦建筑意象[M].北京：中国建筑工业出版社，2006：1-110.

刘精民.王墀增刻红楼梦图咏[M].上海：上海书店出版社，2006：1-120.

马克梦, 王维东.吝啬鬼、泼妇、一人多妻者——十八世纪中国小说中的性与男女关系[M].杨彩霞，译.北京：人民文学出版社，2001：217-220.

秦剑蓝.视觉文化理论与《红楼梦》语一图史研究[J].江西社会科学，2009：233-246.

首都图书馆.古本小说四大名著绣像全编红楼梦卷[M].北京：线装书局出版，1996：1-300.

苏涵.民族心灵的幻象——中国小说的审美理想[M].北京：人民文学出版社，2000：7-12.

苏珊·朗格.艺术问题[M].滕守尧，朱疆源译.北京：中国社会科学出版社，1983：1-126.

王墀.王墀增刻红楼梦图咏[M].上海：上海书店出版社，2006：110-118.

王昆仑.红楼梦人物论[M].上海：三联书店，1983：221-229.

夏之放.文学意象论[M].汕头：汕头大学出版社，1993：174-187.

颜彦.中国古代四大名著插图研究[M].北京：社会科学文献出版社，2014：197-235.

一栗.红楼梦书录[M].上海：上海古籍出版社，1981：52-78.

余国藩.《红楼梦》《西游记》与其他[M].北京：三联书店，2006：123-135.

张新之.妙复轩评石头记[M].北京：北京图书馆出版社，2002：100-300.

郑振铎.插图之话//郑振铎全集，第14卷[M].石家庄：花山文艺出版社，1998：16-17.

郑振铎.中国古代木刻画史略[M].上海：上海书店出版社，2006：203-247.

周心慧.中国绣像史丛稿[M].北京：学苑出版社，2002：155-200.

祝重寿.中国插图艺术史话[M].北京：清华大学出版社，2005：1-39.

宗白华.艺境[M].北京：北京大学出版社，1987：151-167.

2. 期刊论文

阿英.漫歌谈红楼梦的插图和画册——纪念曹雪芹逝世二百周年[J].文物，1963（6）：1-9.

安东尼·卡斯卡蒂.柏拉图之后的文本与图像[J].学术月刊，2007（2）：31-36.

安建军.暖香坞中悟虚花——重读贾惜春形象[J].甘肃社会科学，2012（9）：45-50.

陈琛.园由造化、物呈心历、意象天成[J].建筑历史，2006（8）：166-167.

陈梦盈.《封神演义》中的园林意象[J].哈尔滨师范大学社会科学学报，2016（2）：90-92

杜春耕.《增评绘图大观琐录》序[J].红楼梦学刊，2002（3）：179-198.

房学惠.卷帙浩繁、富丽精雅——旅顺博物馆藏《红楼梦》图册探析[J].荣宝斋，2007(6)：5-21.

顾平坦，曾保泉.文学、绘画与园林——曹雪芹笔下的大观园[J].红楼梦学刊，1998(2)：227-228.

顾平坦.《红楼梦》与清代园林[J].红楼梦学刊，1995（2）：290-295.

汉风.《红楼梦》的园林艺术[J].林业与生态，2013（6）：30-37.

何斌辉.审美与意境[J].文艺理论研究，2000（4）：1-5.

何晓静.作为园林意象化表征的宋代"宴射"[J].同济大学学报（社会科学版），2016（12）：87-88.

何延喆.清代仕女画家改琦生平考[J].故宫博物院院刊，1986（1）：63-70.

胡家祥.论审美理想[J].河南师范大学学报（社会科学版），1998(6)：1-7.

姜维枫.《警幻仙姑赋》：曹雪芹审美理想的诗意传达——兼论曹雪芹理想世界的建构与毁灭[J].红楼梦学刊，2011（0）：？

金宏炜.文学插图的审美价值[J].文艺争鸣，1987(2)：81-82.

静轩.改琦：来自红楼梦时代的图像——改琦《红楼梦图咏》研究[J].红楼梦学刊，2006（6）：283-292.

静轩.红楼梦的插图艺术[J].红楼梦学刊，1997(2)：342-349.

孔锦.扬州园林意象图式的生成与实践[J].南京林业大学学报（社会科学版），2001（6）：62-64

赖振寅.眼泪与冷香丸——黛玉、宝钗原型命意探微[J].红楼梦学刊，1999（2）：85-89.

郎绍君.苦读挖掘发现——介绍何延吉吉的《改琦评传》[J].美术之友，2000(1)：49-50.

雷鸣.《红楼梦》花园意象探论[J].齐齐哈尔大学学报(哲学社会科学版)，2010(9)：79-81.

李芬兰.浅析以"程甲本"绣像为代表的《红楼梦》卷首木刻绣像[J].郧阳师范高等专科学校学报，2007(8)：34-37.

李沛.略论曹雪芹的审美理想——兼谈作家审美理想的结构[J].红楼梦学刊，1998

（1）：6-17.

李希凡.林黛玉的诗词与性格——《红楼梦》意境探微[J].北京：红楼梦学刊，1983（1）：13-15.

李艳梅.从中国父权制看《红楼梦》中的大观园意义[J].红楼梦学刊，1996（2）：108-111.

刘继保.《红楼梦》理想世界的宗教背景[J].社会科学辑刊，2004(1)：128-132.

刘继保.《红楼梦》绣像的审美特征[J].美术观察，2004（2）：97-98.

龙迪勇.图像叙事：空间的时间[J].江西社会科学，2007(9)：39-53.

陆涛.从文字到图像——《红楼梦》接受过程中的视觉性及其意义[J].中北大学学报（社会科学版），2013(2):61-66.

陆涛.叙事的停顿与凝视——关于《红楼梦》插图的图像学考察[J].红楼梦学刊，2013（3）：80-95.

马明奎.试论太虚幻境的价值建构及其幻灭[J].红楼梦学刊，2008（1）：113-130.

宋群.叙事与瞬间：再现的再研究[J].西北大学学报(哲学社会科学版)，2007(1):83-186.

孙皓.中国古典园林意象与设计方法的文献研究述评[J].同济大学学报（社会科学版），

孙敏强，孙福轩.再论《红楼梦》"石头"意象——以石头意象的结构功能为中心[J].红楼梦学刊，2005（6）：1-278.

孙敏强.作为中国古代文士心灵史象征的黛玉形象[J].浙江大学学报(人文社会科学版)，2001(7):67.

孙晓娜.艺术辩证法视角下的《红楼梦》绣像插图研究[J].红楼梦研究，2016（2）：232-249.

孙逊.红楼梦绣像：文学和绘画的结缘[M]//93'中国古代小说国际研讨会论文集.北京：北京开明出版社，1996(7):360-367.

唐建.也论改琦及其《红楼梦图咏》[J].红楼梦学刊，2014（4）：131-145.

汪燕岗.古代小说插图方式之演变及意义[J].学术研究，2007(10)：141-145.

王怀义.论审美意象的基本类型[J].贵州社会科学，2010（6）：32-36.

王珍.图绘《红楼梦》及其"语-图"互文[J].江西社会科学，2007(9):21-24.

吴紫英.宋词园林意象的审美文化解读[J].鸡西大学学报,2011(6):97-98.

席斌.《红楼梦》绣像本述略[J].曹雪芹研究,2015（2）:102-112.

咸立强.中西文学作品中花园意象的审美意蕴比较[J].中华文化论坛,2006（2）:150-155.

颜彦.《红楼梦》插图中的线艺术[J].红楼梦学刊,2014（6）:222-240.

颜彦.论"程本系统"插图与《红楼梦的"家族"主题[J].红楼梦学刊,2010（2）:90-106.

颜彦.论"程本系统"插图与《红楼梦的"家族"主题[J].红楼梦学刊,2010（2）:90-106.

颜彦《红楼梦》"闺阁空间"[J].红楼梦学刊,2012（6）:261-277.

杨红莉."风清骨峻"的审美理想及其全面实现[J].东疆学刊,2003（10）:21-28.

叶海平.论《周易》的"意、象、言"[J].华东理工大学学报（社会科学版）,1998(2):55-59.

于培良.当代宁、荣二府建筑绘画综述[J].曹雪芹研究,2018（1）:121.

于向东.话本插图的渊源[J].南京艺术学院学报,2008(1):34-39.

俞晓红.意象叙事：《红楼梦》审美阐释的独特视角——百年红学意象研究述论[J].河南教育学院学报(哲学社会科学版),2007(1):29-39.

俞晓红.《红楼梦》花园意象解读[J].红楼梦学刊增刊,1997(S1):324-336.

俞晓红.问渠哪得清如许——漫谈曹雪芹的审美观念兼及〈警幻仙姑赋〉的审美意蕴[J].红楼梦学刊,1992（2）319-328.

张蕾.北海镜心斋园林意象分析[J].广东园林,2006（4）:5-7.

张立华.论"绣像红楼梦"的图像批评艺术[J].广东开放大学学报,2016（5）:73-78.

张晓刚.意象美学的澄明之境——读叶朗的《美学原理》[J].北京大学学报,2010（3）:152.158.

赵德坤.《红楼梦》中的禅语、禅诗与禅境[J].红楼梦学刊,2012（4）:100-113.

赵伶俐.艺术意象·审美意象·科学意象——创造活动心理图像异同的理论与实证构想[J].自然辩证法研究,2007(7):104-110.

赵青.论清代"红楼戏"对原著情节内容的取舍[J].甘肃联合大学学报(社会科学

版),2006(4):34-36.

周虹冰,欧阳雪梅.大观园的造园艺术解读[J].重庆建筑大学学报,2006(2):24-27.

周伟平.论改琦《红楼梦图咏》[J].浙江海洋学院学报(人文科学版),2008(2):56-59.

周志波,谈艺超.元明清戏曲中花园意象[J].艺术百家,2008(2):140-145.

周志波.明清小说中的花园意象[J].名作欣赏,2008(7):43-45.

左莹.绝望中的精神寄托——评析贾惜春的出家之路[J].河北民族师范学院学报,2014(2)42-44.

3. 学位论文

肖玲玲.《红楼梦》对中国古典园林的接受[D].重庆:重庆师范大学,2008:35.

陈骁.清代《红楼梦》的图像世界[D].杭州:中国美术学院,2012:1-120.

李秀霞.秋风纨扇——明清仕女画研究[D].上海:上海大学,2011:1-120.

孙树勇.红楼梦的空间意象研究[D].哈尔滨:哈尔滨师范大学,2017:1-174.

刘琳.《红楼梦》大观园之景观形式模拟还原研究[D].南昌:江西师范大学,2014:1-32.

李啸非.插图之润——贯穿诗、文、画的一律[D].北京:中央美术学院,2006:1-34.

刘继保.《红楼梦》评点研究[D].北京:首都师范大学,2004:1-35..

李根亮.《红楼梦》的传播与接收[D].武汉:武汉大学,2005:1-37.

饶道庆.《红楼梦》影视改编与传播[D].北京:中国艺术研究院,2009(03):1-40.

车瑞.二十世纪《红楼梦》文学批评史[D].济南:山东大学,2010:1-40.

吴莹华.《红楼梦》"石"能指研究[D].上海:上海交通大学,2010:1-43.

李海啸.《红楼梦》大观园的园林艺术初探[D].呼和浩特:内蒙古农业大学,2013:1-46.

张雯.图像与文本之距——清代杨柳青《红楼梦》年画对原著的"接受"与"重构"[D].北京:中央美术学院,2008:1-60.

李艳芳.《红楼梦》里梦红楼——贾府及大观园平面布局研究[D].邯郸:河北工程大学,2015:1-63.

李丽.英语世界的《红楼梦》研究,以成长、大观园、女性话题为例[D].北京:北京外国语大学，2014:1-66.

刘晖.红楼梦大观园空间艺术探究——基于文学、影视和园林艺术的视角[D].长沙：中南林业科技大学，2011:1-70.

郭彤.《红楼梦》中大观园造园艺术探究[D].西安：西安建筑科技大学，2014:1-74.

张玉勤.明刊戏曲插图本"语图"互文研究[D].天津：南开大学，2011:1-80.

俞晓玲.《红楼梦》花草意象研究[D].漳州：闽南师范大学，2018:1-96.

苏滨.中国清末民初的美术与社会研究（1895—1937）[D].北京：首都师范大学，2004:1-10.

崔红梅.古典文学中的花园意象解读[D].齐齐哈尔：齐齐哈尔大学，2012:1-16.

张曼华.中国画论中的雅俗观研究[D].南京：南京艺术学院，2005:1-18.

杨芳.《红楼梦》与《源氏物语》时空叙事比较研究[D].长沙：湖南师范大学，2013:1-20.

李垚.《玉台画史》研究[D].南京：南京艺术学院，2000:1-20.

孙伟科.《红楼梦》美学阐释[D].北京：中国艺术研究院，2007:1-25.

黄仲山.权力视野下的审美趣味研究[D].北京：中国社会科学院研究生院，2013:1-25.

王玉华.中国传统人格思想研究[D].哈尔滨：黑龙江中医药大学，2009:1-25.

丁薇薇.中国画论中的美丑观研究[D].南京：南京艺术学院，2005:1-30.

4. 其他

胡文彬.哲思之见　盛世大观——《红楼梦》中描述的中国古典园林艺术[N]，人民政协报，2017（12）:4.11.